CÓLERA INMORTAL

EL GAMBITO KURTHERIANO

LIBRO 4

MICHAEL ANDERLE

PORTADILLA

¡Bienvenido al emocionante viaje de LMBPN® International! Suscríbete a nuestro boletín para tener acceso a actualizaciones exclusivas, contenido gratuito, ¡y muchas otras sorpresas! Sumérgete en nuestros mundos increíbles, ideas únicas y los miles de increíbles historias que te esperan. ¡Únete ahora al boletín de LMBPN® International y sé parte de la aventura! https://lmbpninternational.com/es/boletin

Si deseas mantenerte en contacto con el autor y recibir su boletín con noticias actualizadas, puedes suscribirte en el siguiente enlace: https://michael.beehiiv.com

Aviso Legal

Este libro es una obra de ficción. Todos los personajes, organizaciones y acontecimientos retratados en esta novela son producto de la imaginación del autor y/o se utilizan de forma ficticia.

Arte de portada https://www.gsstockphoto.com

Editado por Alba M. Vila y L. M. Mateo
https://sites.google.com/view/albamvtraduccion

LMBPN® International
2375 E. Tropicana Avenue Suite 8-305
Las Vegas, Nevada
89119 USA

Versión en inglés 1.00: noviembre. 2015
Versión en español 1.00: agosto, 2024

ISBN 979-8-89354-052-9

Dedicatoria

A la familia, amigos y los que amamos leer.
Que todos disfrutemos de la Gracia
para vivir la vida
a la que somos llamados.
A *David Down Under* le agradezco su
ayuda en la edición y sus sugerencias de historias.
Los errores son míos,
pero, sin su apoyo, ¡habría
muchos más!

ÍNDICE

Capítulo 1

EPR Enterprises, de camino a Rumanía desde el Caribe

John Grimes reflexionaba sobre los múltiples cambios que se habían producido en los últimos tres meses. En aquel momento, Eric y él se encontraban con Bethany Anne en el jet corporativo, rumbo a Rumanía. En Estados Unidos, Darryl y Scott tenían la tarea de proteger a Lance Reynolds, nuevo director de operaciones de EPR Enterprises.

El bar del avión estaba bien surtido de aperitivos y sándwiches. El teniente Paul Jameson pilotaba el avión. Bethany Anne se encontraba frente a John, con los ojos cerrados, recostada en su asiento. Al otro lado del pasillo, Eric y Gabrielle estaban acostados. Todas las ventanillas estaban cerradas para que no entrara ningún rayo de sol, aunque, por suerte, Gabrielle tenía cierta protección natural contra la luz, así que podía exponerse varias horas antes de notar las consecuencias.

Nathan y Pete habían volado a Nueva York en un vuelo comercial para trabajar con Gerry. En cuanto a Ecaterina, Dan y Frank estaban a bordo del Polarus. El yate se dirigía a un punto de encuentro situado a doscientos cincuenta kilómetros al este de las Bahamas. De hecho, el Sea Axe debía reunirse con ellos en el mismo lugar.

Por fortuna, el capitán Thomas había preguntado por qué el Sea Axe debía reunirse con ellos en Italia para recoger la nave espacial, que había sido el plan original, ya que suponía un viaje de dos semanas y obligaba a que los barcos se separaran. En su lugar, sugirió que la nave volase para reunirse con ellos en el Triángulo de las Bermudas. La gente no se extrañaría si veía algo raro allí. Mejor aún: no tendrían que explicar por qué habían viajado tan lejos sin motivo aparente.

Era un buen plan, así que lo pusieron en marcha.

El grupo de Bethany Anne tenía unas horas antes de aterrizar en el aeropuerto internacional Mihail Kogălniceanu. Esperaban encontrarse con Iván y Stephen, y pasar un día en casa del vampiro antes de ir a por la nave. Por suerte, TOM tenía una idea bastante clara de dónde estaba. La primera vez que Bethany Anne había ido a buscarla con Michael habían hecho una engorrosa caminata por la montaña nevada durante casi una semana antes de localizar la cueva.

Por desgracia, aunque había dejado algunos marcadores para ayudarla a encontrarla de nuevo, algunos estarían enterrados bajo la nieve. Para cuando llegaran, estarían a finales de diciembre. Ecaterina había encontrado un servicio de helicópteros especializado en ayudar a los turistas a esquiar en las montañas. Les costaría algo más de quince mil dólares que los cuatro hicieran un recorrido a última hora de la tarde hasta un lugar concreto.

El viaje en helicóptero triplicaba la tarifa normal que cobraba la compañía, pero los requisitos de Bethany Anne eran muy específicos, y que fuera al anochecer añadía un recargo por dificultad. La compañía había especificado que podían cancelar o aplazar la excursión en función de las condiciones meteorológicas. Como todos los pilotos tenían al menos veinte años de experiencia, a Bethany Anne le convenía. Aunque el frío no le afectaba tanto como a John y Eric, no quería vagar por las montañas más tiempo del necesario. Además, Gabrielle necesitaba estar dentro de una cueva para cuando saliera el sol, aunque llevarían una bolsa de cadáveres a prueba de luz solar por si el día los atrapara a la intemperie.

Aunque John parecía dormido, no engañó a su jefa, que se acomodó en el asiento para erguirse.

—Entonces, John, ¿te arrepientes de algo?

Abrió un ojo para mirarla. Llevaba unos vaqueros negros ajustados y unas botas negras de cuero con cremallera que le cubrían las pantorrillas. Sus lengüetas doradas brillaban en la penumbra. Un bonito jersey rojo ceñía sus curvas y su sonrisa era pícara. Aunque sin duda era la mujer más guapa que conocía, no tenía ningún interés romántico en su directora y jefa. Moriría por ella, sin duda. Sin embargo, no estaba particularmente interesado en que lo matara en la cama.

«Mierda —pensó—, ¿ dónde me he metido ahora?».

Abrió los dos ojos y enderezó también su asiento. Esperaba que su cerebro estuviera a la altura.

—¿De qué debería arrepentirme? —Sonrió con cautela. Habían discutido hacía un par de meses, después de que ella lo defendiera ante la señora Joshwood. Los chicos aún no lo dejaban olvidar aquel incidente.

Sonaba como el agente Smith en *Matrix*.

—¿Por qué se muestra tan cauto conmigo, señor Grimes? —Ella levantó una ceja, y la esquina de sus labios se curvó hacia arriba.

—Bueno, tal vez me acabe de despertar y no pueda seguir el razonamiento que supongo que quieres compartir conmigo. O tal vez no quiera responder de forma equivocada y arrepentirme al instante. —Aseguró su asiento en posición vertical y encaró a Bethany Anne, listo para otra partida de ajedrez verbal. Le encantaba trabajar para aquella mujer. Desde que había entrado en su vida, había tenido que lidiar con el peligro casi todos los días. Ella lo había salvado en los Everglades y, aunque le había curado la herida, la sangre de vampiro también había modificado su cuerpo de manera positiva.

Un par de días antes, Frank Kurns había hablado con él en privado, durante el viaje a Costa Rica, y le había preguntado por sus cambios físicos. Una vez que John confirmó con Bethany Anne que podía contárselo, le explicó a Frank cómo su herida de cuchillo y su brazo roto se habían curado, y que incluso viejas cicatrices habían desaparecido. Además, durante las dos semanas siguientes, su fuerza y rapidez habían aumentado sin parar.

—¿Qué, como en *El hombre de los seis millones de dólares*? —Los ojos de Frank tenían un brillo cargado de humor.

—¿Quién? —preguntó John, aunque sabía de sobra a qué se refería.

Frank se limitó a poner los ojos en blanco.

—¿No conoce la serie *El hombre de los seis millones de dólares*? Steve Austin es un astronauta de la NASA que se estrella mientras prueba un avión espacial y lo curan con implantes biónicos. Luego se pone a trabajar para una organización gubernamental secreta. Como yo mismo soy una organización gubernamental confidencial, me ha parecido bastante gracioso. —Luego actuó como si tuviera algo desagradable en la boca—. ¿Sabes?, si tengo que explicar el chiste no es tan divertido.

—Imagino que sí. —Él había ocultado su diversión, sin dar al anciano ninguna pista de que sabía todo sobre Steve Austin, Oscar Goldman y el doctor Rudy Wells.

—¿Te arrepientes de que te diera un poco de mi sangre? —Bethany Anne lo hizo volver a la realidad al aclarar la pregunta.

Su rostro había perdido la picardía de hacía un momento. John supuso que no se trataba de la pregunta inicial, sino una a la que llevaba tiempo dándole vueltas.

Así que abandonó toda pretensión y se puso serio.

—Jefa, estos tres últimos meses han sido la experiencia profesional más gratificante que he tenido nunca. No la cambiaría por nada. Tu don, tanto para curarme como para reunir a este grupo, ha superado todo lo que podía esperar.

—¿Incluido Pete?

Sonrió ante la pregunta. Pete tenía una personalidad fuerte para ser tan joven, y llevaba con ellos poco menos de tres meses. La primera experiencia del chico con John fue cuando este le pegó un puñetazo y lo lanzó al suelo delante de su padre. El jefe del equipo no le permitió hablar con

Bethany Anne. A veces el dolor era un excelente método de entrenamiento para los jóvenes obstinados y malcriados.

—Incluido Pete. Ha resultado ser un buen tipo. Solo necesitaba el estímulo adecuado. —Sonrió. Había tratado a Pete como a un nuevo recluta en el Ejército, y sabía que había convertido sus primeras semanas en un infierno—. Cuando se levantó y agarró a uno de los de seguridad en el Polarus, se hizo un hombre delante de mis ojos. Nunca lo olvidaré. Selló su posición en el equipo en cuanto se unió al juicio. Ahora no se echará atrás y nunca volverá a ser el de antes.

Bethany Anne miró por encima del hombro de John mientras recordaba esa experiencia de primera hora de la mañana.

—Estoy de acuerdo. Has hecho un trabajo increíble con él. ¿Me cuentas tu secreto?

—Muchas palizas y sesiones de entrenamiento a primera hora de la mañana. —Se rio entre dientes—. Más o menos, lo de siempre.

—Zorritas mías, tenéis que manteneros en forma. Si Nathan y Pete vuelven con los primeros miembros del Equipo Licántropo, tendréis que enfrentaros a ellos para demostrar vuestras habilidades. —Ella enarcó una ceja.

—Sí, los chicos y yo lo hemos hablado. Hemos pensado en que participaremos en su entrenamiento cuando se incorporen y les daremos una buena paliza. En cuanto terminemos con ellos, nos respetarán y ya no tendremos que ponerles la mano encima.

Bethany Anne se quedó pensativa.

—Así que, si sienten respeto por tus habilidades casi de inmediato, para cuando sepan luchar de verdad, ¿no volverán a desafiarte?

—Más o menos. —Sonrió.

—Eso es muy inteligente. ¿Y cómo va tu vida amorosa?

John sintió que le daban un puñetazo en el estómago. ¿A qué venía eso?

—¿Perdón? —Su voz aumentó una octava.

Bethany Anne notó que el color le subía por el cuello.

Se rio para rebajar la tensión.

—¿Qué?, ¿crees que no sé que tengo a mi alrededor cuatro hombres todo el tiempo? Si no os encontráis a unas chicas rápido, empezaré a hacerme preguntas…

John estuvo a punto de balbucear, pero, al otro lado del pasillo, Eric no pudo contener una risita, lo que delató que había estado escuchando a escondidas. John aprovechó la oportunidad para intentar eludir la pregunta de Bethany Anne.

—Eric, pajillero, es una conversación privada. —John, de metro ochenta y cinco, se estiró a través del pasillo y golpeó a su compañero en el hombro.

Los ojos de Eric se abrieron de golpe.

—¡Ay! ¡Maldita sea, era mi brazo favorito! —Se frotó el brazo izquierdo, donde le había dado el puñetazo.

—¿Para qué? —preguntó él.

—Lo que necesite que sea. Pero me lo has roto, cabr… —Eric interrumpió su réplica cuando su cerebro se puso en marcha.

Tenía la intención de insultar a John, pero sabía que eso le valdría flexiones, y dudaba que estar a quince kilómetros del suelo le impidiera a Bethany Anne hacerle pagar la cuenta. Tal vez el pequeño pasillo lo impidiera, pero se la imaginaba saltando sobre su espalda, con botas, para ayudarlo a llegar al suelo. Siguió frotándose el hombro mientras acomodaba el asiento en posición vertical.

Gabrielle se agitó frente a él.

—¿Os importaría discutir fuera? —Abrió los ojos y sonrió al grupo.

—Bueno, si no estuviéramos a quince mil metros de altitud, por supuesto que sí, princesa —respondió Eric.

Ella puso los ojos en blanco.

—¡Dios, es la última vez que te confieso algo de mi pasado!

—¡Vamos! Trabajo para una reina, y una de mis compañeras de equipo es, o al menos era, una princesa. Estoy rodeado de realeza, ¡así que soy especial!

Bethany Anne negó con la cabeza, pensativa. Sabía que tenía que lidiar con eso de estar en la cima de la pirámide cuando se trataba del Mundo Ignoto, pero odiaba que la llamaran reina. Stephen, sin embargo, nunca dejaría de llamarla así, así que prefirió no discutir el asunto con nadie más.

Gabrielle no se dio por vencida.

—Sí, la verdad es que eres muy «especial». ¿Quizá ese bulto que tienes en la cabeza te haga olvidar que era una princesa?

Eric le lanzó una mirada perpleja.

—Ese ha sido un comentario muy insultante y no tengo un bul… ¡Joder! —Ella se desabrochó el cinturón y se movió tan deprisa que Eric apenas tuvo tiempo de protegerse la cabeza antes de que ella se la reventara con los nudillos.

Él se dobló y murmuró desde su regazo mientras se masajeaba la cabeza.

—¿Ves? Ya me exiges que me incline ante ti, así que no… —Se movió deprisa para cubrirse más; su voz se hacía más fuerte—. Ouch, maldita sea. Déjalo ya, joder. —Movió los brazos para intentar protegerse la cabeza de la vampira.

—¿Vas a dejarte de tonterías? —Parecía dispuesta a abalanzarse de nuevo. John sonreía ante su juego.

—¡Sí! Sí, ya paro. —Se incorporó y continuó frotándose donde ella le había pegado. Su boca decía que lo recordaría, pero el brillo humorístico de sus ojos decía que no perdonaría ni olvidaría.

Bethany Anne los interrumpió.

—Niños, ¿tengo que lanzaros a todos del avión?

Los tres hicieron como si hubieran aprendido la lección. Ni Gabrielle, que era muchos siglos mayor que Bethany Anne, habría osado poner en peligro su paciencia. Podían bromear, arriesgarse, incluso ser un poco suicidas… Pero, cuando Bethany Anne hablaba en serio, se terminaban las tonterías.

La voz de Paul se escuchó por el altavoz.

—Os pongo al día con rapidez: aterrizaremos en poco menos de una hora. Bethany Anne, ¿puedes venir aquí un segundo?

Ella se desabrochó el cinturón y miró a los tres un momento para recordarles que los estaba observando, o al menos escuchando.

Y luego se preguntó qué querría Paul.

Capítulo 2

EPR Enterprises G550, en ruta hacia Rumanía desde el Caribe

Bethany Anne entró en la cabina y se sentó en el asiento vacío del copiloto.

—¿Sí?

Paul la miró un instante y luego volvió a los mandos.

—Oye, solo por curiosidad. ¿Piensas conseguir un copiloto para este avión, o siempre volaremos con poca gente y en contra de las normas? No me preocupa mucho, y no tengo ni idea de cómo tu amigo nos hace entrar y salir del aeropuerto si van cortos de personal, pero alguien debería sentarse aquí conmigo para que nuestro aterrizaje parezca autorizado.

Ella se detuvo un momento a pensarlo.

—Tienes razón. Además, para tu viaje de vuelta al otro lado del charco, necesitas a alguien aquí que te lo explique. —Aunque no esperaba que Paul se quedara, ya que utilizarían la nave espacial de TOM para volar de regreso—. ¿Tienes alguna idea?

Él se sintió desconcertado. No esperaba una confirmación tan rápida a sus preocupaciones. Dadas todas las preguntas que había planteado mientras volaba en el Ejército, estaba acostumbrado a recibir evasivas, no una atención instantánea y luego, además, que le pidiera sugerencias.

—Ahhhh…, ¿quizás? —No quería parecer poco preparado para responder a su pregunta, aunque ese era su problema—. No me gustaría subir a bordo a cualquiera, y no sé cómo solicitar información sobre pilotos cualificados en Rumania. Así que, no.

Bethany Anne apreció su sinceridad. Sabía que algunos hombres trataban de mentir para obtener una respuesta antes que admitir que no sabían algo.

—¿Sabes qué? Tenemos una autorización especial gracias a Stephen. La cantidad de personas que él conoce o que lo respetan y pueden hacer que las cosas sucedan es impresionante. Pero, bueno, no quiero abusar a menos que sea absolutamente necesario. Cuando hayamos aterrizado, llama a Frank y comprueba si puede encontrarnos a alguien. Que Dan y Bobcat te ayuden a elegir a alguien apropiado. Luego le pagaremos el vuelo hasta aquí, desde donde sea que esté en el mundo. Después podrás llevar el avión de regreso a Miami con él. Mientras tanto, descansa y usa la tarjeta de crédito corporativa. Asegúrate de que el avión esté listo para partir, pero, por lo demás, considéralo unas minivacaciones, ¿de acuerdo?

La verdad era que Paul podía hacerlo. Aunque aún tenía algunas reservas a la hora trabajar con altos directivos debido al tiempo que había servido en la Marina, hasta ahora estaba contento de haber aceptado la píldora roja que Frank le había ofrecido en Nassau.

—Me parece bien.

—¡Perfecto! Avísame diez minutos antes y vendré a ayudarte a aterrizar esta bestia.

Paul forzó una sonrisa. No le gustaba tener a la jefa observándolo mientras trabajaba.

—Por supuesto, sería genial.

Ella se levantó del asiento y le dio una palmada en el hombro antes de retirarse.

* * *

Bethany Anne regresó a su asiento. Los tres miembros de su equipo dejaron de hablar al verla salir de la cabina. Se sentó y se volvió a abrochar el cinturón antes de mirar hacia Gabrielle.

—Oye, hay algo que quería preguntarte. —La otra vampira se limitó a enarcar las cejas—. ¿Puedes hablarme de los hijos de Michael? Nathan me ha hablado un poco de ellos, pero no sé si los conoce a todos.

—Con mucho gusto. ¿Quieres la historia completa o la versión resumida?

Bethany Anne hizo un gesto a Eric para que cambiara de asiento con ella.

—Lo siento, mirar de reojo me molesta después de un rato —respondió mientras se movían el uno alrededor del otro—. Una versión corta me vendría bien por ahora. Solo intento hacerme una idea de quiénes son y dónde están. Sé que Antón está en Sudamérica, pero ¿cómo ha llegado hasta allí?

—Vale, los seis hijos son Hugo, Antón, David, Petre, Stephen y Barnabas. Vamos a empezar con Antón y cómo se convirtió en el vampiro principal en América del Sur. Fue a Brasil al final de la Segunda Guerra Mundial. Se rumorea que tenía cierta influencia sobre el teniente Wermuth, que era el capitán del submarino alemán U530. Al final de la guerra, ese submarino dejó su puerto de amarre, ignoró la orden de rendición del almirante Dönitz y llegó hasta Argentina antes de rendirse un par de meses más tarde. Allí lo abandonaron con una mujer, y sus hijos lo seguirían los años siguientes.

Eric gruñó a su lado.

—Conozco esa historia. Es el submarino detrás de ese rumor de que Hitler sigue vivo. También se dice que se reunió con un buque japonés para transmitirle tecnología de radar y un operador.

Bethany Anne se enderezó ante aquel comentario y extendió una mano para impedir que Gabrielle continuara.

—Un segundo, ¿cómo dices, Eric?

Volvió a mirarla, ya que su voz no era de mera curiosidad.

—¿Qué parte?

—La parte del barco japonés.

—Ah. Al parecer, los japoneses utilizaban esos grandes submarinos de carga para mover cosas durante la guerra. Se construyeron tres. Creo que estaban numerados I-52, I-53 o 54 y I-55… o algo así. Al I-52 lo llamaban «submarino dorado», porque transportaba oro para pagar a los alemanes por el uso de algunas de sus tecnologías. En fin, Wermuth se encontró con él un año antes del final de la guerra y transfirió equipo y personal. Luego una unidad especial estadounidense usó uno de sus nuevos torpetdos de detección sonora para hundir al I-52.

Bethany Anne se quedó pensativa un instante.

—Entonces, aproximadamente un año antes de que el U-530 terminase en Argentina con Antón, ¿se reunió en secreto con un buque japonés para hacer un intercambio?

—Bueno, no sabemos si los japoneses le dieron algo a Wermuth. Me parece que tenían previsto encontrarse en Francia.

—De acuerdo. Pero supongamos… Supongamos que hubiera un Deshonrado en Japón y que le pasara materiales y equipo a Wermuth en 1944, que Antón luego llevaría con él a Argentina en 1945…

—¿Como qué? —preguntó Gabrielle.

Bethany Anne se dio cuenta de que era la única que estaba al tanto del asunto. Aún no se lo había comentado a su equipo, por lo que no podían entender su repentino interés.

—Bueno…

La interrumpió la voz de Paul por el altavoz.

—Chicos, aterrizaremos en diez minutos. Por favor, asegurad las bandejas y poned los asientos en posición vertical. Bethany Anne, a la cabina, por favor.

Ella se puso de pie.

—Luego os lo cuento todo cuando estemos con Stephen. Esta información podría ayudarme a entender dónde está Michael. —Comenzó a moverse hacia la cabina.

Gabrielle gritó detrás de ella:

—¿Crees que sigue vivo?

Ella respondió por encima de su hombro.

—¡Esperemos que sí! Podríamos necesitarlo antes de que todo esto termine.

Gabrielle echó un rápido vistazo a los dos hombres, que vieron cómo parecía hundirse un poco en el asiento.

Capítulo 3

Las Vegas, Nevada, EE.UU.

Jeffrey Diamantz se encontraba en la ventana de la esquina de su oficina, en lo alto del edificio de siete plantas que Patriarch Research compartía con otras dos empresas en el norte de Las Vegas, cuando vio un todoterreno oscuro entrar en el aparcamiento. Se preguntó otra vez cómo abordar un tema tan delicado con el hombre que debía visitarlo esa mañana. La cita estaba programada para las diez en punto, y eran las nueve y media. Había supuesto que el cabecilla llegaría tarde, una forma pasivo-agresiva de recalcar lo importante que era.

Llevaba quince años como director de esa empresa y nunca había tenido la oportunidad de conocer a los propietarios. Jeffrey había recibido algunos correos electrónicos en respuesta a preguntas específicas. También enviaba informes trimestrales de actividad y un resumen anual a finales de año, a una dirección de Nueva York, así que le parecía muy revelador que la reunión tuviera lugar tan pronto después del mayor ataque informático que la empresa había sufrido hasta la fecha.

Sus ojos se quedaron fijos en el todoterreno que aparcaba en la calle. Dos hombres bajaron y examinaron los alrededores con mucha atención. Uno era blanco, el otro negro, y cada uno se dirigió a un lado para inspeccionarlo detenidamente. Ambos parecían muy bien vestidos con sus trajes negros, camisas blancas y corbatas oscuras, aunque no podía dilucidar el color exacto de la tela a esa distancia. Luego, el hombre blanco abrió una puerta y un anciano bajó del asiento trasero. Tenía el cabello gris muy corto y caminaba rodeado de dos guardias que parecían militares. El trío entró en su edificio.

¡Ah, mierda! Ese podría ser su grupo. Jeffrey se volvió hacia su escritorio y pulsó el botón del interfono. Contestó su secretaria, Annette.

—¿Sí, señor?

—Annette, ¿tenemos lista la sala de reuniones?

—Sí. Estoy esperando que falten unos minutos para las diez y así preparar el café.

—Póngalo ahora. Creo que el director de operaciones de la empresa matriz acaba de llegar.

—Sí, señor. ¿Lo esperaba temprano?

—No, pero espero que sea una buena señal.

—Vale, yo me ocupo de todo.

—Gracias.

Soltó el botón. El aparato era prehistórico. De hecho, costaría mucho reemplazarlo, ya que ya no se fabricaba. Tres años antes, había tenido que comprar un circuito de segunda mano que había costado una cuarta parte de un sistema nuevo solo para asegurarse de que sus líneas telefónicas siguieran funcionando. Para la mayor parte de sus comunicaciones usaban VoIP, y ese equipo lo utilizaban solo para raras llamadas en teléfonos antiguos.

Dos minutos después, su teléfono zumbó, así que activó el intercomunicador.

—¿Sí, Annette?

—Señor, hay un señor Reynolds que quiere verlo.

—Gracias, Annette. Por favor, acompáñelo a la sala de conferencias. Recogeré mis cosas y estaré allí enseguida.

—Sí, señor.

Colgó. Jeffrey respiró hondo, aguantó la respiración unos segundos y expulsó el aire con lentitud para liberarse de la ansiedad que sentía. Cogió su portátil y los pocos gráficos que había impreso y fue a reunirse con su jefe.

CIUDAD DE NUEVA YORK, NUEVA YORK, EE. UU.

Gerry atravesó la ciudad para reunirse con Nathan y el equipo «verde» que deseaba trabajar con Bethany Anne y, además, estaba lo bastante cerca como para llegar en coche con solo dos días de antelación.

Estaba agotado. Desde que Nathan había dejado su manada para trabajar con EPR, Nirene y él habían tenido que lidiar con demasiados quebraderos de cabeza. Eso nunca había ocurrido cuando Nathan era su segundo al mando.

Así, en retrospectiva, Gerry se dio cuenta de que había sido un alfa muy afortunado. Nunca supo apreciar a su segundo en su justa medida. Los subordinados de Nathan nunca se atrevían a molestarlo, por lo que sus tonterías nunca llegaban hasta Gerry. Además, después de una larga cena con Nirene, descubrió la cantidad de veces que Nathan había reprendido a quienes le habían causado problemas.

Pero el hijo pródigo volvía esa mañana. Eso no ayudaría a Gerry a largo plazo, pero al menos había reducido considerablemente las solicitudes de reuniones por asuntos de la manada.

Nirene no podía hacerse cargo de todas las responsabilidades que había tenido Nathan. Una de las tareas de su segundo había sido ser intermediario con los vampiros… Aunque, la verdad, ese seguía siendo su trabajo.

Ahora, Nathan y Pete volvían para hablar con los dieciocho licántropos que estaban interesados en colaborar con Bethany Anne. Otros diez habían tenido un momento cuasirreligioso después de su encuentro con la vampira en Fort Tilden y, desde entonces, se lo pensaban dos veces antes de continuar con sus fechorías. Decidieron de repente que sería mejor callarse y llevar vidas normales de *Wechselbalg* en lugar de acercarse a esa furia.

Gerry estimaba que al menos uno o dos miembros del Consejo Americano de los Licántropos seguían intentando convencer a los más jóvenes que se rebelaran…, pero, una vez que estos se fueran con Nathan, ya no serían oficialmente su problema. Los cachorros más jóvenes se adaptarían o saldrían de ahí, posiblemente, en un ataúd. Si Nathan no los metía en uno, seguro que Bethany Anne se ocuparía del asunto.

Su actitud podía parecer un poco despreocupada, pero estaba cansado de que los jóvenes pensaran que la vida debía ser justa. Unas cuantas muertes, como la de Paul Gleason, servirían de lección para los cachorros más agitadores. A algunos les había bastado tener contacto con su equipo de seguridad para convencerse. Y a quienes no les había bastado aquel equipo humano para asustarse… Bueno, Bethany Anne había tenido una charla personal con ellos.

Se detuvo en el aparcamiento del viejo almacén. La manada había comprado el edificio hacía más de treinta años para las reuniones ocasionales entre los licántropos que necesitaban una pelea de rango oficialmente sancionada. Estos a veces terminaban con la muerte de un individuo que se había negado a someterse, pero las reglas eran muy claras. El vencido debía aceptar la derrota o morir.

Hacía más de cinco años que Gerry no asistía a un combate autorizado. Casi había olvidado aquel almacén hasta que Nathan sugirió utilizarlo para celebrar reuniones.

Apagó el coche, salió de él y se dirigió a la puerta tras saludar con la cabeza a los cuatro tipos que ya esperaban allí. Abrió y encendió la luz. Había unos ventiladores gigantes en el tejado, pero hacía frío y el edificio era demasiado grande para calentar el espacio durante la reunión. Los suelos eran de hormigón y el edificio tenía un viejo revestimiento metálico y un polvoriento aislante rosa entre los montantes y las vigas. Hacía mucho tiempo, la manada había dispuesto epoxi para que el hormigón fuera más fácil de limpiar. Fue después de una disputa particularmente sangrienta justo antes de un combate. La sangre había salpicado por todas partes, tan espesa que habían tenido que limpiarla antes de poder realizar el combate oficial. Para cuando el suelo se secó, los dos combatientes habían encontrado una solución y el combate nunca tuvo lugar.

Los halógenos zumbaron al encenderse y la luz aumentó gradualmente para iluminar la sala de novecientos metros cuadrados. Los cuatro hombres que esperaban lo siguieron hacia adentro y, en los treinta minutos siguientes, aparecieron otros diez coches con catorce personas.

Gerry vio entrar a Terry Manestes, uno de los últimos en unirse al grupo. Había recibido una tiro en el vientre durante el encuentro con Bethany Anne y sus hombres. Su primo Jack tuvo menos suerte, una bala le explotó la cabeza y murió al instante. Si Terry había recibido un tiro en el estómago, había sido por incitar a los demás a matar a Bethany Anne. Gerry se preguntó si había venido para retomar el testigo del difunto Paul Gleason. Pero no le importaba. Terry no era su problema; sería el problema de Nathan durante esta reunión, no el suyo.

El alfa habló con todo el mundo. Por una vez, él no era la atracción principal y nadie quería besarle el culo, sentía la inquietud en el ambiente. No se esperaba que Bethany Anne asistiera, y Gerry se lo había repetido a todos dos o tres veces. Aunque nadie estaba encantado con la idea de tratar con Nathan, era el menor de dos males cuando la otra opción era enfrentarse a la vampira.

Lo que Gerry no pudo anticipar es que ni Bethany Anne, ni Nathan, ni él mismo serían el tema de conversación tras esa reunión matutina.

CONSTANZA, RUMANÍA

El equipo había aterrizado sano y salvo en el aeropuerto, donde los esperaban Iván y Stephen. A diferencia de la primera vez, Gabrielle decidió sentarse junto a Iván. A decir verdad, se sentó muy muy a su lado. Eric sonrió al verlos a los dos y se alegró por el chico. Hablaron un rato de la operación de Costa Rica. Se sintió un poco incómodo cuando Gabrielle describió los disparos que había recibido, en el pecho y en la pierna. Por suerte, su chaqueta antibalas había detenido el disparo en el pecho. Pero al caer al suelo, le habían herido en la pierna antes de que Eric pudiera matar al agresor.

Iván se asustó un poco con aquella parte de la historia. Gabrielle lo tranquilizó diciéndole que estaba bien. Tomó su mano y la colocó en su muslo para demostrarle que estaba curada. Eric no podía ver el lugar exacto, ya que estaba sentado detrás de la vampira, pero la expresión en el rostro de Iván indicaba que no era precisamente el lugar donde le habían disparado.

«Bastardo con suerte», pensó Eric.

En el coche de Stephen, Bethany Anne se sentó en la parte trasera; John, en la delantera y su anfitrión, al volante. En esta ocasión, había reemplazado sus dos viejos Mercedes por modelos más recientes. Incluso con su fortuna, Bethany Anne no entendía este gesto. Stephen lo justificaba diciendo que sus coches anteriores eran solo «casi nuevos». Ahora lamentaba no haber hablado del tema con Gabrielle durante el vuelo. No entendía qué significaba eso de casi nuevo, y era como tener una picazón que no podía rascar y la atormentaba.

Pero era más importante obtener más información sobre la época en que Antón había dejado Europa.

—Stephen, ¿recuerdas mucho de la Segunda Guerra Mundial?

—Sí, mi reina. Estuve despierto durante esos años, y fue una época muy fea. Era fácil alimentarse, pero todas esas muertes sin sentido y atrocidades por ambas partes eran muy perturbadoras.

—Gabrielle me contó que Antón salió de Europa en un submarino alemán al final de la guerra. —Le repitió los otros detalles que le había dado su hija. Mientras tanto, llegaron a casa de Stephen, salieron del vehículo y recogieron su equipaje.

Tras instalarse en sus habitaciones, Bethany Anne se reunió con Stephen en el salón y se sentó en la misma silla donde lo había visto recuperarse. Le parecía que hacía una eternidad. John y Eric se unieron a ella, pero Iván y Gabrielle habían desaparecido. Se detuvo un segundo para escuchar un poco mejor, y oyó la cadencia de una respiración agitada y el chirrido de una cama. Puso los ojos en blanco y decidió continuar la discusión que habían iniciado en el coche. Si esos dos no aparecían antes de que los necesitara, pensaría en un castigo apropiado..., que además sería lo más embarazoso posible.

—Stephen, cuéntame más sobre Antón y la Segunda Guerra Mundial si puedes.

—Como desee, mi reina. Aunque permanecí sobre todo en la zona delimitada por Polonia en el norte, y Yugoslavia y Turquía en el sur, hubo un par de veces que viajé a Italia por orden de Michael.

—¿Así que habló contigo?

Stephen pensó en esa pregunta y en la noche en que había abierto su alma a esa mujer. Decidió aclarar su frase.

—No. En aquel momento, él enviaba sus órdenes. Michael trabajaba con los estadounidenses. Quienes estábamos en Europa a veces debíamos realizar operaciones estratégicas para obtener información. Y en ocasiones estas resultaban en asesinatos.

Bethany Anne comprendió la aclaración. Michael nunca había sido muy cercano a sus hijos y, en lugar de hablarles, les enviaba instrucciones.

—¿Quién estaba aquí, ayudando a Michael?

—Bueno, yo, por supuesto, y Hugo. Antón no estaba de su lado, ni David tampoco.

—Espera, pensaba que David no era un Deshonrado.

—No, pero era alemán y se puso del lado de Alemania en la guerra.

—¿Michael no tuvo problemas con eso?

—No desde el punto de vista del honor. Michael podía entender luchar por su país. Mientras David no tratara a los humanos como ganado, seguiría siendo honorable.

—Entonces, en esa época, ¿Antón y David podrían haber estado trabajando juntos?

—Supongo que sí, aunque por razones diferentes. David era leal a su país, no tanto al Tercer Reich. Antón, en cambio, estaba atrincherado en el Tercer Reich. Mantenía estrechos vínculos con Adolf Eichmann y Joseph Mengele. Contribuyó a la creación del libro de la *Herencia de los ancestros* en el 34 o el 35. Planeaba usar sus poderes vampíricos para mantener la ilusión de que era un verdadero nórdico, a pesar de que su cabello no era tan rubio o que era de piel morena. Por desgracia para él, se hizo evidente que Alemania perdería la guerra, así que se marchó a Sudamérica, adonde muchos de los alemanes nazis huyeron como ratas abandonando el barco. Sospecho que usó sus poderes para convencer al capitán del submarino de que lo llevara a Argentina.

—Bueno, un submarino lo habría mantenido alejado del sol.

Bethany Anne sentía que iba por el camino correcto, pero era hora de que Gabrielle se involucrara. Podía oír ruido allí arriba, pero sonaba más como… Sí, una cremallera.

Treinta segundos después, Gabrielle llegó por el pasillo.

—Siento llegar tarde. —Le lanzó una mirada pícara a su padre, que entornó los ojos con hastío. La reputación de seductor de Stephen era bien conocida, pero, en este caso, había sido ella quien se había entregado a la pasión. ¡Cuánto había cambiado entre ellos en solo unos cientos de años!

—¿Iván tendrá suficiente energía para unirse a nosotros? —preguntó Bethany Anne levantando una ceja.

Gabrielle pareció sorprendida.

—¡No he bebido de Iván!

Bethany Anne se limitó a sacudir la cabeza y fruncir los labios.

—No preguntaba por la pérdida de sangre. Solo quería saber si está durmiendo.

—Ah. ¿Quizás? —Le guiñó un ojo a los chicos. John y Eric intentaron girar la cabeza para ocultar sus sonrisas y fracasaron por completo.

Bethany Anne se volvió hacia Stephen.

—¿Sabes?, me esperaba esto de ti, no de ella. De todos modos, supongo que Iván no necesita escuchar esto. —Gabrielle se sentó junto a Stephen. John y Eric ya se sentían bastante cómodos con los vampiros, pero era cosa de los chicos no sentarse demasiado cerca si había otros asientos disponibles. Se podía considerar un paso adelante en las relaciones entre humanos y vampiros que eligieran no sentarse a su lado por una razón tan normal.

Mantuvieron su distancia con Bethany Anne por una razón completamente diferente. Si estaban cerca, tenía la costumbre de tirarles de las orejas cuando soltaban bromas, pero no atravesaría la habitación por algo tan insignificante.

—Vale, ahora interrumpidme si tenéis algo importante que decir. De lo contrario, dejadme terminar la historia, y tal vez podamos averiguar, o no, dónde está Michael. —Stephen ladeó ligeramente la cabeza y miró a su hija con expresión interrogante. Bethany Anne continuó—: Ya hemos hablado un poco sobre esto en el avión y Gabrielle seguramente te lo habría mencionado si no hubiera estado participando en los Juegos Olímpicos horizontales en lugar de ser recibida por su amoroso padre.

Gabrielle apoyó la cabeza en las manos.

—No se os va a olvidar en la vida, ¿verdad?

—Sabes que no. Ahora sé una buena calientabraguetas y quédate callada mientras hablo. —La vampira se quedó con la boca abierta. Bethany Anne sonrió al darse cuenta de que había dado con uno de sus puntos sensibles. Después de unos cuantos cientos de años, no debía tener tantos complejos como la mayoría. Gabrielle entrecerró los ojos.

—Preferiría que me dijeras que soy una modelo *pin-up* a que me llames calientabraguetas.

Las cabezas de John y Eric pasaron de una dama a otra como si estuvieran en un partido de tenis.

—Seguro que sí, pero ese comentario es de los setenta. ¿Qué tal revientapollas?

—¡No!

—¿La reina de la gayola?

—¡No! Ni siquiera sé lo que es eso de «gayola». —Gabrielle se había puesto un poco roja. Hacía tiempo que no se ponía al día con la jerga.

—¿Y *pajinator*? ¿La maestra del empalme? ¿Compositora del orgasmo en Ah mayor? —En aquel punto, John, Eric y Stephen tenían problemas para controlar sus risitas.

—¡No, no, y, joder, no! Para ya. Vale, vale, me rindo. No volveré a jugar a esconder la salchicha antes de las reuniones, ¿de acuerdo?

Gabrielle parecía una niña que acaba de ser reprendida por su madre y sus mejillas se encendieron bajo la mirada de los demás.

—Bien. Todas las cosas a su debido tiempo, y ese tiempo no es antes de mis reuniones.

Los tres hombres comenzaron a reírse cuando vieron a la vampira más mayor capitular ante la menor.

Gabrielle se volvió hacia su padre y lo abofeteó con fuerza. John y Eric sabían que si hubieran recibido una bofetada así, habrían tenido la marca y sentido el dolor durante una semana, lo que los motivó a reprimir sus risas. Stephen, por contra, empezó a reírse aún más fuerte. Los otros dos tuvieron dificultades para contenerse y volvieron a reír. Gabrielle los fulminó con la mirada y se calmaron. Luego volvió la vista hacia su padre.

—¡Serás hipócrita! No puedo creer que sea yo de la que se burlan, mientras *tú* tienes el descaro de reírte de mí.

Esto solo hizo que Stephen riera más. Al parecer, cientos de años de acoso reprimido podían tardar unos minutos en agotarse. Finalmente, Gabrielle decidió reclinarse en el sofá e ignorar a su padre. Poco después, Stephen logró recuperar la compostura.

Bethany Anne arqueó una ceja.

—¿Estás mejor, Stephen?

—Sí. Lo siento, pero esto lleva siglos preparándose. Ay, Dios, nunca pensé que viviría lo suficiente para ver esto…

Gabrielle habló mirando al frente, sin mirar a Stephen, que estaba a su lado.

—Puede que no vivas mucho más si sigues así.

Stephen lo tomó como una señal para enterrar de nuevo su alegría de nuevo y disfrutarla más tarde.

—Por supuesto, hay que mantener el decoro. —Le guiñó un ojo a Bethany Anne, quien casi estalló en risas. Con una determinación férrea y mordiéndose la lengua, logró contenerse.

—De acuerdo. Me alegro de que os hayáis desahogado las dos. —Gabrielle levantó los ojos hacia el techo—. Esta es la historia: Bill, en América, fue asesinado por tres Nosferatu. Eran de un tipo particular, capaces de ser controlados a pesar de su sed de sangre. Podían ser «programados» con un suero especial. Michael pensaba que la receta de este suero se había perdido en 1945, cuando América lanzó la bomba sobre Japón. Sin embargo, según los registros de vídeo que Carl tenía en su posesión, crearon al menos tres de estas criaturas. Si siguen fabricando este suero, ya sea en masa o en pequeñas dosis, tenemos un gran problema. Esa es mi teoría. El tipo que trabajó en esto en Japón podría haber transferido una copia, probablemente parcial, ya que no ha salido hasta ahora, y haberla llevado en...

—¡El submarino japonés que se encontró con Wermuth en 1944! —intervino Eric, que, en secreto, era un adicto al *Canal Historia,* e incluso le encantaban los *Antiguos Extraterrestres.*

La expresión de John mostraba incredulidad.

—¿Qué demonios? ¿Por qué es la primera vez que oigo hablar de esto?

—Porque ya teníamos bastante con lo nuestro —respondió a su jefe de equipo—. Hasta que Frank y mi padre se unieron a nosotros, no disponía de los recursos necesarios para analizar todos los problemas que Michael me había dejado y empezar a aislar sus fuentes. Cuando Clarita me atacó a través de Adrian, señalamos a Antón como la fuente de nuestros problemas en América Y como Adrian es responsable de la muerte de Bill, nos ayudó a identificar la fuente de estos Nosferatu.

—Sí, pero ninguno de los otros Nosferatu con los que luchamos mostraba ningún tipo de programación especial —dijo Eric—. Eran fuertes, rápidos, pero nada diferentes de los que hemos combatido durante años.

Bethany Anne asintió.

—Hablé con Dan. Frank tenía una copia en vídeo de la operación final de Bill que Carl había compartido con él. Me confirmó que nunca había visto a ningún Nosferatu aguantar como lo hicieron aquellos tres. Cuando explotaron sus bombas, nada sugería que les importara morir. Parecían zombis muy inteligentes.

John sintió que se ponía enfermo. Odiaba a los zombis.

—¿En serio?

Bethany Anne sonrió a su enorme guardaespaldas. Stephen intervino.

—Entonces, ¿este suero permite, de alguna manera, controlar a los Nosferatu?

Bethany Anne frunció el ceño.

—No lo creo. Según Carl y Michael, el suero ayuda a un humano a asimilar mejor los nanocitos durante la transformación y es más probable que sobreviva sin sufrir demasiado. Pero, al mismo tiempo, lo hace más receptivo a las órdenes de quien lo transformó.

Gabrielle decidió por fin unirse a la conversación.

—Así que, en teoría, ¿podrían actuar con más normalidad?

Bethany Anne se encogió de hombros.

—Supongo que sí. He visto el vídeo, y diría que parecían lentos, ¿sabes? ¿Como alguien con menor capacidad intelectual?

Gabrielle se entusiasmó con su teoría.

—Entonces, si hicieras diez de esas cosas y les pusieras chalecos antibombas, nada les impediría entrar en cualquier sitio, ya que parecen normales, y entonces… ¿Bum?

—Probablemente. No sé si son capaces de hablar. Siempre que nadie les haga una pregunta, ¿tal vez?

Stephen retomó la conversación.

—¿Recuerda que no podía sentir su parte vampírica, mi reina?

John y Eric volvieron al tenis.

—¿Sí?

—¿Estos Nosferatu huelen como vampiros?

—Creo que sí. O huelen a algo. Recuerdo que Frank mencionó que Bill olía a lejía en aquella sala… ¿Por qué?

—Bueno, si podemos averiguar a qué huelen, quizás podamos crear algún tipo de detector.

A Gabrielle le sorprendió su disposición a usar la tecnología, ya que antes la había ignorado todo lo posible. Joder, todavía tenía un timbre sin cámara en la puerta. Eso demostraba lo mucho que había avanzado en los últimos tres meses.

—Lástima que no podamos usar un perro —comentó Eric—. Así, al menos dos de nosotros podríamos dirigir el espectáculo, un perro por persona.

John negó con la cabeza.

—Sí, pero el perro podría morir fácilmente. No sé lo rápido que podríamos adiestrarlo, y luego tendríamos que conseguir que obedeciera órdenes, solo para que un Nosferatu le arrancase la cabeza de una patada, y nos lo encontráramos en un callejón.

—Patear a un perro… Eso es rastrero, tío. —A Eric no le gustaba la idea de su perro imaginario muerto a manos de un Nosferatu.

«Bethany Anne».

«¿Sí, TOM?».

«No hay ninguna razón científica por la que no podamos utilizar nanocitos en caninos».

«Pero ¿habría alguna razón *no* científica? Espera, lo tengo. ¿Quieres hablar de ética otra vez?».

«Exacto».

«Oye, todos los perros morirán en el futuro si no lo hacemos, así que, si podemos encontrar algunos que se lleven bien con los vampiros, no me molesta. Espera un segundo».

—Si tuviéramos una forma de hacer que un perro fuera más resistente, ¿ayudaría sobre el terreno?

—¿Bromeas? —preguntó John—. Si tuviéramos animales entrenados para detectar, localizar y atacar a los Deshonrados, tal vez no te habríamos necesitado en los Ever Glades. —Sonrió. No era en absoluto cierto, pero supuso que se había anotado al menos dos puntos con aquella réplica.

—Oh, ¿podría crear algunos Deshonrados para probar esa teoría, señor Grimes?

Y… le ganó por goleada. Punto, set y partido para Bethany Anne.

—No. No creo que mi pecho necesite volver a sentir mi propio cuchillo. —John miró a su compañero de equipo—. Bromas aparte, si lo pudiéramos hacer, tal vez necesitaríamos… ¿Cuántos, Eric? ¿Dos?

Eric volvió su atención hacia Bethany Anne.

—¿Qué crees que podrían hacer? ¿Serían más rápidos, más fuertes o aguantarían mejor el daño? ¿Y qué hay de las órdenes? No me gustaría que utilizaran uno de ellos contra mí.

Bethany Anne permaneció pensativa por un momento.

—No lo sé. Tendré que pensarlo y ver qué conseguiríamos. La idea es buena, Eric. Seguro que somos capaces de construir un detector, como sugirió Stephen, pero tendríamos el problema de transportarlo. Un perro puede moverse y olfatear en el campo.

—Bueno, eso significa que los *Wechselbalg* también pueden olerlos. Imagino que podrían hacerlo en su forma humana —añadió Gabrielle.

—Buena observación. Nathan y Pete están en América y no los volveremos a ver hasta que regresemos a Miami. Es probable que Antón, bueno, asumiendo que Antón es el líder principal en este momento, tenga algunas de estas criaturas aquí en Europa, pero es imposible saberlo si no las buscamos. Los vampiros pueden olerlos, los *Wechselbalg* pueden olerlos y podemos entrenar perros o construir detectores electrónicos. Tal vez incluso deberíamos hacer ambas cosas…

John estaba en el borde de su asiento.

—¿Cómo planeas entrenar al perro o programar su detector electrónico? —preguntó.

«La nave podría hacerlo sin problema», sugirió TOM.

—Podríamos usar la sala médica de la nave para eso. Entre Gabrielle, Stephen y yo deberíamos poder reproducir el olor.

«Gracias, TOM».

«You're welcome».

Bethany Anne negó con la cabeza. Tendría que investigar en otro momento de dónde había sacado TOM su respuesta en inglés.

Stephen miró a John y Eric.

—¿Tenéis hambre? Sin Iván aquí para recordármelo, de vez en cuando me olvido de las necesidades alimentarias humanas.

Los dos hombres confirmaron que comer sería una buena idea. Bethany Anne pidió a Gabrielle que fuera a verificar si su Bello Durmiente tenía hambre o prefería quedarse en la cama… Ella, sin embargo, no podía quedarse en la cama con él. Gabrielle estuvo a punto de responder que una cama no era estrictamente necesaria, pero decidió que sería más prudente no decir nada.

Regresó treinta segundos después para decir que Iván saldría de la ducha en cinco minutos.

Todos fueron a asearse. Bethany Anne decidió ir a su habitación y hablar con TOM mientras se lavaba los dientes.

«TOM, ¿qué opinas de transformar canes? Puedo imaginar algunas formas en las que podríamos utilizarlos».

«No veo por qué sería un problema. Necesitaríamos hacer una prueba, por supuesto, y encontrar una manera de recargarlos diferente al etérico… A menos que no sea un problema que beban sangre».

«Lo dudo. Después de todo, ya comen carne cruda. De hecho, los lobos comen animales que acaban de matar. Imagino que los perros salvajes harán lo mismo en la naturaleza, pero tendría que verificarlo. ¿Qué piensas? ¿Necesitaríamos conejos vivos para alimentarlos?».

«Sí. Eso u otra cosa, siempre y cuando su comida sea lo más fresca posible».

«¿Qué tipo de animales crees que podrías transformar?».

«Desde un punto de vista genético, casi cualquier cosa. Una vez que tengamos un sujeto de prueba, tendremos que estudiarlo de cerca por un tiempo. Podemos aumentar su velocidad, su fuerza…».

«¿Y la inteligencia?», preguntó Bethany Anne.

«Ah, eso es complicado. No he estudiado nada ese tema y nada de lo que he visto me da seguridad sobre ese punto».

«Tendré que investigarlo la próxima vez que tenga ocasión».

«¿Por qué está tan interesada en modificar caninos? ¿No funcionaría igual de bien un dispositivo electrónico de pruebas?», insistió TOM.

«Claro, si quieres estar justo al lado del Nosferatu cuando lo identifiques. Si estas criaturas son capaces de pensar, aunque sea un poco, y por el vídeo que vi así lo parece, podrían comprender lo que está pasando cuando el detector suene. Entonces, el Nosferatu podría mezclarse con el entorno y desaparecer. Un perro podría pasear sin que nadie le preste atención».

«Bueno, siempre que sus ojos no brillen en rojo y los dientes no tengan colmillos aún más largos».

«Sí, bueno, eso llamaría un poco la atención».

Capítulo 4

Las Vegas, Nevada, EE. UU.

Lance Reynolds entró despacio en la sala de reuniones. Aunque era bonita, no era una gran sala de juntas con madera en las paredes y alfombras caras en el suelo. Lance prefería un aspecto más funcional. Scott se quedó fuera y Darryl entró en la sala junto al general y se colocó en un rincón.

El general había suplicado a Dan y a John que Bethany Anne tuviera protección cercana, invocando razones pertinentes. Se sintió complacido cuando su hija —pues, vampira o no, seguía siendo su hija— reconoció que sería lógico que la directora ejecutiva de EPR Enterprises tuviera protección. Sin embargo, se sintió mucho menos contento cuando volvió sus argumentos en su contra y afirmó que su director de operaciones también necesitaría protección durante sus viajes.

Había caído en su propia trampa.

Darryl y Scott eran buenos chicos, pero Lance nunca había necesitado protección en el Ejército y le daba la sensación de que le daban más importancia de la que realmente tenía. Bethany Anne le había dicho que se tragara su ego y se hiciera a la idea de que esa era su vida ahora.

Así era ella, no se impresionaba por sus títulos o su historial de servicio.

A Lance no le preocupó demasiado que el director general de Patriarch Research no se presentara enseguida a la reunión. El general había llegado pronto y, de todas formas, solo estaba allí para un encuentro preliminar. Nathan no había logrado hackear su servidor y concluyó que tenían un sistema de seguridad sólido y efectivo. Sin una reunión en persona, no podría determinar si sucedían cosas sospechosas en esa empresa.

Ecaterina la había organizado y Lance había reclutado a Bobcat para llevarlo junto con Shelly a Jamaica, desde donde habían tomado un vuelo a Las Vegas con escala en Dallas. Los tres hombres viajaron en primera clase, a pesar de las protestas de Lance de que era un despilfarro de dinero. Ecaterina le explicó que Bethany Anne quería que parecieran importantes, y no había mejor forma de lograrlo. Comparado con los siete mil dólares por hora que costaban los vuelos en el G550, esos billetes les habían salido baratos Visto de esa manera, volar en primera clase le parecía bastante ordinario, casi económico.

Lance habría preferido que Nathan viajara con él, pero lo necesitaban en Nueva York. En caso de emergencia, Nathan y Pete podrían tomar un vuelo directo de Nueva York a Las Vegas después de su reunión.

Alguien llamó a la puerta y la encantadora secretaria entró para llevarle una taza de café negro. Extrañaba a Patricia. Esperaba que se llevara bien con su nuevo jefe. Sacó su teléfono y añadió un recordatorio que simplemente decía «¿Patricia?». Programó la alarma para las tres de la tarde de ese mismo día.

Un minuto después, volvieron a llamar muy brevemente, y la puerta se abrió para dejar entrar al director.

El general se levantó con la mano extendida.

—Lance Reynolds.

Jeffrey se sorprendió. El tipo en la puerta era un tanque andante y esperaba que el señor Reynolds tuviera un carácter más bien áspero. No es que ese hombre no pareciera estricto y directo, pero no parecía arrogante, sino más bien…

—Hola. Jeffrey Diamantz. Encantado de conocerlo, señor Reynolds.

—Lo mismo digo. Llámeme Lance o general. Elija usted.

¡Militar! Esa era la palabra que Jeffrey estaba buscando.

—Si lo desea, llámeme Jeff o Jeffrey, no tengo preferencias. —Se sentó a la cabecera de la mesa, ya que Lance no lo había hecho, al contrario de lo que había esperado.

El general señaló a Darryl con la cabeza.

—Le presento a Darryl Jackson. Su colega de fuera se llama Scott English. Mi hija, la directora, está más preocupada por mí de lo que creo que es necesario.

El guardia mantuvo una expresión neutral. Lo que pasaba en Las Vegas se quedaba en Las Vegas, incluso las tonterías que pudiera decir el director de operaciones.

Jeff miró al guardaespaldas y asintió. Darryl le devolvió el gesto. Jeffrey no se consideraba un hombre violento, pero ese caballero de piel oscura parecía capaz de romperle el cuello sin esfuerzo. No le parecía muy útil que alguien así estuviera allí simplemente de adorno. Aun así, apreciaba los esfuerzos para hacerlo sentir cómodo. Eso le revelaba otras cosas sobre este Lance que quizás el general no hubiera querido que se supieran, aunque ninguna de ellas fuera negativa.

—¿En qué puedo ayudarlo, general?

Darryl tuvo que contener una sonrisa. Los tres hombres habían apostado cincuenta dólares cada uno sobre cómo Jeffrey lo llamaría: por su nombre de pila, su apellido o su antiguo rango militar.

Lance miró por encima de su hombro.

—Te debo cincuenta, ¿verdad? —Darryl dejó entrever la sonrisa y asintió.

Jeffrey se dio cuenta enseguida.

—¿Apostaron sobre cómo lo llamaría?

El general lo puso al corriente.

—Sí. Yo dije «Lance», Darryl aquí dijo «general», y Scott eligió «señor Reynolds».

Jeffrey sacudió la cabeza. Aquel tipo no era en absoluto lo que él esperaba. Decidió dejarse de rodeos e ir al grano.

—Bueno, general, seré franco: nos enfrentamos a una situación con un potencial catastrófico muy significativo. Así que me alegra que esté aquí.

Si Lance hubiera tenido uno de sus puros en la boca, se le habría caído.

—¿Una situación con un potencial catastrófico? ¿Estudió las STL para uso militar?

—¿STL?

—Sí, siglas de tres letras. Como todo en el Ejército, decimos tres pero pueden significar tres, cuatro y, a veces, cinco o más. Como FNG, FUBAR y LOST.

Jeffrey sabía lo que significaban las dos primeras.

—¿LOST?

—*Looking Over Strange Terrain*. Observando Terreno Desconocido.

Sacudió la cabeza y se rio un poco.

—Por extraño que parezca, LOST encaja en esta situación.

Lance suspiró. Ni siquiera había terminado su primera reunión de negocios y las cosas se estaban complicando. Habló como lo haría con un oficial recién ascendido.

—Cuénteme más.

Darryl pensó que la suerte de Bethany Anne debía haber sido heredada de su padre.

—Bueno, general, ¿sabe usted lo que es la singularidad tecnológica?

—Estamos hablando de cuando obtengamos una IA muy potente, ¿verdad?

Jeffrey se tomó un segundo para detener su explicación antes de que saliera disparada de su boca. No esperaba que el general supiera algo al respecto.

—Ah, sí. Exactamente. ¿Cómo lo sabe? Perdón, no quiero ser grosero, pero la mayoría de la gente, aparte de los técnicos en inteligencia artificial o los fanáticos de Star Trek, no lo saben.

—Soy militar, ¿recuerda? Hacemos juegos de guerra con todo tipo de mierdas que podrían volver blanco a Darryl. —Señaló con el pulgar al guardaespaldas.

Darryl sonrió. Lance era de la vieja escuela, y a Darryl le divirtió ver cómo se abrían los ojos de Jeffrey. Si el tipo hubiera sabido que Lance Reynolds no tenía un hueso racista en su cuerpo, se habría preocupado menos.

El general había sangrado junto a todos sus hermanos en el campo de batalla. Para él, todos eran del mismo color: rojo, blanco y azul. Hacía más de diez años que Darryl no tenía que golpear a un racista, ya que sus compañeros de armas siempre lo hacían por él.

Que Dios ayudase a cualquiera que fuera lo bastante estúpido como para hacer un comentario inapropiado frente a Scott, Eric o John; y esperaba no tener que ver a alguien hacerlo frente a Bethany Anne. Sus amigos enviarían al tipo al hospital. Bethany Anne, por su parte, lo enviaría al cementerio.

Jeffrey intentó dejar de mirar a Darryl.

—Bueno, está bien, entiendo. Entonces, sí, veamos… El mayor problema con una singularidad tecnológica es saber si esa IA es benevolente o malintencionada. En un caso, no hay problema; en el otro, podríamos enfrentarnos a una situación del tipo de *Terminator*.

El general asintió con la cabeza.

—Es con ese último escenario con el que realizábamos nuestras simulaciones.

—¿Cómo se defendían?

—Comenzábamos con explosiones nucleares a gran altitud, de entre cincuenta y quinientos kilómetros, que generaban pulsos electromagnéticos para destruir la infraestructura. El inconveniente es que eso también puede destruir gran parte de la infraestructura eléctrica, y dejaría a la población sin calefacción y sin posibilidad de cocinar. No pretendo decir que encontráramos una solución, al menos no durante mi tiempo en el Ejército. Una vez que la IA se integra en Internet, se supone que es imposible neutralizarla. Ni siquiera somos capaces de eliminar virus creados por humanos, así que imagina una máquina de ese calibre.

Jeffrey tenía dificultades para asimilar lo que escuchaba. El general era, sin duda, muy diferente de la imagen que se había hecho de su jefe.

—De acuerdo…

—Entonces, ¿quiere decir que han logrado crear una IA de ese tipo?

—No. Bueno, tal vez. —Lance le dirigió una mirada severa—. Vale, es que estábamos trabajando en un proyecto para una empresa financiera. Había tantos datos que procesar que multiplicamos las instancias en AWS.

El general levantó una mano.

—Solo porque entiendo el tema principal, no asuma que entiendo los detalles.

—De acuerdo. AWS es un servicio de Amazon que te permite alquilar servidores según su capacidad: memoria, ancho de banda, todo configurable. Puedes usar tantos como necesites y luego apagarlos cuando hayas terminado. Era perfecto para nosotros porque estábamos probando un nuevo *software*, un programa heurístico de defensa web. Tiene la capacidad de aprender durante un ataque y adaptarse en consecuencia… o, a medida que adquiere nuevos datos, puede encontrar conexiones dispares entre ellos y sacar nueva información. Es este *software* el que la empresa financiera nos encargó probar.

—Supongo que funcionó bien…

Jeffrey se recostó en su asiento, feliz de poder aliviarse de ese peso que lo había atormentado durante casi dos años.

—Se podría decir que sí. Ya habíamos programado la detención de todas las instancias, así que, cuando se volcaron los datos y el programa dejó de concentrarse en su tarea principal, nos dimos cuenta de que había buscado información por su cuenta. Con tal poder de procesamiento, no fue difícil para la IA conectarse a la red y extraer datos para su propio uso. Nuestra factura por esos pocas minutos de transferencia de datos fue astronómica. Casi todo ese exceso se debió a que nuestro programa se autoalimentaba, ya que los datos financieros ya estaban cargados en nuestro servidor. Se hacía más inteligente con las peticiones de datos a Internet, incluso cuando el número de servidores que ejecutaban el programa se apagaron.

—¿Por qué os permitió que la apagarais?

—Creemos que no estaba prestando atención en ese momento. Hemos supuesto, durante los últimos dieciocho meses…

—¿Dieciocho *meses*? —Lance enarcó las cejas. Le había parecido un hecho reciente. Juntó las manos con calma y esperó a que Jeffrey continuara.

—Sí. Esto ocurrió hace casi dos años, pero hemos realizado otras pruebas desde entonces, con partes más pequeñas del programa, para comprobar lo que veíamos en los datos. Cuando fuimos el blanco de intentos de hackeo hace unas semanas, consideramos reactivar la IA para protegernos, ya que el *software* fue diseñado para eso en un principio.

Lance estaba sorprendido, pero se cuidó de no mostrarlo. Esos tipos casi habían reactivado esa amenaza debido a las acciones de Nathan. Maldita sea.

—Vale, lo entiendo. Continúe.

—Los intentos de hackeo cesaron y, al día siguiente, su secretaria llamó para organizar esta reunión. Estaba esperando a hablar con usted. Publiqué los resultados de nuestra investigación en nuestro informe trimestral, ya que pudimos confirmar nuestros datos en marzo. Planeaba mencionarlo de nuevo en el informe anual.

—¿Ha enviado esto por *email*? —lo interrumpió Lance.

—Por supuesto que no. Tenemos una página donde es necesario iniciar sesión para subir nuestros informes.

—De acuerdo, disculpe. No conozco los detalles y no he visto ninguno de sus informes. Me disculpo por el aparente fallo en nuestro sistema de alertas. —Lance se preguntó cuántos informes estarían en algún servidor esperando a que alguien los leyera—. ¿Tiene la información de contacto de Ecaterina, en concreto, su correo electrónico?

—Sí.

—Perfecto. ¿Podría coordinarse con ella para establecer una nueva forma de hacernos llegar sus informes y asegurarse de que no me los pierda en el futuro? En cuanto a este problema, tendré que traer a un especialista, ya que todos estos detalles técnicos me superan un poco.

Jeffrey asintió.

—¿Cuándo cree que llegará?

Lance miró su reloj.

—Bueno, su reunión en Nueva York debería terminar en las próximas horas. A menos que crea que tenemos que resolverlo esta noche, dejémosle decidir dónde dormirá. Volveremos a reunirnos mañana a las once y haremos un almuerzo de trabajo.

—Bien. Le pediré a Thomas, mi programador principal, que nos acompañe en esa reunión.

—Buena idea. Ahora, ¿podría explicarme qué esperaban que hiciera este *software* exactamente? Y, ya que estamos, ¿podría resumirme sus actividades de los últimos, digamos, diez años?

Eso, decidió Jeffrey, era una orden formulada de manera muy educada. El día iba a ser largo. Miró su reloj y se dio cuenta de que tendría que cancelar dos reuniones del proyecto… Mierda, no, mejor llevaría al general. Podría ser útil.

—Bueno, ¿quiere salir a comer o pedimos algo para que nos lo traigan?

—Podemos salir. No estamos lejos de un restaurante que me gusta. Tengo muchas ganas de un *stromboli* y he apostado con Scott que no podría comer dos.

—Ah, ¿viene a menudo a Las Vegas?

—¿Cómo? ¡Ah, no! Pero me encanta ver programas sobre restaurantes y cocina. Vi un reportaje sobre ese lugar y le pedí a Ecaterina que me encontrara la dirección.

El día había comenzado de una manera totalmente inesperada y Jeffrey tenía la sensación de que la comida sería una experiencia similar.

Capítulo 5

NUEVA YORK, NUEVA YORK, EE.UU.

TERRY ESTABA SENTADO EN SU COCHE en el parking del almacén. Había estado preocupado hasta que recibió un mensaje de texto de su amigo Jason, que estaba adentro.

JASON:
Ella no viene.

Fue como si le quitaran un gran peso de encima. Su tío Jim, el padre de Jack, quería saber más sobre la vampira y le había pedido a su sobrino que le consiguiera esa información. Al principio, él había sido reticente. No quería volver a verla. Aunque le debía mucho a Jack, y su tío podía repetírselo todo lo que quisiera, no tenía intención de enfrentarse a ella de nuevo, al menos no tan pronto.

Después de una discusión particularmente acalorada, Terry le había dicho a su tío que, de todas maneras, Jack nunca debería haber abierto la boca… y Jim lo había despedazado con múltiples y coloridos insultos. Al final, Terry aceptó ir a la reunión si Bethany Anne no asistía.

Apagó el motor, salió del coche y guardó las llaves en el bolsillo. Su viejo Camaro azul claro no resultaba muy bonito a la vista, pero lo llevaba a donde necesitaba ir. El embrague era una pesadilla en las cuestas. Tenía que soltarlo y pisar el acelerador enseguida para evitar retroceder y chocar con el vehículo de detrás. En realidad, odiaba ese maldito coche.

De hecho, no era solo el coche. Odiaba su vida. Si no hubiera sido por esa maldita vampira gruñona —usando las palabras de su tío, que aún resonaban en su cabeza mientras se dirigía al hangar—, las cosas podrían haberle ido muy bien en ese momento. Abrió la puerta y entró. Captó la posición de Jason por el rabillo del ojo y vio a algunos compañeros de la última reunión agrupados en una esquina. Se dirigió hacia ellos. Todos asintieron con la cabeza en señal de saludo. Los demás en la sala, que no habían seguido a Paul, lo reconocieron pero lo ignoraron.

«Gilipollas».

El alfa de Nueva York, que también era líder del Consejo, conversaba con otras personas en una mesa, a unos diez metros de la entrada. El edificio era grande. Demasiado grande. Demasiado polvoriento también, lo que le daba ganas de estornudar. ¡Dios mío, cuánto odiaba el polvo! Odiaba el polvo, odiaba su coche y realmente no quería estar allí, maldita sea. ¿Dónde estaba Nathan Lowell?

La puerta se abrió y todas las miradas se dirigieron hacia esta para ver quién había llegado. Era Nathan, acompañado de un tipo vestido como los humanos de la última vez, pero este era un cachorro, como ellos, y joven. Llevaba pantalones militares negros y botas negras que le subían hasta la pierna; parecían impermeables. Llevaba una pistola en una funda visible en su hombro. A su lado, llevaba cosido un emblema. Terry lo vio mejor cuando los dos hombres pasaron frente a él en dirección a Gerry.

El parche era una calavera de un vampiro sangrante con ojos rojos y pelo de mujer. Tenía las palabras «La Puñetera Reina» sobre la imagen y *Ad aeternitatem* bajo la calavera. El tipo se movía en silencio, sin siquiera reconocer a los otros hombres lobo; caminaba con tranquilidad, sin preocuparse por nadie, y eso enfureció mucho a Terry. ¿Quién se creía que era, caminando así, como si fuera indigno de estar allí? Era un licántropo más, como todos ellos.

Terry miró a sus amigos y les habló en voz baja.

—¡Mirad a ese cabrón pretencioso, desfilando como si estuviera por encima de nosotros!

Los otros murmuraron su acuerdo, pero no demasiado alto para no llamar la atención de Nathan.

Pete oyó su comentario, pero los ignoró. No estaba allí para hacer amigos. Estaba allí representando a la guardia de la reina, y John le había contado cómo se había desarrollado la última reunión. Darryl y Scott también le habían dado su versión del incidente, relatándole cómo habían tenido que disparar a dos tipos y ejecutar a Paul Gleason por faltarle al respeto a Bethany Anne.

El antiguo Pete, el que existía en ese momento, no habría entendido sus explicaciones. El nuevo Pete, el que había participado en el juicio en el Polarus y compartido la vida de esos chicos durante unas diez semanas, lo entendía de sobra.

Nathan y Gerry se estrecharon la mano y hablaron durante unos momentos. Pete prestó atención a las conversaciones a su alrededor. El oído de un *Wechselbalg* era superior al de un humano, pero el suyo era superior al de todos los licántropos que había conocido. Se apoyó contra una pared y se mantuvo alerta.

Algunos chicos se dieron cuenta de que el joven hombre lobo con el emblema en su brazo proyectaba la misma actitud calmada y profesional que los humanos que acompañaban a Bethany Anne. Decidieron dejarlo en paz.

Gerry echó un vistazo al nuevo tipo detrás de Nathan y se quedó asombrado al ver que era el hijo de Jonathan. Miró a Nathan y señaló a Pete con la barbilla con una expresión interrogante. Su antiguo segundo asintió. No podía creerlo. ¿Ese era el chico que había dejado tan tontamente que dos humanas lo vieran transformarse? No entendía lo que había podido pasarle en apenas unos meses. Antes lo habría considerado uno de los elementos más peligrosos en la sala. Nada que ver con el niño mimado del que hablaba su padre.

Maldita sea, a lo mejor Bethany Anne y su grupo de verdad podrían cambiar las cosas.

Gerry saltó sobre la mesa y las conversaciones cesaron. Varias personas de la multitud se acercaron.

—Muy bien, chicos, esta no es una reunión oficial de la manada. Estoy aquí solo porque estamos organizando el encuentro en una propiedad que me pertenece. No estoy aquí como jefe del Consejo, salvo para decir que estas negociaciones han sido aprobadas y que nada de lo que se decida aquí se usará en vuestra contra. Tened en cuenta que, si dejáis la manada, y creedme cuando os digo que, si os unís a Bethany Anne, tendréis que dejar la manada, será sin animadversión por nuestra parte.

Un tipo con chaqueta verde y camisa amarilla con margaritas hizo la primera pregunta.

—¿Podremos regresar si no nos gusta la experiencia?

«No si te vistes así», pensó Gerry.

—Eso dependerá de las circunstancias —respondió en voz alta—. Si Bethany Anne y su equipo consideran que podéis marcharos sin deshonra, pediremos a la manada que os reacepte, pero tened en cuenta que el líder tendrá la última palabra. Al abandonar la manada, la repudiáis y no será fácil que os acepten de nuevo. ¿Ya no queréis que el Consejo os diga qué hacer? —Con estas palabras, vio cómo varios miraban al suelo.—. Entonces, entended que esta elección es como si nos dierais una bofetada. ¿De verdad creíais que no lo sabíamos? Sospecho que muchos de vosotros sois demasiado débiles para tener éxito con Bethany Anne y os daréis cuenta de que la vida de manada era, después de todo, lo que de verdad necesitabais. Hablaremos con ella…

—¿Por qué ella? —Esa pregunta vino de Terry.

«De puta madre». Gerry respondió con calma:

—Porque vas a unirte a su grupo. —Intentó continuar su discusión.

De nuevo, Terry lo interrumpió.

—¿Y por qué no podemos ser independientes?

Si seguía por ese camino, Bethany Anne no tendría que molestarse con ese insolente. La impertinencia de ese sujeto empezaba a irritarlo en serio… y los alfas no eran conocidos por su paciencia. A lo largo de los años, había tenido que detenerse y respirar profundamente para calmarse más de una vez. Quizás ya estaba demasiado viejo para tonterías.

—Yo te contestaré. —Gerry asintió con la cabeza y se volvió para saltar. Se dio cuenta de que el chico se había movido de la pared a una posición sobre una gran caja a seis metros a la izquierda que le permitía ver mejor a Terry.

Nathan subió a la mesa a su lado y puso una mano sobre su hombro.

—Responderé yo —dijo.

Gerry asintió con la cabeza y bajó. Notó que Pete se había reposicionado sobre una caja grande a cinco metros a la izquierda, lo que le permitía ver mejor a Terry.

—Las reglas son muy claras. Todos los *Wechselbalg* deben pertenecer a una manada y cada manada debe representar ante el Consejo a una nación o una región en el mundo. ¿O preferís uniros a los Deshonrados?

—Como si esa puñetera fuera mejor —murmuró Terry para sí mismo.

Pete vio que cinco tipos delante de Terry se giraron ante su comentario. Dos intentaban ocultar sus sonrisas. Desenfundó su arma y disparó en la rodilla del insolente. El disparo fue ensordecedor. Todos se alejaron de Terry cuando cayó al suelo, gritando de dolor… Apenas tuvo tiempo de poner las manos para amortiguar su caída antes de que su cabeza golpeara el suelo de cemento. Los que estaban cerca del guardia se dispersaron al ver que Pete se acercaba tranquilamente a Terry.

Gerry no podía creerlo.

Nathan seguía de pie sobre la mesa, con los brazos cruzados, y esperó a que el incidente terminara.

—¡Maldita sea! —gritó Terry—. ¿Por qué has hecho eso? ¡Maldito tarado!

Se giró y levantó la pierna para mirar su rodilla destrozada. Dolía muchísimo.

—¿Cómo te llamas? —preguntó Pete.

—¡Terry, pedazo de idiota!

—Bueno, Terry Pedazo de Idiota, la guardia real de la puñetera reina no tolera ninguna falta de respeto hacia Bethany Anne. Tu comentario…

—Solo he llamado puñetera reina. ¡Es parte de su maldito nombre!

—No. Has sugerido que ella no era mejor que los Deshonrados. Esa primera bala era de plomo. —Levantó la cabeza y miró alrededor hacia la asamblea—. Todas las demás que tengo son de plata. Nadie volverá a faltar al respeto a Bethany Anne. ¿Está claro? —Al escuchar solo murmullos como respuesta, levantó la voz—. He dicho: ¿está claro, panda de idiotas? Si no escucho respuestas más fuertes, dispararé al azar hasta que las oiga. Las heridas de rodilla son muy dolorosas. Preguntadle a Paul Gleason… Ah, cierto, no podéis, porque mis colegas le volaron los sesos. ¿Alguien más, aparte de este saco de mierda, tiene algo que decir?

La sala resonó con múltiples «No» y «Entendido».

No hubo más comentarios despectivos. Pete guardó su arma y agarró a Terry por el cuello de su chaqueta.

—Ven conmigo, idiota.

El licántropo intentó, sin éxito, llegar detrás de él y agarrar las manos de Pete. Su rodilla no estaba curada del todo y solo podía empujar con una pierna. El dolor le causaba problemas. Todos se apartaron y abrieron paso a Pete mientras tiraba de Terry hacia la puerta.

—¿Qué coño pasa, tío? Todavía quiero saber qué está pasando.

El guardia se detuvo y miró a todos que lo observaban.

—¿No lo sabes? No puedes entrar en la guardia real si uno solo de sus miembros vota en contra. ¿Ves este emblema en mi hombro? —Dio un golpecito en el cráneo con la mano izquierda—. Eso significa que mi voto cuenta. —Su mirada se volvió hacia Terry—. Y tu candidatura acaba de ser rechazada, grandullón. Así que puedes largarte ahora… o más tarde, si prefieres una bolsa para cadáveres. A mí no me importa. —Terminó de arrastrar al alborotador hasta la puerta y la abrió de un tirón—. Así que, ¿qué decides?

Terry agarró el pomo de la puerta y se apoyó en él para mantener un mínimo de dignidad mientras cojeaba hacia el exterior.

—Buena elección. —Pete cerró la puerta detrás de él.

Regresó con tranquilidad al asiento donde se había posicionado antes del incidente y se subió para vigilar la asamblea.

Todas las miradas se volvieron de nuevo hacia Nathan cuando este se aclaró la garganta y retomó la palabra.

—Supongo que debería haber presentado primero a Pete, de la Guardia Real.

El debate continuó, pero no hubo más problemas.

Capítulo 6

Las Vegas, Nevada, EE. UU.

Lance quedó con Nathan en el Omelet House, cerca del centro de Las Vegas. El restaurante servía raciones enormes y comida de calidad, exactamente lo que necesitaba un *Wechselbalg*. Los otros dos licántropos habían volado la noche anterior y cogido una habitación. Después de que Nathan y Pete pidieran, Lance se dio cuenta de que atacaban la comida tan agresivamente como sus miembros del equipo. Parecía que los dos licántropos intentaban superar a Darryl y Scott en ver quién comía más.

Él se limitó a tomarse el café y a comer una tostada. Había comido tanto el día anterior que se había saltado la cena; además, decidió que saltarse el desayuno sería una buena idea si quería seguir con la misma talla de pantalones. Por lo contrario, Scott había terminado dos *strombolis* y ahora devoraba el desayuno, Lance no salía de su asombro. Necesitaba acelerar su metabolismo, y no quería beber café solo con el estómago vacío.

—¿Cómo ha ido la reunión?

Nathan cogió su taza y bebió un poco de café antes de responder:

—Bastante bien. En cuanto Pete expulsó al principal provocador, todo fue como la seda. Tenemos unos seis candidatos listos para firmar de inmediato, así que tengo que conseguir que Ecaterina les prepare un viaje y un apartamento en Miami. En cuanto a los otros, la mayoría se quedarán con su manada, aunque tendrán una actitud mucho más civilizada. También hubo algunos ausentes, pero sus amigos les informarán de todo.

Darryl señaló a Pete con el tenedor.

—¿Qué pasó con el gamberro?

El joven guardia parecía un poco tímido. Había actuado de forma instintiva, de la manera que había creído apropiada en ese momento; pero las palmadas en la espalda después de la reunión por parte de Nathan Lowell y Gerry lo habían hecho sentirse orgulloso de sus acciones y avergonzado del capullo que había sido antes de unirse al grupo. Joder, él mismo podría haber hecho lo mismo que Terry si no hubiera recibido el empujón equivocado.

—Sí. Tuvimos a un bocazas que decía que Bethany Anne no era diferente de un Deshonrado. Si no lo hubieran oído siete personas a su alrededor, lo habría dejado pasar. Pero como otros lo oyeron…

Scott terminó por él.

—Se condenó por sus propias palabras. ¿Y qué hiciste?

—Le disparó en la rodilla —respondió Nathan.

—¿Plomo o plata? —preguntó Darryl.

—Plomo —contestó Pete. Darryl y Scott se sonrieron. Plomo como advertencia, plata para todo lo demás.

—¿Me dejáis continuar? —gruñó Nathan. Los demás rieron y siguieron comiendo en silencio—. Pues le disparó en la rodilla y se acercó a él mientras los demás le abrían el camino. Pete le preguntó cómo se llamaba y el cachorro contestó: «Terry, pedazo de idiota». Y Pete le dijo tranquilamente: «Bueno, Terry Pedazo de Idiota, la guardia real de la puñetera reina no tolera ninguna falta de respeto hacia Bethany Anne». —Scott estalló en carcajadas—. Entonces arrastró a ese gilipollas hasta la puerta y les dijo a todos que no podían convertirse en miembros si un solo guardia los expulsaba. Se señaló el brazo y le dijo que el parche significaba que tenía un voto, y que Terry no entraría.

»Después le dijo a Terry que debía irse de inmediato o más tarde en una bolsa para cadáveres. —En aquel punto, Darryl dejó su tenedor y también se echó a reír. Scott y él chocaron los puños—. Una vez que Terry se fue, Pete volvió a su puesto de vigilancia. Me disculpé por no haberles presentado primero a Pete. —Darryl bajó el tenedor y empezó a reírse también—. Y ya no hubo más incidentes.

El general estaba doblado de la risa, mientras que Scott se limpiaba las lágrimas que le corrían por las mejillas. Pete tenía la cara bastante roja.

—¿Y queréis saber la guinda del pastel? Ese capullo era uno de esos tipos a los que les dispararon en el primer encuentro. ¡Le disparamos al mismo tipo! —Incluso Pete se rio.

Tardaron unos momentos en calmarse y poder retomar su comida. Scott aprovechó el momento de calma.

—¿Cómo es que nadie se queja por dispararle a la gente al azar? ¿Es por sus manadas o qué?

Nathan acababa de terminar su plato, que empujó hacia el centro de la mesa.

—No. Bueno, tal vez. Pero Pete usó plomo. Si Terry hubiera querido presentar una queja, para cuando llegara al hospital su herida ya habría estado casi curada y, a la mañana siguiente, completamente sanada y no habría quedado ninguna prueba. Presentar una queja en esas condiciones sería una pérdida de tiempo.

—Sí, eso tiene sentido.

Nathan se volvió hacia Lance.

—Pasando a temas más serios, ¿qué ha ocurrido en Patriarch Research? ¿Tienen una IA demasiado poderosa?

—Más o menos, sí. Es un escenario que simulamos a menudo cuando estaba en el Ejército. Bueno, en nuestro escenario, la IA siempre era maliciosa, así que conozco los riesgos. Su intento de hackear su sistema casi los llevó a reactivar su *software* de defensa, lo que habría despertado a la IA.

—¿En serio? Me parece que esta reunión va a ser interesante. Me pregunto si…

Nathan continuó con un lenguaje técnico que Lance no entendía en absoluto.

«Dios todopoderoso —pensó—, si la reunión de esta tarde se reduce a este tipo de discurso, estaré totalmente perdido… A menos, por supuesto, que intente entenderlo». Levantó una mano para detener a Nathan.

—¿Podrías traducirlo para mí?

El hombre sonrió. El general le había caído mejor de lo que esperaba.

—Me preguntaba cómo atraviesan las direcciones IP e inspeccionan los paquetes. Eso sería lo primero que revisaría. Luego deberíamos echar un vistazo al código para ver qué directrices se emplean y… Sigues perdido, ¿verdad? —Lance asintió con la cabeza—. Bueno, no pasa nada, pero ¿qué papel quieres que tomemos en esta reunión?

El general reflexionó un momento sobre la pregunta. Era evidente que los detalles técnicos no eran su fuerte y, en realidad, tampoco era la mejor manera de emplear su tiempo.

—Quizás debería ir a jugar al golf con Jeffrey mientras tú hablas con su jefe de programación, Thomas Billings.

Después de pasar la tarde asistiendo a reuniones, Lance había quedado bastante impresionado con todo lo que ese equipo había logrado a lo largo de los años. Habían registrado algunas patentes que les generaban ingresos, pero ahora estaban en un punto muerto. Sin el apoyo de la empresa matriz, habían estado estancados durante un año. Todo el equipo lo dirigía Jeffrey, y parecían personas inteligentes, pero dejaría que Nathan se formara su propia opinión.

Lance pensaba que podría ser un buen equipo para confiarles los próximos trabajos en la nave espacial. Le había pedido a Frank que investigara los antecedentes de Jeffrey y Thomas, pero aún no había recibido respuesta. Y, como hacía unos dieciséis grados esa tarde, con un sol brillante, ¿por qué no aprovechar para pasar un rato con Jeffrey en el campo de golf y conocerlo mejor mientras Nathan se ocupaba del aspecto técnico?

—Me parece bien —aceptó Nathan cuando hizo la sugerencia.

Pete decidió ir con el general. Scott prefirió acompañar a Nathan y escuchar las conversaciones.

Cuando se reunieron todos a las once, Lance le propuso a Jeffrey que fueran a jugar al golf en lugar de soportar toda esa jerga técnica durante horas. A Jeffrey le pareció una sugerencia estupenda. Darryl también se unió a ellos y resultó ser un excelente golfista. Pete y Jeffrey, por otro lado, no eran tan buenos. Y, por último, el general se defendía.

Lance no recibió ninguna respuesta de Frank en toda la tarde, así que, de regreso, dejaron a Jeffrey en las oficinas de Patriarch Research y recogieron a Scott, que estaba más que preparado para marcharse. Nathan se quedó, ya que aún tenía que resolver algunos detalles con Thomas. Se reuniría con ellos más tarde en el aeropuerto, con el coche que habían alquilado. Ecaterina les había reservado billetes de primera clase en un vuelo a Miami esa noche.

Para pasar el rato, los demás decidieron ir al casino. Pete descubrió con sorpresa que habían depositado un cheque en su cuenta bancaria. Siempre cubrían todos sus gastos, pero era la primera vez que recibía un salario y se sintió muy orgulloso. Darryl y Scott intentaron convencerlo de que lo celebrara invitándolos a cenar, pero el joven licántropo sonrió y negó con la cabeza. Sin embargo, perdió quinientos dólares en las máquinas tragaperras y se dio cuenta de que dolía más si jugabas con tu propio dinero.

El general aprovechó para programar un nuevo recordatorio para llamar a Patricia. El anterior había sonado mientras estaba en una reunión y temía molestarla si la contactaba a esas horas. Al día siguiente sería, sin duda, mejor.

BRASOV, RUMANÍA

El trayecto entre la casa de Stephen y Brasov transcurrió sin incidentes. Incluso el sol no supuso un problema para Gabrielle. Si hubieran podido, la habrían dejado en la casa de su padre, pero no querían correr el riesgo de hacer aterrizar la nave de nuevo. Una vez que despegaran, deberían llegar al Sea Axe. Con suerte, no se hundirían en el Océano Atlántico.

Iván había hecho el viaje con ellos para pasar el mayor tiempo posible con Gabrielle. Desde Brasov, Stephen se dirigiría a Alemania para reunirse con el Consejo Europeo de Licántropos. Stephen necesitaba conocer la situación de Europa, así que decidió ir a visitarlos licántropos directamente.

Bethany Anne había intentado convencer a Iván de que presentara a Gabrielle a su madre, pero él no quería saber nada de eso. Le aseguró a su amante que no tenía nada que ver con el hecho de que ella fuera una vampira. Luego, para demostrarlo, tuvo que contarle lo que le había ocurrido a su hermana Ecaterina cuando se marchó a América con Nathan. Gabrielle encontró la historia divertida.

—¿Y si le dijera simplemente que soy estéril? —Iván no supo qué responder a eso.

Por el momento, la envolvieron como a una momia. El piloto del helicóptero la miró un poco extrañado y Bethany Anne tuvo que explicar que era muy sensible al frío. Fue difícil llevarla al helicóptero, pero lo lograron. Bethany Anne escuchó a Eric decirle a Gabrielle que debería haber moderado su consumo de bombones. No oyó al guardia gritar «¡Ay!», así que dedujo que Eric pagaría las consecuencias más tarde.

John y Eric llevaban las mochilas. Estaban cargadas a su máxima capacidad, pero habían distribuido el contenido equitativamente entre los dos hombres. Además de los elementos básicos para una excursión en la montaña, también transportaban ocho bolsas de sangre en caso de que Gabrielle o Bethany Anne tuvieran una necesidad urgente. El equipo prefería no ser la primera opción en caso de que alguna de las dos tuviera hambre.

El piloto era tan bueno como describía en su sitio web. Bethany Anne lo hizo sobrevolar a cinco metros por encima de una zona plana. John y Eric lanzaron allí sus mochilas y cuatro pares de esquís. El grupo no tenía previsto utilizarlos durante la subida a la montaña, pero cuatro personas habían volado a la montaña con el pretexto de esquiar, y no llevar el equipo adecuado habría sido muy sospechoso. El sol acababa de esconderse detrás de la montaña, de modo que sus rayos ya no los alcanzaban y Gabrielle pudo quitarse una capa de su ropa protectora.

Eric echó un vistazo afuera y gritó para hacerse oír sobre el ruido de las hélices:

—Vale, parece que son unos cinco metros. ¿Cómo podemos asegurarnos de que es seguro saltar?

—¡Gracias por ofrecerte voluntario! —respondió Gabrielle mientras lo empujaba al vacío.

Eric apenas se había girado cuando su empujón lo arrojó del helicóptero, pero su caída fue amortiguada por la nieve.

John miró hacia abajo.

—Parece seguro. —Saltó por su cuenta y aterrizó cerca de Eric.

Bethany Anne señaló a Gabrielle y luego hacia la puerta. La otra mujer no esperó a que se lo dijeran dos veces. Bethany Anne se aseguró de que no hubieran olvidado nada, tocó al piloto en el hombro, y luego saltó también. Apenas necesitó flexionar las rodillas al tocar el suelo. El helicóptero se elevó suavemente en el aire y se alejó.

—*Gott Verdammt*, Gabrielle. —Eric seguía quitándose la nieve de la cara—. ¿Por qué has hecho eso? ¡Podría haber muerto!

—Si hubieras comido menos bombones, la caída habría sido menos dura. —Se afanó en quitarse los abrigos.

Eric le sonrió.

—Pero mi castigo ha sido un pelín desproporcionado. ¿Te pones susceptible cuando se habla de peso?

Gabrielle se detuvo para mirarlo. Quizás sí había sido un poco desproporcionado y, por norma, ese tipo de comentario no la habría molestado, pero todas esas capas de ropa la habían puesto de mal humor y la observación la había estado molestando durante todo el viaje.

—Es verdad. Te debo una disculpa, Eric. Siento no haberme asegurado de que estarías a salvo antes de empujar tu culo fuera del helicóptero.

Eric se levantó y tomó la mochila que le pasaba John.

—Espera, ¿qué? ¿Cómo que asegurarte «de que estaría a salvo»?

—Debería haberme asegurado de que no correrías peligro de morir en la caída antes de tener la oportunidad de curarte con mi sangre. He confiado en que el piloto no nos hubiera colocado encima de un despeñadero o algo parecido.

—Entonces, ¿no te disculpas por tirarme?

—Dios, eres un quejica, Eric. Estás vivo, y no tienes nada roto. Da gracias por eso, al menos. Te has burlado del peso de una mujer. Deberías sentirte afortunado de que no te haya desangrado ahí mismo. Creo que he sido bastante moderada al respecto.

Eric miró a Bethany Anne, que observaba a los dos como si fueran hermanos.

—¿No me vas a ayudar?

Ella se encogió de hombros.

—Creo que has tenido mucha suerte y deberías considerar esto como una lección muy valiosa. Deberías saber que no se debe molestar a una mujer con ciertos temas y, si no lo sabías antes, ahora lo sabes. Burlarse del peso de una mujer vampira ha sido muy estúpido de tu parte. Si Killian no se hubiera calmado, habría jurado que has sacado ese comentario de él.

Eric se volvió hacia John, quien negó con la cabeza y señaló a Bethany Anne.

—No tengo nada más que añadir.

Ella se giró hacia la dirección de la caverna —según las indicaciones de TOM— y recordó la última vez que había sido testigo de una falta de delicadeza similar por parte de un hombre. Había sido en el patio de recreo, cuando un niño había tenido un flechazo por una niña sin saber qué decirle. Maldita sea, justo lo que faltaba. Miró por encima de su hombro a Gabrielle.

—No tienes hermanas, ¿verdad?

—No.

Bethany Anne volvió la cabeza hacia su destino y avanzó por la nieve.

—Bien. Vamos, gente… Y tú también, Eric.

John dejó los esquís bajo un árbol cercano. Esperaba que nadie los encontrara y pensara que los cuatro estaban muertos.

Acababa de ponerse la mochila en la espalda y se dirigía hacia los demás cuando Bethany Anne le hizo una seña.

—Eh, montaña humana, sube aquí y abre camino a la mujercita, ¿quieres?

—La mujercita puede levantarme en peso —gruñó John.

—Déjate de excusas, montón de carne. He pensado en lanzar a Eric, pero tendría que curarlo si se cae por una cornisa.

—Vaya, de verdad os apoyáis entre mujeres vampiras, ¿eh? —dijo Eric—. ¿Ayudaría si me disculpara?

Gabrielle se detuvo para mirarlo.

—Podría ser.

Él extendió uno de sus brazos como si fuera un galante caballero.

—Entonces, por favor, acepte mis disculpas por mi falta de decoro y mi comentario irresponsable de antes.

—Disculpa aceptada. —Gabrielle asintió y Eric le devolvió la sonrisa.

Al pasar junto a ellos, John dijo:

—Si os ponéis más amables el uno con el otro, puede que tenga que vomitar. —Ambos se giraron y lo miraron, con los ojos entrecerrados.

Maldita sea. Ahora le harían la vida imposible. Esperaba que encontraran la nave pronto.

John pasó junto a Bethany Anne.

—¿Por dónde?

—¿Ves ese grupo de árboles? —Señaló la ladera de la montaña.

—Apenas.

—Ah, mierda. Lo siento, olvidaba que tu vista no es tan buena como la mía. Bueno, ¿sabes qué, grandullón? Sigue recto unos cien metros después de esos dos árboles frente a ti, y luego tomaré el relevo.

John decidió morderse la lengua. Ya había dos personas del grupo que planeaban venganza, no necesitaba que fueran tres. Ahora necesitaba encontrar una forma de meter a Eric en problemas con Gabrielle otra vez.

—Está bien, vamos.

Bethany Anne miró detrás de ella.

—Eric, trae tu flaco trasero por aquí. No hay necesidad de desperdiciar toda esa carne varonil. Úsala para facilitarme el camino.

Le dedicó una sonrisa y él no supo cómo reaccionar. ¿Debería responder al «flaco trasero» o a la «carne varonil»? O tal vez a ninguno de los dos, porque recordaba la pregunta que ella le había hecho a John sobre el avión y no quería volver a sacar el tema.

—¡Sí, señora! —Eric se puso en marcha detrás de John.

—Os alcanzaremos en un segundo. —Bethany Anne se volvió hacia Gabrielle, esperó a se alejaran un poco y susurró—: Sabes que le gustas, ¿verdad? —La vampira puso cara de asombro y sus ojos siguieron a Eric mientras se alejaba.

—Justo lo que faltaba —murmuró en respuesta.

Estaba muy feliz con Iván y no quería encontrarse en mitad de un triángulo amoroso. El deseo de enfrentar a dos hombres había desaparecido desde la década de 1820. Sus hombros se encorvaron.

—Hablaré con él.

—Hazlo. No puedo tener a mis guardias metidos en líos amorosos, ¿entiendes? —Gabrielle asintió. Bethany Anne se dio vuelta y aceleró para alcanzar a los chicos, con su compañera justo detrás.

***

TOM fue fiel a su palabra. A medianoche estaban a salvo en la red de cuevas que conducía a su nave. En el camino, hicieron un breve descanso para comer y beber antes de atravesar los túneles hasta el otro lado. Saldrían al amanecer, pero podrían evitar los rayos del sol si se apresuraban. Bethany Anne indicó la dirección correcta y se dieron prisa.

«Bethany Anne, ¿no deberías avisar a John?», preguntó TOM.

«¿Eh? —Había estado pensando en Paul Jameson y esperando que hubiera resuelto la situación del nuevo piloto—. ¿Advertirle de qué?».

«¿Sobre la nave?».

«¿Qué tengo que…?».

—¡Ay! ¿Qué coño? —John estaba a unos veinte metros delante de ella y se frotaba la frente con una mano, mientras con la otra palpaba el aire frente a él.

«Ah, sí, que es invisible. Lo olvidaba, gracias, TOM».

«No es invisible. Deforma la luz a su alrededor».

«Esa distinción no es importante ahora».

—John, ¿estás bien?

—Sí. Creo que he encontrado la nave.

Bethany Anne se apresuró a unirse a los dos hombres.

—Sí, lo siento. Olvidé mencionar que deforma la luz y hace que parezca invisible.

Eric parecía emocionado.

—¿Quieres decir como en *Harry Potter y el…*? —Se detuvo en seco cuando vio todas las miradas fijas en él—. ¡Eh! Me gusta la fantasía. Es mi debilidad.

Bethany Anne resopló.

—Creía que el *Canal Historia* era tu debilidad. —Palpó el aire a su alrededor hasta encontrar la hendidura que cubría el mecanismo de apertura. Presionó sobre ella y el panel se deslizó, revelando el teclado numérico. Introdujo el código de memoria. El velo de invisibilidad se disipó, la puerta se abrió y Bethany Anne pasó al interior—. ¡Cuidado con la cabeza, sobre todo tú, John! —Los otros tres la siguieron a bordo, y ella tecleó el código que cerró la puerta. Le costaba creer que estuvieran de regreso tan pronto.

Se dirigió a una sección de la pared y deslizó su mano sobre una superficie ligeramente más baja que una puerta de tamaño humano. La abertura se deslizó con su movimiento.

—Esta era la antigua cabina de TOM. —Entró y se dio la vuelta—. Aquí es donde dormía el piloto. Aparte de la enfermería y la sala de investigaciones científicas, todo lo demás es más pequeño. Los individuos de su especie son de menor tamaño que los humanos. Pueden dejar las mochilas aquí, caballeros. —Los tres la siguieron al interior de la pequeña cabina.

Tanto los hombres como Gabrielle miraron a su alrededor, asombrados. Habían seguido a Bethany Anne porque era lo que hacían. Sin embargo, debían admitir que la idea de una nave espacial les había parecido hasta entonces bastante descabellada y difícil de creer. Ahora que estaban a bordo, tenían que reconocer que todo lo que ella les había contado era cierto.

Realmente necesitaban salvar al mundo de los alienígenas.

Bethany Anne chasqueó los dedos para llamar su atención.

—La zona de pilotaje es muy estrecha, así que nadie podrá ir conmigo. Voy a trabajar con TOM unos minutos. Podéis quedaros aquí o dar una vuelta. Si queréis explorar, y te estoy mirando a ti, Eric, no toquéis nada o podríamos caer del cielo más tarde. Sería estúpido estrellarnos en el primer vuelo de esta nave en más de mil años. —Salió de la habitación.

Los tres compartieron enormes sonrisas. Gabrielle fue la primera en romper el silencio.

—Estamos en una nave extraterrestre. ¿Os lo podéis creer?

Los dos hombres sonrieron con ella hasta que Eric se detuvo y miró hacia la puerta.

—¿No ha dicho que sería su primer vuelo en mil años?

Sus compañeros dejaron de sonreír y miraron también hacia la puerta.

—¿Habrá alcohol a bordo? —preguntó John, que tragó saliva.

Bethany Anne sonrió, ya que aún podía escuchar su conversación. Había notado que la habían seguido con demasiada complacencia. Ahora entendía la razón: nunca habían considerado en serio que subirían a una nave espacial. Ahora, no solo estaban allí, sino que ella estaba a punto de reactivarla.

«TOM, ¿qué tenemos que hacer?».

«Tendremos que volver a poner a punto los subsistemas principales y, a continuación, comprobar todos los resultados».

«¿Cuánto tardará?».

«Creo que serán unas horas como mucho».

«No nos iremos esta noche, eso seguro, y no quiero sacar esto durante el día —pensó Bethany Anne—. Digamos que tenemos al menos dieciocho horas. ¿Eso ayudará con la planificación?».

«Claro. Un tiempo de preparación adecuado es de unas doce horas, así que, si tenemos en cuenta que vamos a utilizar tu cuerpo para hacer esto y que tendrás que buscar los controles correctos, tenemos un margen muy cómodo».

«Sabes, puedo cambiar a modo vampira desde el etérico y acelerar el proceso, ¿no?».

TOM no lo había considerado.

«No ayudaría en este caso. Necesitamos reiniciar los subsistemas en un orden específico. Nuestra fuente de energía debería durar otro milenio, así que mejor empezar por ahí».

«Los satélites y los drones no captarán una mancha térmica, ¿verdad?».

«No —le aseguró TOM—. Esta nave atraviesa el borde helado del espacio. No perdemos energía. Ni siquiera derretiremos el hielo sobre nosotros hasta que yo quiera».

Bethany Anne sonrió.

«Pero, bueno, TOM. Te estás volviendo un engreído ahora que estás de vuelta en tu elemento, ¿verdad?».

Sintió la satisfacción que él desprendía.

«Es cierto que resulta agradable poder hacer algo que conozco y que se me da bien».

«Bien, Piloto TOM, preparemos esta nave para el *rock and roll*».

«Sí, señora».

Capítulo 7

Cárpatos, Rumanía

Mientras se restablecía la energía, Bethany Anne fue a buscar a Gabrielle y entraron juntas en la enfermería. Cerró la puerta tras ellas. La habitación parecía tan limpia como la última vez que había estado allí. La cápsula estaba en el centro, con un metro y medio de espacio a su alrededor.

Gabrielle la observó por un instante.

—¿Así que aquí fue donde empezó todo?

Bethany Anne asintió.

—Sí. Hace unos mil años, Michael encontró este lugar por casualidad y acabó en esta cápsula... ¿Cómo llegó hasta aquí, por qué entró? No lo sé muy bien todavía. Ni Michael ni TOM me han dado esos detalles. TOM inició las modificaciones genéticas, pero, debido a su desconocimiento del cuerpo humano, le provocó un dolor atroz a Michael, que tuvo que soportarlo todo, ya que se despertó antes de que TOM pudiera solucionar el problema.

»Luego salió de la cápsula y abandonó la región. Sus nanocitos no estaban programados correctamente, por lo que aún no estaban adaptados al genotipo humano. A partir de entonces, cada vez que un vampiro creaba otro, la mutación empeoraba. Por eso los hijos pueden ser casi tan fuertes como el padre o extremadamente débiles.

Gabrielle se adelantó y puso la mano sobre la cápsula.

—Parece un ataúd blanco.

—No ves mucha ciencia ficción, ¿verdad?

—No, no mucha.

—Se nota. No, esta es una cápsula médica. Todos los instrumentos están dentro. Una vez que te acuestes ahí, te dormirás y el proceso médico comenzará. Todo está manejado por un ordenador.

—¿Cómo sabe qué hacer?

—Hay que programarlo. Ven por aquí... Mira. —Gabrielle se unió a Bethany Anne usando su velocidad vampírica, luego se inclinó para examinar lo que le mostraba—. Este es el panel de control. —Miró a la vampira que, de repente, estaba a su lado—. Hum, ¿estás un poco nerviosa?

Gabrielle la miró y se encogió de hombros.

—¿Se nota?

—Un poco. Ven, siéntate aquí. —Extendió la mano y sacó una pieza rectangular de la pared que se convirtió en un banco. Gabrielle obedeció—. Esta es la historia, para que sepas lo que te espera. Esto es confidencial y, a menos que yo te diga lo contrario, nadie tiene por qué saberlo. ¿Entendido? —Ella asintió. Bethany Anne comenzó a caminar de un lado a otro en la pequeña habitación.

»Bueno, sabes que Michael pasó por su transformación aquí. El piloto original de esta nave, al que llamo TOM, tenía la misión de preparar nuestro mundo para luchar contra una invasión extraterrestre. El problema es que esta nave podría no ser capaz de volar después de su próximo aterrizaje. TOM la cagó en ese aspecto.

«No la cagué en este aterrizaje».

«TOM, cállate un segundo, ¿quieres?».

Gabrielle se enderezó cuando se dio cuenta de que Bethany Anne estaba hablando con el extraterrestre. Miró a su alrededor.

—¿Puede TOM escuchar lo que decimos en esta nave? —Bethany Anne se rio y señaló su propio oído.

—Gabrielle, TOM es capaz de oír cualquier cosa que yo pueda oír.

—¿Qué? —La mujer parecía a la vez sorprendida y perpleja.

—TOM es parte de mí. Su cuerpo se desintegró parcialmente hace siglos y, durante mi transformación, se unió a mí para continuar con su misión. Se ha convertido en un simbionte. Dentro de mi cráneo.

Gabrielle miró el cuerpo de Bethany Anne con expresión alarmada. Esta consideró que su reacción era razonable.

—Sí, lo entiendo. Pero nadie me pidió mi opinión. Imagina mi sorpresa cuando me desperté con una voz hablando en mi cabeza. Pero nos estamos desviando del tema. Si comparto esto contigo, es para que entiendas que no soy yo quien va a reprogramar tu ADN. Es TOM quien lo hará a través de mi cuerpo.

—¿Puedo hablar con él?

Bethany Anne parpadeó, un poco sorprendida.

—Ah, un segundo.

«TOM, ¿qué opinas?».

«Es factible. Sé cómo funcionan tus cuerdas vocales, pero sería mucho más fácil si me permitieras controlar la parte de tu cerebro que maneja el habla».

«Espera un segundo. No me gusta la idea de que tomes el control de nada».

«Lo siento, me he expresado mal —se disculpó él—. En realidad, el control sería compartido entre nosotros. Puedes interrumpirme en cualquier momento, pero yo sería capaz de hablar y podrías oírme al mismo tiempo que Gabrielle. Lo único es que no podrás censurarme si me permites hacerlo de esta manera».

Bethany Anne se lo pensó un segundo. Gabrielle podía ver las distintas emociones que se dibujaban en su rostro.

Miró a su compañera.

—Bueno, sí, es posible. Pero TOM me informa de que no tendré manera de saber de antemano lo que va a decir. Así que estás advertida. Dicho esto, no me gusta que manipulen mi mente y tendrá que hacerlo para hablar contigo.

—Lo siento. No me he dado cuenta de lo que estaba pidiendo.

Bethany Anne desestimó su preocupación con un gesto de la mano.

—No te preocupes. Has vivido mucho tiempo y te enfrentas a una cápsula médica extraterrestre que tiene la capacidad de transformarte. Lo entiendo. Es una cuestión de confianza. Necesito que puedas caminar bajo el sol para ayudarme de manera efectiva con todo lo que está por venir. Ambas necesitamos confiar en TOM.

—¿Es digno de confianza?

—Bueno, si me lo hubieras preguntado nada más despertarme, no habría estado tan segura. ¿Ahora? Sí. Todo el mundo va a tener que unirse para luchar contra esta invasión. TOM entiende mejor ahora la situación política mundial y lo que tendremos que hacer para alcanzar nuestros objetivos. Para bien o para mal, está tan atrapado conmigo como yo con él. Aunque no lo creas, en este momento, si me dieran la opción, rechazaría que nos separaran. Y. desde luego, no lo haría si eso implicara que tuviera que morir.

«¿De verdad? Eso es… No sé qué decir».

«Bueno, no digas nada. Así evitarás estropearlo».

—Vaya, no sé si podría decir eso en tu lugar.

—De hecho, yo misma estoy bastante sorprendida de sentirlo así. Al ver esta habitación, me doy cuenta de que aquí comenzó todo y que TOM es el origen. Yo estaría muerta si no fuera por él y su tecnología genética de nanocitos extraterrestres. Lo que corre por tus venas es una versión corrupta, una tercera generación. TOM puede corregir todos los defectos, lo que te permitiría disfrutar del sol.

Una lágrima se formó y se deslizó por el rostro de Gabrielle.

—Es mi mayor deseo.

—¿Por qué no hablas con TOM?

«Adelante, chico. Es tu momento».

Ella se sintió un poco desorientada y notó una leve presión en su cerebro. El piloto comenzó a hablar.

—Hola, Gabrielle. —Era la voz de Bethany Anne, pero el tono era diferente. Gabrielle notaba la diferencia entre los dos.

—Hola, TOM. —Ahora que podía hablarle directamente, no sabía qué decir—. Perdón, estoy un poco desconcertada. Si entiendo bien, ¿puedes cambiar la programación de mis nanocitos? ¿Hay algún riesgo?

—No necesitas disculparte, lo entiendo. Para responder a tu pregunta, puedo modificar tus nanocitos y corregir los defectos que tienen. Los más dañados dejarán de funcionar. Eso podría llevar alrededor de una semana, según la información obtenida del análisis de sangre que nos diste. Dormirás durante ese tiempo.

»Que yo sepa, no hay ningún riesgo. De hecho, por eso debemos usar la cápsula. Podríamos haberte transferido nanocitos de Bethany Anne, pero sin este dispositivo no podríamos controlar las mutaciones.

Los hombros de Gabrielle perdieron parte de su tensión. No se había dado cuenta de que podrían haberla ayudado antes, pero habían preferido esperar para utilizar un método más seguro.

—Ya que estamos, ¿sería posible quitarme un tatuaje?

—¿Tienes un tatuaje? —Escuchó el cambio de inflexión en la voz de Bethany Anne.

—Sí, una mala elección en los 70. En mi trasero.

TOM volvió a hablar.

—De hecho, los nanocitos que ya tienes podrían haber solucionado ese problema. Te enseñaré cómo utilizarlos a su máximo potencial una vez que los hayamos reparado. Dejaré el tatuaje para que puedas practicar con él.

—Quiero verlo —dijo la voz de Bethany Anne.

Gabrielle hizo un gesto de exasperación.

—¿Sabéis?, hablar con dos de vosotros en un mismo cuerpo es muy molesto. ¿Y sobre enseñarte el tatuaje? No, ni hablar de mostrar algo que desaparecerá tan pronto como sepa cómo hacerlo.

—Pero Iván lo ha visto.

—No desde la posición en la que estábamos. —Ella le sacó la lengua—. Vale, creo que me siento lo más cómoda posible con esto. ¿Cuándo empezamos el proceso?

TOM parecía haber dejado de controlar el habla, así que Bethany Anne meditó su respuesta.

—¿Qué tal ahora? Eso nos da un día de ventaja y, si ocurre algo, la cápsula es el lugar más seguro de la nave. Entonces… ¿te metes? —Gabrielle asintió y se levantó. Bethany Anne extendió una mano para detenerla—. Lo siento, pero tienes que entrar desnuda.

La sonrisa de Bethany Anne indicaba que no se libraría de mostrar su vergonzoso tatuaje. Gabrielle entornó los ojos y comenzó a desvestirse mientras la joven vampira programaba el dispositivo.

Una vez finalizada la programación, pero antes de presionar el último botón, Bethany Anne abrió la puerta y se volvió hacia Gabrielle, que estaba completamente desnuda. Señaló con el dedo e hizo un gesto circular. En respuesta, Gabrielle volvió a poner los ojos en blanco y se giró lo más rápido que pudo usando su velocidad vampírica. Dos manos la sujetaron por los hombros. ¡Maldita sea! Bethany Anne había logrado detener su movimiento con tanta facilidad como si se hubiera movido a velocidad normal.

—No está nada mal. ¿Los chicos tenían problemas para encontrar la entrada?

El tatuaje de Gabrielle estaba justo en el centro de la zona del coxis, debajo de la línea del pantalón. Estaba compuesto por una florida grafía de «Entra aquí» en francés y un corazón que terminaba con una flecha en la parte inferior apuntando hacia abajo.

—Lo creas o no, nunca me había hecho un tatuaje. Por aquel entonces estaba en París. Mi novio y yo, esa noche, nos emborrachamos después de asistir a un espectáculo erótico en el boulevard de Clichy. Una cosa llevó a la otra…

Bethany Anne le soltó los hombros.

Sonrió.

—Me parece divertidísimo. Yo lo dejaría, pero no he tenido que vivir con él tanto tiempo como tú. Pero si TOM dice que puedes deshacerte de él, es porque es verdad. Quizás incluso podrías volver a ponértelo si quisieras.

—No, gracias. Con que desaparezca, me basta.

Bethany Anne pulsó la combinación de dos botones que abrió la cápsula.

—Entra, pon los brazos a los lados y cierra los ojos. Estaré aquí cuando salgas. Dulces sueños.

Gabrielle entró mientras Bethany Anne le daba instrucciones. Intentó sonreír y superar su ansiedad. La puerta se cerró, oyó dos golpes rápidos y las luces se apagaron.

Unos segundos más tarde —al menos, eso le pareció a ella—, se despertó.

Capítulo 8

CÁRPATOS, RUMANÍA

LOS DOS GUARDIAS DEJARON LA NAVE. Bethany Anne les había pedido que salieran a estirar las piernas porque la estaban volviendo loca.

John decidió explorar las cavernas y Eric lo siguió. Encontró lo que buscaba: una roca sobre la que podían sentarse y hablar sin que la nieve cayera sobre ellos y, al mismo tiempo, estar expuestos al sol. Se recostó y le preguntó a su amigo:

—Oye, ¿por qué estás tan gruñón últimamente?

El otro parecía sorprendido. No tenía la impresión de haberse comportado de manera diferente a lo habitual.

—No estoy seguro de seguirte, grandullón.

John lo observó con más atención para ver si estaba bromeando.

—Actúas como un chico que se está enamorando de una chica pero no sabe cómo decírselo.

El rostro de su compañero se contrajo.

—¿Qué, quién…? ¿Gabrielle? —Eric había estado con John en demasiadas operaciones como para ignorar su comentario. De verdad debía de estar comportándose como un imbécil—. ¿En serio? Dios, vale. ¿Cuándo empecé a hacer el idiota?

John se lo pensó.

—¿Tal vez después de la operación de Costa Rica?

—Entonces, después de que me salvara la vida. Sí, tiene sentido. Maldita sea, ¡estaba muerto! ¿Entiendes? Ese tipo tenía su arma apuntada hacia mí y estaba a punto de apretar el gatillo. Pensé que había llegado mi hora cuando, de repente, ella logró desviar su atención lo suficiente como para que fallara el disparo y le disparara en el pecho. La derribó y pensé que iba a morir… por mi culpa, ¿entiendes? —John lo entendía demasiado bien—. Me di cuenta de que ella seguía moviéndose al mismo tiempo que el tirador, quien le disparó otra vez, esta vez en la pierna, antes de que pudiera reaccionar y matarlo. Ella tenía sangre por toda la pierna y estaba en su estado vampírico. Aun así, era increíblemente hermosa, ¿sabes? Tenía una bolsa de sangre conmigo, así que, después de asegurarme de que no había más peligro, la sostuve mientras bebía. —Eric dejó de hablar, mirando el valle abajo… Si podía contemplar su belleza, era gracias a Gabrielle.

»Supongo que después de eso dejó de ser uno de «ellos», del enemigo, y se convirtió en una más de nuestro equipo para mí. Fue la primera vez que luché junto a una mujer.

—¿Y qué hay de Bethany Anne? —preguntó John, sonriendo a su compañero de armas.

—¿Una hija de puta terrorífica? ¿La muerte con piernas de ángel? ¿La última sonrisa bonita que ves antes de que te lleve el Infierno? —Ambos se rieron—. Pero, bueno, sí, entiendo lo que quieres decir. Es cierto que también es una mujer muy hermosa. Pero no es lo mismo, ¿entiendes? Tiene esa aura de líder, ese carisma particular que te advierte de que está fuera de tu alcance. No sé si es el destino o si hay otro tipo destinado para ella, pero sé que no es para nosotros: es intocable, desde un punto de vista romántico. Sostener a Gabrielle en mis brazos me hizo darme cuenta de que ella era como nosotros.

—¿Más accesible, quieres decir?

—Sí. No. Mierda, no. Sé que está con Iván y no pensé que mis bromas fueran más allá de la camaradería. Realmente la he cagado, ¿verdad? —Seguía mirando hacia el valle. John le dio una palmada en el hombro.

—¡Bah! No es tan grave, idiota. Pero no puede haber romance entre los miembros de la Guardia Real. Especialmente con las chicas de la reina, ¿entiendes? —Eric asintió—. Supongo que Gabrielle debe haber tenido muchas relaciones en su vida y ya debe haber pasado por situaciones como esta, así que no creo que hayas cruzado la línea con ella. Excepto por esa historia de los bombones, obviamente.

Eric sonrió.

—Dios, no sabes lo asustado que estaba cuando me empujó al vacío. —John se rio—. Lo único que oí fue «Gracias por presentarte voluntario» y, ¡bam!, estaba fuera. Caí al suelo antes de poder formar un pensamiento coherente.

—Si eso te consuela, piensa en las historias que podrás contarles a tus nietos algún día. Se sentarán a tu alrededor para que les hables de esa vampira que era demasiado grande para entrar en un helicóptero… —Eric tuvo que reírse ante aquella imagen. Nunca se había imaginado con nietos.

Al final, movió lentamente la cabeza de un lado a otro.

—No. Creo que esa historia será para nosotros cuatro. No voy a agravar mi error compartiéndola con los demás.

—¿Quieres proteger su reputación?

—Hermano, yo quiero cuidarla a toda ella, y eso incluye su reputación. Al igual que ella me protegería a mí, ¿no crees? —Se chocaron los puños, y John decidió que la conversación había terminado. Todo estaba bien, el equipo estaba a salvo.

En la nave, Bethany Anne desactivó los micrófonos externos que TOM le había indicado. Tenía un nudo en la garganta que se esforzó por tragar, mientras parpadeaba para deshacerse de las lágrimas. Las emociones de Eric solo avivaban la soledad que sentía en su papel de reina. Pero se mantendría firme, como siempre lo había hecho. Esta vez no luchaba por una persona fallecida, sino por el futuro de niños que aún no habían nacido.

Se tendrían que hacer sacrificios, y Bethany Anne sabía que tendría que soportar el peso de muchos de ellos. Continuó con el procedimiento de arranque, siguiendo las instrucciones de TOM, mientras se aseguraba de que la cápsula médica funcionara correctamente.

EL SEA AXE, A 250 KM. AL ESTE DE LAS BAHAMAS

El capitán Maximilian Wagner había solicitado a Bobcat que se presentara a bordo temprano esa mañana para inspeccionar el Sikorsky S-76 y asegurarse de que estaría listo para el intercambio con la nave espacial. El capitán era muy exigente con sus hombres y tenía tendencia a revisar todo tres veces para asegurarse de que estuviera en orden.

Había reunido a los exmarines para informarlos de que participarían en una misión de alto secreto esa noche. Todos habían sido aprobados por Bethany Anne, por lo que sabía que no había infiltrados. Max Wagner era un firme defensor del trabajo en equipo y, según él, eso era imposible si se ocultaba un aspecto crucial de la misión, sobre todo porque la noticia se propagaría entre la tripulación como la pólvora una vez aterrizara la nave.

Según el pronóstico del tiempo, el cielo estaría cubierto esa noche. Incluso había tormenta en el aire, pero estaban en el Triángulo de las Bermudas. Las tormentas no eran raras allí.

Tenía un buen equipo. Al principio esperaba servir bajo el mando del capitán Thomas, pero como el Sea Axe tenía un hangar más que adecuado para la nave, tuvo que prepararlo de inmediato.

Desde el exterior, el barco parecía un superyate, pero la mayoría de los compartimentos estaban dispuestos como en un buque comercial. Todo había sido diseñado pensando en la comodidad de la tripulación y el buen mantenimiento de los juguetes de la reina. Lo que era bueno, ya que su nuevo juguete era único, al menos según Max. Si las potencias del mundo tenían sus propios juguetes extraterrestres, no lo anunciaban a los cuatro vientos.

Observó a sus hombres. Todos estaban en el comedor principal, que podía acomodar a unas treinta personas. Les pidió que se sentaran en las tres mesas más cercanas.

Con él, eran catorce, lo que dejaba siete literas disponibles. Bethany Anne traería a cuatro personas con ella. Sospechaba que en algún momento tendría que encontrar una manera de acomodar a más gente, pero eso no le molestaba. Había mucho espacio sin usar debajo de las cubiertas, destinado a los juguetes de los ricos que nunca tendrían que transportar.

Max levantó una mano y los hombres dejaron de hablar. Miró a las tres mesas. El equipo de ingeniería tenía cuatro miembros, el equipo de cubierta tenía tres, incluyendo a Chris Billings, que podría capitanear rápidamente el Sikorsky en caso de apuro. No era un piloto de la misma talla que Bobcat, pero podría haber trabajado para una aerolínea comercial si hubiera querido. Luego estaban los cuatro marines y su segunda al mando, Natalia Jakowski, una pelirroja vivaz de un metro sesenta, con ojos verdes penetrantes que contrastaban con su piel de alabastro.

Wagner había informado a Natalia dos horas antes de lo que ocurría con la nave espacial. Comenzó relatando las hazañas del equipo en los pantanos y luego contra los terroristas en Miami. Dan había llegado durante sus explicaciones y proporcionó algunos detalles más. Dan sentía que necesitaba estar presente en la nave para brindar información adicional si era necesario, como lo había hecho durante los reclutamientos. Toda la tripulación del barco había conocido a Bethany Anne, pero de manera breve y precisa, ya que ella solo se había asegurado de probar su integridad.

Dan estaba presente en el comedor, sentado a unos metros de Max.

—Bueno, escuchad bien, chicos, es hora de daros todos los detalles. Todos habéis sido considerados personas confiables e íntegras, de lo contrario no estaríais sentados aquí, en esta embarcación. Espero que estéis listos, porque vuestras vidas están a punto de cambiar radicalmente.

Hubo algunos murmullos en la sala. Todos entendían que formaban parte de una operación clandestina. Nadie podía reunir a un equipo de exmarines en un superyate con un Black Hawk sin tener algo muy especial en mente. También todos habían conocido, visto o escuchado hablar de la Guardia Real de la Puñetera Reina. El nombre les había causado mucha risa, pero nunca en la cara de los interesados.

Todd Jenkins había llegado a bordo el día anterior para trabajar con tres marines que ya estaban allí. Era un tipo duro y se decía que había participado en combates junto a la jefa y sus hombres. No hablaba mucho, salvo para afirmar que su equipo siempre ganaba. Aunque luego tenía que admitir que él siempre quedaba fuera de juego rápidamente debido a las capacidades superiores de sus compañeros.

Durante los entrenamientos con los tres marines, Todd siempre lograba vencerlos con facilidad. Si él podía vencerlos y los tipos de la jefa podían vencerlo a él, esos guardias debían ser jodidamente buenos. «Indescriptibles», fue la respuesta de Todd.

Ahora su capitán se disponía a revelárselo todo. Normal que estuvieran ansiosos.

—Sé que ninguno de vosotros quiere volver a la vida civil. Fuisteis hechos para la Marina, vivisteis la Marina, y por Dios, queréis morir por la Marina.

—Asegurémonos de que muero después de volver a echar un polvo, ¿es mucho pedir? —añadió Natalia. Todo el mundo se rio de su comentario y ayudó a calmar los nervios de la tripulación, lo que había sido su objetivo. Max vio el guiño que le hizo.

—De acuerdo. Dicho esto, aparte de la solicitud de mi segunda, debo informaros de que os habéis unido a este equipo para participar en un conflicto largo y difícil que os costará creer. Sin embargo, todo es verdad. Lo que estoy a punto de revelaros ha sido verificado y confirmado. Dan Bosse, aquí presente, podrá mostraros los mismos documentos que presentó durante la primera sesión de reclutamiento en el Polarus. Nuestro objetivo es proporcionaros tantos elementos como sea posible para que podáis entender la naturaleza de la nave que vamos a recibir esta noche. Y por qué es un aparato que nunca habéis visto y del que nunca habéis oído hablar. ¿Queda claro?

Todos asintieron con la cabeza. Tenía buenos hombres y entendían cuándo las cosas se ponían serias.

Dan se levantó y ocupó el lugar de Max.

—Hombres y mujeres de la tripulación, estoy acostumbrado a manejar operaciones clandestinas en suelo estadounidense y a combatir fuerzas extranjeras para las que nuestra policía, nuestra guardia nacional y nuestros francotiradores no son los que están mejor equipados ni preparados.

—¿Señor? —Dan vio que una mujer sentada en la tercera mesa a su derecha levantaba la mano.

—¿Sí?

—Teniente Michelle Granger, señor. Bueno, exteniente. ¿No fueron ustedes la operación de apoyo al equipo SWAT contra terroristas en Miami?

—Buena pregunta, teniente Granger. La respuesta corta es no. Nos llamaron después de nuestra intervención en los Everglades la noche anterior. Nuestros hombres se estaban tomando un merecido descanso cuando los terroristas atacaron. Fue un plan muy bien diseñado. Atacaron al norte de Miami para atraer a los francotiradores, mientras que otro equipo lanzaba la operación principal en el centro de la ciudad. Mala suerte para ellos, mis hombres consiguieron llegar allí. Los terroristas, que estaban repartidos en tres pisos, fueron neutralizados en dos minutos, sin que nadie de mi equipo ni de los rehenes resultara herido. Para nosotros fue un juego de niños. Pero, antes de que hagáis más preguntas, dejad que os muestre un vídeo.

Las luces se apagaron y Dan se hizo a un lado para no estar delante de la pantalla que había descendido del techo.

—Primero debo explicar que he estado luchando contra estos horrores, de una forma u otra, durante unos treinta años. Todos los hombres que estáis a punto de ver han muerto en los últimos dieciocho meses.

En su presentación, también mostró el video que Frank había proporcionado. Cuando la cara vampírica de Bill apareció en la pantalla, escuchó las exclamaciones y las respiraciones entrecortadas que había anticipado.

En cuanto las luces volvieron a encenderse, las emociones en la sala estaban divididas entre la tristeza por la pérdida de tantas vidas y el choque de descubrir que los vampiros y los Nosferatu realmente existían.

—Bien, equipo. —Max se puso de pie de nuevo—. Estos son los elementos básicos que debéis conocer y entender. La realidad es que el estado vampírico es una mutación provocada por la presencia de nanocitos en la sangre. Es tecnología extraterrestre. —Tuvo que esperar un minuto para dejar que el murmullo se calmara—. Como decía, las mutaciones sufridas por estos humanos son de origen extraterrestre, con el objetivo de crear individuos capaces de ayudarlos en una guerra intergaláctica.

»Por desgracia, los vampiros no entendieron la advertencia de una posible invasión extraterrestre y algunos decidieron buscar una manera de dominar a la raza humana. Se convirtió en una lucha subterránea y es en esa lucha en la que Dan y sus agentes se vieron involucrados. Nadie sabía que estas mutaciones estaban relacionadas con una guerra extraterrestre en una galaxia lejana y que esa guerra podría algún día llegar a nuestro hogar. Así que, el objetivo ahora es poner fin a esta lucha entre vampiros mientras buscamos una forma de llegar a las estrellas para prepararnos para defender la Tierra.

Natalia levantó la mano y Max asintió.

—¿Cuánto tiempo tenemos?

—No lo sabemos. El primer aterrizaje de la nave alienígena fue hace más de mil años.

Hubo más murmullos en la sala. La idea de extraterrestres invadiendo la Tierra podía parecer absurda hasta que descubrías que los extraterrestres ya estaban aquí y habían realizado mutaciones genéticas durante mil años. Algunos concluyeron que podrían pasar otros mil antes de que surgiera algún peligro, así como la invasión podría ocurrir al día siguiente.

—Todo lo que sabemos es que nosotros, y por «nosotros» me refiero a todos los presentes en esta sala, formamos parte de un grupo que quiere defender la Tierra. Nuestra primera misión es proteger a los nuestros de los Nosferatu y los Deshonrados que habéis visto en la presentación en video. La mayoría de los que están en el Polarus solo conocen ese aspecto de nuestros objetivos. —Una mano se levantó en la sala—. ¿Sí, Chris?

—Señor, ¿por qué necesitamos saber la historia completa? —preguntó Chris Billings.

—Porque tú, yo, y cada uno de vosotros ha sido elegido para ser el equipo de avanzada en esta guerra. Espero que todos ESTÉIS listos, porque estamos a punto de convertirnos en la versión flotante del Área 51.

—¡Mierda! —Eso vino de uno de los marines de Todd. Max lo miró—. Lo siento, señor.

El capitán inclinó la cabeza.

—Aunque no puedo aprobar la interrupción, estoy de acuerdo con el sentimiento. Pronto albergaremos una nave espacial que podría, literalmente, si alguien llegara a enterarse de su existencia, costarnos la vida y el futuro del planeta al mismo tiempo. Si no os sentís preparados para asumir esta responsabilidad, dirigíos al fondo de la sala y Dan os transferirá al Polarus mañana por la mañana.

—¿Señor?

—¿Sí, Natalia?

—¿Por qué dejaría que alguien se fuera después de haber oído las historias y visto el vídeo?

Max vio en las expresiones de los rostros que varias otras personas se hacían la misma pregunta.

—Porque cada uno de vosotros ha sido sometido a pruebas, y tengo una confianza absoluta en la persona que las realizó, su veredicto fue que todos aquí tenéis un sentido ético impecable. Dicho esto, no os iríais hasta mañana porque primero recibiríais la visita de una persona que podrá borrar de vuestra memoria todo lo que hayáis visto y oído aquí. Por desgracia, eso puede implicar perder algunos días de memoria y no solo unas pocas horas, pero al menos ya no representaríais un riesgo para nadie, ni para nuestra misión ni para vosotros mismos. No podemos arriesgar ninguna fuga.

»Lo siento, pero estoy convencido de que debéis conocer todos los detalles para tomar una decisión de tal importancia. Cada persona que decida quedarse esta noche, hace un pacto con todos los demás en este barco de que luchará a nuestro lado hasta el final.

—¿Max? —El capitán Wagner se dio la vuelta para mirar a Dan—. La guardia de la reina tiene una palabra para esto. Es *Aeternitatem*. La frase completa en latín es *Ad aeternitatem,* que significa «Para la eternidad».

—Dan miró a todos los presentes a los ojos al menos un segundo antes de pasar al siguiente—. Cuando te conviertes en uno de los miembros de la guardia de Bethany Anne, entras en el círculo de confianza más estrecho que tenemos, porque estás protegiendo a la única persona que podría salvar a la humanidad si los grandes países del mundo no se ponen las pilas. —El peso del conocimiento afectó a todos—. En su origen, Sea Axe es un modelo de barco, no un nombre. El propietario original nunca lo cambió en la documentación, por lo que se convirtió por defecto en el nombre del barco. Quisiera hacer una sugerencia. Para los que se queden, deberían renombrar el barco para que refleje mejor la misión. Estaré cerca si vuestro capitán me necesita. Ahora, os dejaré para que toméis vuestras decisiones.

Dan miró a Max antes de salir de la sala, bajo la mirada silenciosa y pensativa de la asamblea.

Todd Jenkins levantó la voz.

—Durante el día, todos me habéis hecho preguntas sobre mi experiencia en combate con la guardia de Bethany Anne. Dadas las revelaciones de esta noche, esto es lo que tengo que decir al respecto. —Un par de personas tuvieron que mover sus sillas para verlo mejor.

—Señor Jenkins, ¿sería tan amable de ponerse de pie? —lo interrumpió Max.

Él lo hizo y miró a su alrededor.

—Cuando Bethany Anne y sus hombres se preparaban para su intervención en Costa Rica, había dos vampiros en la sala. Una de ellas había vivido siglos y era jodidamente rápida con sus espadas. Fácilmente podría haber diezmado una tropa de mis marines. Pero Bethany Anne llevaba a sus «zorras», como le gusta llamar a la guardia. —Su sonrisa permitió que algunos se sintieran lo bastante cómodos para reír—. Ahora que he luchado a su lado, sería un honor para mí estar en un equipo de tal nivel. Estos hombres llevan años luchando contra los Deshonrados que hemos visto en el vídeo.

»Cuando llegué a trabajar con ellos, ya llevaban un mes o más con Bethany Anne, y tengo que decir que esos terroristas no tenían ni una oportunidad de salir vivos de allí. Trabajar con ellos me permitió mejorar, y muy rápido, porque tenía que estar a la altura. No les importaba si volvía de seis meses de vacaciones en la playa. O estás a la altura, o estás muerto. Es tan simple como eso. Y dejadme deciros que, sin ellos, yo habría muerto en más ocasiones de las que podría contar. —Risas resonaron en la sala. A Todd no le molestaba hablar de su mala actuación contra el equipo—. Pero mi compañera en esta historia era la vampira, Bethany Anne. —Hubo algunas expresiones de sorpresa entre quienes aún no habían adivinado la identidad de la otra vampira—. Era increíblemente rápida, feroz e inflexible.

»Fue muy dura con Gabrielle y su propio equipo, siempre obligándolos a dar lo mejor de sí para vencerla. Sin embargo, nunca lo lograban. Estaban tan molestos que se unieron tanto como si hubieran crecido juntos. Incluso esa vampira a la que acababan de conocer por primera vez y que no había trabajado con nadie en más de cien años. Y cada vez, les daba la paliza de sus vidas. Uno de los tipos se rompió el brazo en una pelea y Bethany Anne tuvo que darle de su sangre.

»No os equivoquéis: si os quedáis aquí, en este barco, sea cual sea el nombre que le deis, se os pondrá a prueba y tendréis que superaros. Aquí los desafíos no solo se refieren a nuestro país, sino al mundo entero. Cuando estaba en la Marina, mi familia, mis amigos, todos mis seres queridos sabían que luchaba por ellos. No todos estaban de acuerdo con mis métodos, pero lo sabían. Si os quedáis, nadie podrá saber de vuestro sacrificio, excepto los aquí presentes hoy y que te acompañarán hasta el final. *Ad aeternitatem.*

Todas las cabezas siguieron a Todd, que se sentó de nuevo.

—¿Señor? —Esta vez, la voz de Natalia era suave, casi reverente.

—¿Sí? —preguntó Max, mirándola.

—¿Dónde podríamos encontrar algo de pintura, señor? —Su voz se hizo un poco más fuerte, como si hubiera tomado una decisión.

—¿Qué vamos a pintar, Natalia?

—Un nombre nuevo, señor. —Max la miró expectante, al igual que todos los presentes.

—¿Y cuál será?

—Creo que deberíamos renombrar esta nave según el juramento que todos debemos hacer si nos quedamos hasta el final.

Max asintió.

—Que así sea, Natalia.

Se levantó y señaló a Mark.

—¿Te quedas?

Mark Simmons, ingeniero jefe del Sea Axe, frunció los labios y tomó una decisión.

—Sí. ¿Me necesitas?

Ella asintió y miró a su alrededor.

—Sí, tú y todos los que vayan a tripular el Ad Aeternitatem tenéis que venir conmigo. Quiero ver ese nombre en la proa antes de que Bethany Anne llegue esta noche.

—¡Joder, sí!

Los marines se pusieron de pie y levantaron sus puños en el aire. Fue unánime y casi todos siguieron a Natalia Jakowski fuera de la sala. Solo una persona se quedó atrás: Chris Billings. Max lo observó acercarse.

—¿No te quedas, Chris? —Max sonreía, sin ningún rastro de juicio en su expresión.

Chris sonrió.

—Claro que sí, me quedo. Solo quería saber qué tendría que hacer para unirme a la Guardia Real. Y si me aceptan, ¿le molestaría si dejo el barco?

Max extendió la mano para estrechar la de Chris.

—Cada uno de nosotros debe elegir su propio destino. Depende de ti, después de todas estas revelaciones, cómo crees que puedes ayudar mejor a nuestra causa. Ya sea en la Guardia Real o en mi barco, siempre tendrás mi respeto y apoyo. Mientras tanto, marinero, mueve tu trasero y sal con los demás para cambiarme ese maldito nombre.

Se enderezó y realizó un saludo excepcionalmente fino para el capitán Wagner.

—¡Señor, lo haré mejor de lo que la Marina jamás creyó que podría!

—Te tomo la palabra, Chris. —Max le devolvió el saludo—. Ahora, muévete.

El hombre dejó de saludar, se dio la vuelta y salió corriendo detrás de los demás.

El capitán observó la sala vacía. Tenía la mejor tripulación que podía pedir. Sonrió para sus adentros.

Ad aeternitatem.

Capítulo 9

Miami, Florida, EE. UU.

Nathan y Lance se retiraron al salón de Bethany Anne. Darryl, Scott y Pete estaban en la habitación de al lado haciendo ejercicio. Al principio, los guardias tuvieron problemas con que Lance estuviera en la casa sin protección. Nathan pensó que no entendían quién era realmente y se dispuso a educarlos al respecto.

Todos se habían puesto ropa cómoda antes de reunirse en el amplio gimnasio que utilizaban. Lance y Pete se apoyaron contra el equipo fuera de la zona de combate. Nathan primero derrotó a Scott, luego a Darryl. Después, se enfrentó a ambos a la vez. Fue un combate más equilibrado, pero una vez más logró la victoria. Extendió la mano para ayudar a Darryl a levantarse de la colchoneta.

—Bueno, bueno —dijo Darryl, toalla en mano—, está bien, creo que podemos decir que vales por dos guardias.

Nathan sonrió.

—Chicos, esto era solo un simulacro. En un combate real, os habría disparado a ambos desde el principio. Evito el combate cuerpo a cuerpo siempre que es posible, aunque entre *Wechselbalg* es tradicional pelear así. Dicho esto, el hecho de que vosotros dos casi me hayáis vencido revela dos cosas.

Scott había cogido el frasco de ibuprofeno que usaban después de hacer ejercicio con Bethany Anne y se había tomado cuatro, regados con su Gatorade naranja.

—¿El qué?

—Primero, sois dos de los humanos más formidables y rápidos con los que he luchado. —Pete le lanzó una toalla para que se secara—. La segunda es que yo también necesito volver a entrenar. Estos últimos meses no he tenido tiempo suficiente para hacerlo.

Darryl se acercó al cesto de ropa sucia para depositar su toalla.

—Cuando quieras. He aprendido dos agarres que necesito trabajar contigo, y has usado al menos tres en esa última pelea que no he descifrado.

—Si no son los mismos que he visto yo, entonces yo también tengo algunos —añadió Scott—. ¿Dónde aprendiste todo eso?

Nathan sonrió mientras dejaba caer su toalla en la cesta.

—Chicos, soy décadas mayor que vosotros, así que he tenido un poco más de tiempo para adquirir habilidades. —Miró a Lance—. Voy a darme una ducha rápida aquí, luego podemos volver a la otra casa.

El general estuvo de acuerdo.

Cuando Nathan se hubo ido, Scott miró a Darryl.

—Tío, tenemos que hacerlo mejor para asegurarnos de impresionar a los lobitos.

Pete los miró a ambos.

—¿Lobitos? ¿Te refieres a los *Wechselbalg* que se unirán?

—Sí. —Darryl se sentó en la colchoneta y empezó a estirar los músculos—. La idea es que participen en un combate. Queremos que se den cuenta de que los humanos pueden ser feroces antes de enseñarles a luchar contra los Nosferatu.

Pete negó con la cabeza.

—Chicos, no creo que debáis preocuparos por eso.

Scott se dejó caer cerca de Darryl y comenzó su propio enfriamiento y estiramiento tras el combate.

—Y eso ¿por qué? Nathan nos ha eliminado con bastante facilidad, y luego se ha enfrentado a los dos y ha vuelto a ganar.

—Chicos, tenéis que entender que Nathan Lowell es una fuerza sobrenatural incluso dentro de la comunidad de *Wechselbalg* —contestó Pete—. Hay padres que asustan a sus hijos con un «Nathan Lowell vendrá a por ti si no te portas bien».

Scott miró la puerta por la que había salido Nathan.

—¿En serio?

El hombre asintió con la cabeza.

—De verdad. Había muchas posibilidades de que Nathan me hubiera matado por mis meteduras de pata si Bethany Anne no hubiera llegado a este acuerdo con mi padre.

Darryl negó con la cabeza.

—Me cuesta creerlo. —Pasó a estirar la otra pierna.

—Él mismo me lo confirmó durante nuestro viaje a Nueva York. Por lo que se ve, esa era una de las opciones si Bethany Anne no hubiera tenido otra idea. Había violado las reglas y era demasiado orgulloso para admitirlo o corregir mi error. Mi padre estaba hablando con Gerry para tratar de encontrar una solución. Si Michael hubiera estado, me habría matado para deshacerse del problema. Cualquier solución que evitara una muerte instantánea era una mejora para mí.

Scott flexionó los brazos por encima de su cabeza.

—Vaya, debió ser difícil escuchar eso…

—Entre los *Wechselbalg* hay suficientes historias circulando como para saber que no debes hacerle una pregunta a Nathan Lowell si no estás preparado para escuchar la cruda realidad. Todavía debo tener cuidado con él en ocasiones.

Darryl gruñó cuando un músculo especialmente tenso se quejó por los estiramientos.

—Parecía un tipo tan normal… No tenía ni idea de que luchara así.

Pete se acercó al equipo de música y buscó entre los CD algo que poner durante su entrenamiento.

—Eso es porque Nathan Lowell solo respeta a los vampiros. Supongo que matarnos habría sido aún más fácil para él. Pero eso es solo una suposición de mi parte. En general, los *Wechselbalg* tienden a ponerse muy nerviosos si se enteran de que Nathan está cerca. He oído hablar de familias que se van de vacaciones de repente solo porque circulaba un rumor de que iba a ir a la ciudad para asuntos de la manada. Dios mío, chicos, ¡no tenéis más que AC/DC!

—Muchas de las canciones coinciden con nuestras vidas —contestó Scott—, es como si fueran la banda sonora de la Guardia Real.

Darryl añadió:

—Empezó con Bethany Anne, que nos puso *Big Balls*.

Scott continuó:

—Luego *Back in Black*.

—Y después *Hell's bells*.

—*Highway to hell.*

Darryl se acercó a Scott y le dio un puñetazo.

—¡Eso fue para luchar contra los Nosferatu! *Dirty Deeds Done Dirt Cheap*.

—*Thunderstruck*.

—El *Rock and Roll Ain't Noise Pollution.* —Scott cantó la letra de la canción—. Ah y *Bedlam in Belgium*.

—*Ballbreaker*.

Lance negó con la cabeza.

—Supongo que podéis seguir así durante horas.

—Tiene que haber más de veinte CD en esta caja —observó Pete.

Scott lo miró.

—Oye, ten cuidado. John tiene algunas ediciones australianas raras y te dará la paliza de tu vida si las rompes.

Pete apartó las manos de los discos.

—¿Cuáles?

Scott arrugó la cara:

—Ahhh, una es la versión australiana de *High Voltage*. No recuerdo la otra.

Darryl comenzó a cantar las letras de *Big balls* y Scott se unió a él. Gritaron juntos el verso final:

—*But Bethany Anne's got the biggest balls of them all.* —Y chocaron los cinco.

Nathan regresó a la sala mientras terminaban el estribillo. Echó un vistazo a Lance.

—¿Quiero enterarme?

—AC/DC.

—Ah, ya. ¿Estás listo? —El general se levantó y saludó a Pete. Los otros dos tipos siguieron riéndose y se fueron.

De vuelta en la zona de entrenamiento, Pete preguntó:

—¿Estáis seguro de que queréis que Bethany Anne sepa que habéis modificado la letra?

Darryl se asomó con la mayor sonrisa en lo que iba de día.

—¿Estás de coña? Fue ella quien nos enseñó esta versión. Cuando eres miembro de la guardia, es tu deber hacer todo lo posible para igualar las pelotas de la jefa. Así que sube el volumen y mueve el trasero.

Nathan oyó las risas de los chicos y sonrió mientras cerraba la puerta.

Con Lance, atravesaron el nuevo portal que se había instalado entre las dos casas. William no había perdido el tiempo durante su ausencia.

El licántropo inició la conversación.

—¿Frank te ha comentado algo sobre nuestros chicos en Las Vegas?

—Sí, y todo parece estar bien. Si Bethany Anne está de acuerdo, creo que podríamos transferir a algunos de esos chicos a nuestro proyecto.

Nathan miró fijamente a Lance.

—¿De verdad? Creía que esta discusión iba a ser sobre ADAM.

—¿ADAM? Oh. Adán y Eva. Sí, claro. Estoy de acuerdo. —Estaba acostumbrado a usar nombres en clave en sus conversaciones, por si alguien estaba escuchando, así que no le molestaba usar ese apodo para la IA—. Bueno, si usamos el mismo equipo, podrían trabajar en ambos proyectos al mismo tiempo. No estoy seguro de qué hacer con Jeffrey, ya que tiene una familia. Tiene bastantes conocimientos, pero creo que es más bien Thomas Billings quien conoce todos los detalles, ¿verdad?

—Sí. Sin el código fuente y sin Thomas, llevaría mucho tiempo duplicar sus descubrimientos, incluso con la ayuda de Jeffrey.

Atravesaron la puerta de entrada y se instalaron en el salón. Ecaterina había decorado la casa con mucho gusto. Las ventanas de dos pisos, con vistas al agua en la parte trasera, estaban adornadas con cortinas diáfanas de color dorado claro que estaban abiertas. Nathan pensó que esas ventanas podrían usarse para escuchar si alguien estuviera equipado con un micrófono láser, y eso era algo de lo que habría que ocuparse pronto.

—Muy bien, así que tenemos dos cuestiones —comentó Lance—. Por un lado, ADAM. Por otro, nuestra nueva adquisición. Sería más práctico usar un solo equipo para ambos proyectos. Pero, por otro lado, vamos a necesitar más gente. —Reflexionó un momento—. Tenemos propulsión, ingeniería, metalurgia, energía avanzada… Demonios, podría decir «avanzada» para todo. El equipo debe ser reducido, pero ¿cómo conseguimos el talento adecuado con un grupo pequeño?

—Bueno, la mejor manera es controlar las comunicaciones y el acceso. El Sea Axe es demasiado pequeño para un grupo muy grande. Además, no estamos bajo la protección de una nación específica y, si estamos en alta mar, cualquier gran potencia podría atraparnos con facilidad. Va a ser un desafío. Necesitaremos un lugar propio para instalar defensas o, al menos, tener una forma de protegernos.

—Destrucción mutua asegurada. —Lance apoyó la cabeza en el sofá.

—Más o menos.

—El problema es que tendríamos que demostrar nuestra capacidad de destrucción sin ponernos en peligro.

Nathan miró a Lance con expresión sombría.

—Eso implica establecer todo un dispositivo digital. Hay varias maneras bastante simples de lograrlo, pero necesitaríamos aumentar la potencia rápidamente para disuadir un ataque, o golpear de manera preventiva, lo que nos señalaría y catalogaría como una amenaza.

—Nunca es una buena idea comenzar una relación mostrando los músculos. Y, además, no estamos listos en absoluto para desplegar una respuesta militar. —Lance se frotó los ojos.

Nathan miró por la ventana a un navegante que bajaba por el canal.

—Necesitamos ocultar nuestras actividades a plena luz del día.

—¿No estamos haciendo eso ya? ¿Esperar que nadie descubra lo que está pasando? —Lance miró a Nathan y enarcó una ceja.

—Estaba pensando en algo que mencionó Bethany Anne. Lanzamos nuevas compañías basadas en investigaciones realizadas por algunas de nuestras empresas existentes y datos proporcionados por TOM, luego pretendemos que nuestros hallazgos se basan en investigaciones en curso desde hace mucho tiempo. Ponemos en marcha algunas de las soluciones más vitales y usamos los ataques de la competencia, que seguramente llegarán, como excusa para construir nuestras defensas digitales y físicas.

—Entonces, ¿quieres mantenerlo aquí en Estados Unidos?

—¿Por qué no? Si nos vamos a otro lugar del mundo, el gobierno estadounidense podría intentar espiarnos. Aquí, podríamos intentar tener a los medios de nuestro lado.

—Tal vez. Pero no me gusta tener todos mis huevos en una sola canasta. Busquemos posibles ubicaciones en Europa, en Australia, en Estados Unidos…. Eh, mierda. No podemos ir a América Latina hasta que resolvamos el asunto con Antón; ni a África, por lo que tengo entendido. De todas maneras, los gobiernos de esos países no son del tipo con los que queremos tratar. Quizás Gran Bretaña, pero los terrenos cuestan una fortuna allí.

Nathan resopló.

—¿Y qué?

—Bueno, sí, Bethany Anne tiene mucho dinero, eso es cierto. Ninguna de las empresas que poseemos tiene terrenos o edificios que nos sirvan. Los barcos están bien y son útiles por ahora, pero me sentiría más tranquilo y cómodo con algo de tierra bajo mis pies.

—Eso es porque has estado bajo una tonelada de roca en la base militar durante mucho tiempo.

—Y me gustó. —Lance sonrió. Su base era un buen lugar. Tenía mucho espacio bajo tierra, algunos edificios en la superficie y un aeródromo—. Me pregunto si no habrá alguna vieja base abandonada que podamos conseguir a buen precio. El Ejército se quejaba de los recortes presupuestarios el año pasado y tuvo que cerrar Fort Campbell.

—No he oído hablar de nada en el mercado con las guerras en el extranjero. ¿Y tú?

—Nada tampoco, aparte de quejas sobre el costo de las guerras. Ahora que la de Irak ha terminado oficialmente y la de Afganistán está llegando a su fin, el Ejército está reduciendo sus efectivos. Con el aumento del terrorismo en todo el mundo, necesitamos más ataques quirúrgicos que tropas en el terreno. Los políticos quieren seguridad sin tener que pagar el precio que garantizaría esa seguridad.

—Otra opción sería ir a un país en guerra. Podríamos defendernos de cualquier ataque.

—¿Sabes?, si no fuera por mi hija, estaría bastante dispuesto. Pero si el gobierno quisiera atacarnos, podrían echarle la culpa a la guerra y hacerlo pasar como un error ante los medios. Demasiado fácil de encubrir.

—O sea, que nos van a atacar seguro. —Nathan estaba un poco frustrado.

—Siempre hay que estar preparado. —Lance sonrió. Había asistido a tantas reuniones de este tipo, algunas de las cuales duraban días, que esta pequeña discusión le estaba sirviendo para entrar en calor—. Paciencia, pequeño saltamontes.

Nathan miró al hombre que parecía mayor.

—Te das cuenta de que soy mayor que tú, ¿verdad?

—Claro, pero ¿has jugado a la guerra más que yo?

—Eso es verdad.

—Vamos a buscar un paquete de cervezas antes de estudiar esto más a fondo.

Nathan no necesitó que se lo dijeran dos veces.

—¿Libaciones para lubricar la mente?

—Correcto.

—Probado y comprobado.

—Es una tradición. Tal vez por eso estamos tardando tanto en encontrar una solución.

Lance abrió el enorme frigorífico doble de acero inoxidable para mirar dentro. Había una gran variedad de marcas, algunas locales y otras extranjeras. Lance tomó una Budweiser. Nathan agarró una Heineken. La puerta del pasillo se abrió. El licántropo dejó su cerveza y se giró de inmediato. Vio a William entrar en la habitación.

—¡Hola, gente!

—Lo mismo digo —respondió Lance—. Estamos bebiendo en la cocina. —Nathan olfateó el aire y pareció tranquilizarse mientras se daba la vuelta y se sentaba en la barra, abriendo su Heineken.

William atravesó el salón y entró en la cocina y el comedor.

—Prefiero una cerveza americana. Puedo prescindir de todas esas cosas alemanas. —Lance le entregó la cerveza que aún no había abierto y se sirvió otra.

William dio su primer trago.

—Esto sí que es vida. ¿De qué estamos hablando?

—Estamos buscando un lugar para establecernos —dijo Nathan.

—Una base sería ideal —gruñó Lance—. ¿No conoces alguna que esté disponible para alquilar o vender?

William se agarró el bolsillo trasero.

—Sí, tengo la escritura aquí mismo. Espera, no. Lo siento, es mi recibo del combustible. —Dio otro trago a su cerveza—. Si el Congreso aprobara la normativa BRAC que quieren los militares, podrías conseguir tu base. Pero eso llevará años. Con tanta gente quejándose del aumento del desempleo, ningún miembro del Congreso quiere votar para cerrar una base. La última vez que se intentó, los sobrecostos ascendieron a miles de millones… Por otro lado, los estudios muestran que los ahorros obtenidos no serían tan significativos.

Nathan frunció el ceño mirando al mecánico.

—¿BRAC?

—Es un intento de realineación y cierre de bases —respondió Lance.

—Si no os importa viajar, el Departamento de Defensa está cerrando bases en Europa, ¿lo sabías?

Lance miró a William por encima de su cerveza.

—Maldición, me había olvidado.

Nathan miró a uno y otro lado.

—¿Eso cómo nos ayudaría?

—Algunas de las bases se tomaron prestadas de Gran Bretaña —respondió Lance—. Una base nos permitiría tener todo el espacio necesario, con suficientes infraestructuras externas para acomodar a familias. Estoy pensando en tu comentario sobre Jeffrey. Si pudiéramos convencerlos de que se mudaran, podríamos aprovechar las instalaciones educativas ya existentes en las comunidades locales. Sin mencionar que eso sería visto positivamente por las autoridades, ya que ayudaríamos a revitalizar la economía y crear empleos.

Nathan frunció las cejas.

—Eso podría ser difícil de manejar desde el punto de vista de la seguridad. .

—¿No crees que Jeffrey ya lo está manejando muy bien? ¿Debo recordarte la razón por la que fui a conocerlo?

Nathan recordó lo difícil que había sido intentar piratear la empresa.

—Bueno, está bien. Digamos que encontramos una base para alquilar o comprar… ¿Cuál sería el siguiente paso?

—Si encontramos una cerca de un puerto protegido, tendremos un lugar para los barcos y un aeródromo. Preferiría que fuera un lugar cálido.

William resopló.

—A menos que estés construyendo uno, no sé de nada disponible en este momento.

—Aun así, Gran Bretaña es un estrecho aliado de Estados Unidos —agregó Nathan—. ¿Y si sospechan de nosotros?

Lance reflexionó por un momento.

—Cuanto más hablamos de esto, más creo que una base sería la solución ideal. Anunciamos un descubrimiento positivo relacionado con nuestras investigaciones. Luego, cuando nos convirtamos en el objetivo de amenazas, reales o imaginarias, respondemos trasladando nuestras operaciones a un lugar más adecuado para proteger nuestra propiedad intelectual. Pero para entonces, necesitaremos la mejor defensa digital posible. ¿Crees que sabremos manejar a ADAM?

Nathan vació su cerveza y la dejó a un lado.

—Necesitaré otra de estas para responder a esa pregunta.

William los miró a los dos.

—¿ADAM?

Lance sacó otra Heineken de la nevera y se la dio a Nathan.

—Sí. Una de las empresas de Bethany Anne desarrolló un *software* de defensa heurística de Internet muy poderoso que llamamos Adam, lo que podría derivar en algunas complicaciones si lo reactiváramos...

William levantó la mano.

—¡Oh, espera! No sé nada de programación, excepto lo que se puede encontrar en aviones, trenes y automóviles.

Nathan lo miró.

—¿Trenes?

—Bueno, suena mejor que «aviones, helicópteros y coches». Dicho esto, si me pasas otra cerveza, me voy a retirar para tomar una ducha antes de salir. Tengo una cita con Cindy McWilliams esta noche, se va a quedar alucinada conmigo.

Lance lo miró.

—Ah, ¿y cómo planeas hacerlo?

—Porque me voy a gastar doscientos dólares en un chófer que nos llevará a los dos en esa hermosa furgoneta que acabamos de recibir. Nos pusieron los primeros en la lista de espera cuando agregué un bono considerable a la factura. Cumplen con sus compromisos con otros clientes trabajando para nosotros por la noche. Debería asegurarme al menos un beso bajo el muérdago que colgaré en la parte trasera.

Nathan observó al mecánico.

—Entonces, si lo entiendo bien, ¿vas a probar el vehículo desde atrás para asegurarte de que funciona correctamente antes de que lo use Bethany Anne?

—Dos pájaros de un tiro, amigo mío. Eso y el muérdago que colgaré en la parte de atrás antes de irnos dice que al menos me darán un beso.

William les lanzó una sonrisa antes de marcharse. Una vez cerrada la puerta, Nathan retomó el hilo de la conversación.

—Bien, volvamos a ADAM. Mi empresa ya tiene un muy buen *software* de protección de Internet. Así que ya podemos instalarlo en todas partes. Sin embargo, según lo que me dijo Thomas, ADAM estaría años luz por delante de cualquier tecnología existente, incluido mi *software*. Bueno, y tal vez sin contar a Google... Tienen un buen equipo de investigación en IA. Ray Kurzweil es parte de su equipo, después de todo, difícil de superar en términos de pensamiento futurista.

—¿Qué ventaja tendríamos si resulta ser una IA tan poderosa?

—¿Te refieres a una que trabaje para nosotros?

—O al menos *con* nosotros.

Nathan se levantó y se dirigió a la pared de vidrio, su mirada perdida en la distancia.

—Podríamos realizar cálculos e investigaciones a una velocidad que rivalizaría con empresas cien veces más grandes que nosotros... Bueno, en comparación con la cantidad de personas que podríamos poner en este proyecto, por razones de confidencialidad. Nuestra capacidad para atacar cualquier país electrónicamente se multiplicaría y sería al menos igual o superior a la de todas las grandes potencias mundiales. Y nuestro tiempo de preparación se reduciría a unos meses, o incluso semanas, en lugar de varios años.

—Entonces, tal vez valga la pena correr el riesgo. —Lance observó a Nathan mientras consideraba todos los beneficios que una IA podría aportarles.

—Si creemos que podemos controlar el sistema, sí. Estoy convencido.

—¿Cómo controlarías algo así?

Nathan se volvió hacia él.

—Sin conectividad externa ni capacidad para hacer conexiones inalámbricas.

—Jeffrey describió cómo el sistema se nutre de información para aprender. ¿Cómo le proporcionaríamos toda esa información al sistema si no está conectado?

El licántropo se volvió hacia la ventana, sus ojos veían tanto el presente como el futuro. Lo que fue, lo que era y lo que aún podría ser.

—Discos duros. Toneladas y toneladas de discos duros. Tendríamos que descargar petabytes de datos en discos extraíbles para alimentar continuamente el sistema. Eso requeriría una interfaz dedicada a recuperar los datos y colocarlos en un lugar físico diferente, y un método seguro para verificar y confirmar los datos que se proporcionarían al sistema. Así que necesitaríamos almacenar zettabytes de datos. Con un servidor *blade*, podríamos aumentar fácilmente la capacidad de procesamiento manteniéndolo desconectado.

—¿Y qué pasa si aun así se nos descontrola?

Nathan frunció el ceño.

—¿Además de cortar la corriente de inmediato? Mi consejo sería un pulso electromagnético en una caja de vidrio. Rompes el vidrio, activas el mecanismo y todos los circuitos se queman al instante. Un botón de parada de emergencia.

—Bien, pero si no hay conexión a Internet, no tendremos ninguna ventaja táctica.

—Cierto. No sería más que una poderosa herramienta de investigación, lo que aún sería una gran ventaja. Si realmente quieres tener una ventaja sobre la competencia, en algún momento necesitarás una conexión a Internet. —Nathan se encogió de hombros.

El general no podía evitar pensar en el escenario de una IA maligna y fuera de control.

—¿Cómo se prueba una máquina para detectar desórdenes sociopáticos?

—No creo que haya bebido lo suficiente para responder a esa pregunta. No estoy seguro de que hayas bebido lo suficiente para poder hacer esa pregunta.

—Eso es fácil de arreglar. Vamos a por otra. —El general se levantó del sofá y volvió a la cocina. Esta vez cogió el resto de su pack de seis, que eran dos botellas, y Nathan cogió las cuatro Heineken restantes. Lance miró al licántropo—. ¿Te afecta la cerveza tanto como a un humano normal?

Nathan ignoró lo de «normal».

—No, la verdad es que no. Apenas siento un ligero aturdimiento, pero se desvanece enseguida.

—Eso tenía que ser útil en la universidad.

—Claro que sí —respondió Nathan riendo mientras regresaban al salón—. No tengo ni idea de cómo probar el ordenador, y eso suponiendo que de verdad adquiramos un intelecto muy avanzado, lo que supone que el programa puede reescribirse a sí mismo. Al final, el sistema reescribiría todo su código existente. Sería prudente asegurarse de que el sistema conozca bien las tres leyes de la robótica de Asimov.

—¿Qué, proteger a los humanos, obedecer a los humanos y protegerse a sí mismo? —Lance dio un trago a su cerveza.

—Sí, pero es un poco más largo que eso. La primera ley, es «Un robot no puede dañar a un ser humano o, por inacción, permitir que un ser humano sufra daño». La segunda: «Un robot debe obedecer las órdenes de los seres humanos, excepto cuando esas órdenes entren en conflicto con la primera ley». Finalmente, la tercera: «Un robot debe proteger su propia existencia en la medida en que dicha protección no entre en conflicto con la primera o la segunda ley». Si pudiéramos integrar una escala de valores de este tipo en nuestra IA…

Lance miró a Nathan, que se había quedado callado.

—¿Quieres inyectar un sistema de valores en un programa?

Nathan dejó de mirar a ninguna parte y se centró en el general.

—No, eso no funcionaría. Debes tener una conversación que permita a la IA concebir su propio sistema de valores. Después de eso, habría que decidir si puede servir a nuestras necesidades.

Lance resopló.

—¿Y quién exactamente está cualificado para tener esa conversación?

—Solo veo a una persona posible —dijo Nathan sonriendo—. Porque es ella quien tendrá que aprobar y financiar el proyecto y decidir si mantenemos el sistema activo o lo desconectamos.

Lance frunció los labios.

—Bueno, solo tiene el destino del mundo sobre sus hombros. Bien podemos agregarle el asesinato de la primera inteligencia artificial del mundo, eso no le quitará el sueño, ¿no?

Bebió el resto de su cerveza de un trago, sabiendo que no podría proteger a Bethany Anne de todas esas decisiones. Ella era la más cualificada, de todos modos, para decidir el destino de esa entidad, en función de lo que sabía que debía hacer en el futuro.

—Podría considerarse un homicidio, y creo que sería mejor no presentárselo en esos términos.

Lance se limitó a levantar su cerveza en dirección a Nathan.

Capítulo 10

Frankfurt, Alemania

Iván y Stephen bajaron de su tren en la Estación Central de Frankfurt del Meno. Los veinticinco andenes estaban llenos de pasajeros que iban y venían. Según las estadísticas, más de trescientos cincuenta mil viajeros pasaban por allí cada día, y a Iván no le costaba nada creerlo. Tenían reserva en el Steigenberger Frankfurter Hof para la semana siguiente. Bueno, eso era lo que pensaba Iván.

Stephen había llamado a la manada rumana local para avisarlos de que visitaría el Consejo en Frankfurt después de su paso por Brasov. Se habían sorprendido, pero le aseguraron a Stephen que avisarían al Consejo de su llegada. Más tarde, le dejaron un mensaje de voz con el nombre y número de teléfono del responsable del Consejo, un tal Joséf von Dorman.

El vampiro llamó a Joséf la víspera de su llegada a Frankfurt. Stephen había confirmado que no tenía ninguna intención de reunirse con todos los miembros del Consejo. Por el momento, Joséf le bastaría, y acordaron una cita para dos días después.

El hotel estaba a unas seis manzanas de la estación, por lo que el trayecto en taxi fue rápido. Iván preguntó por los detalles de las reservas. Stephen sonrió al decirle que no había ninguna, pero que no tenía de qué preocuparse.

El taxista paró en la entrada principal y se apresuró a sacar sus maletas del maletero. Iván le dio una propina mientras Stephen miraba a su alrededor, como si tratara de ver qué había cambiado desde la última vez que había estado allí. Iván recogió las dos maletas y se inclinó para hablarle.

—¿Cuándo fue la última vez que estuviste aquí?

Stephen se inclinó hacia él y dijo:

—Los noventa. —Volvió a enderezarse.

Iván parecía un poco sorprendido.

—¿Solo? Eso es hace un par de décadas.

Stephen sonrió y corrigió en voz baja:

—No he dicho de qué siglo, Iván. —Guiñó un ojo y cruzó la puerta que le habían abierto. Iván sacudió la cabeza y lo siguió.

El vampiro se detuvo a unos metros de la puerta para mirar a su alrededor. Iván lo oyó murmurar.

—Prefería con mucho la distribución original. —Se dirigió al mostrador principal, atendido por dos mujeres—. Buenas noches, *frauleins*. Me llamo Stephen y me gustaría reservar la *suite* Besitzer para una semana, por favor.

La primera dama, una guapa morena con gafas de montura dorada que llevaba «Abby» en la placa con su nombre, se volvió hacia Stephen con una sonrisa.

—Lo siento, señor, pero la suite Besitzer se encuentra en el sótano del hotel. No la alquilamos a nadie, excepto a los propietarios. Sin embargo, si lo desea, puedo ofrecerle dos habitaciones en el penúltimo piso, con una vista magnífica a…

—Gracias, Abby, pero si comprueba las instrucciones asociadas a la suite Besitzer, verá que mi nombre, Stephen, está en la lista.

—Lo siento, señor, pero no tengo constancia de tales instrucciones. Un momento, por favor. —Abby se volvió hacia la otra señora, una mujer rubia de mediana edad—. Elyse, ¿tenemos alguna instrucción especial para la suite Besitzer?

Elyse se acercó para colocarse junto a Abby.

—La *suite* Besitzer…, sí, pero están en la caja fuerte. ¿Por qué?

Stephen ofreció una ligera sonrisa a la recepcionista.

—Porque, querida dama, necesito esa habitación para la semana que viene.

Miró al nuevo huésped, un tipo de apariencia bastante joven que se comportaba como alguien mucho mayor de lo que aparentaba.

—Lo siento, señor, pero llevo trabajando aquí veintidós años y nunca he visto a nadie pedir esa *suite*. A estas alturas, se ha convertido más en un rumor.

Él le respondió con una sonrisa.

—No es sorprendente. No he venido en veintidós años. —Su tono irónico retaba a Elyse a hacer algún comentario sobre su apariencia física—. Debería verificar las instrucciones que están en la caja fuerte. Supongo que el gerente del establecimiento puede sacarlas.

Elyse asintió con la cabeza y se fue a buscar al encargado de turno. Abby les pidió disculpas mientras se ocupaba de otra persona que esperaba detrás de ellos. Stephen se apartó y esperó pacientemente. Iván miró a su alrededor y vio unos sillones. Cogió las maletas y fue a sentarse. Unos minutos después, Elyse regresaba con un portadocumentos antiguo, cerrado con una correa de cuero. Stephen se acercó al mostrador.

—Lo siento, he tardado un poco en encontrar a mi superior..., y él también ha tardado en encontrar el documento.

Stephen sonrió y no dijo nada.

La mujer desabrochó la correa y abrió el objeto. Sacó una hoja de lino rígida y muy antigua. Sus labios se movieron mientras leía el documento con rapidez. En voz alta, repitió la pregunta que estaba escrita.

—*Was sind die fünf Worte möchte ich wissen*? —Stephen sonrió. Hacía mucho tiempo que no escuchaba esa frase: ¿cuáles son las cinco palabras que necesito saber?

Y Stephen respondió:

—Las cinco palabras son: «*Blut ist wertvoller als Gold*».

«La sangre es más preciada que el oro». A su reina le iba a encantar como contraseña.

La mujer volvió a bajar la vista hacia la página, luego miró de nuevo a Stephen. Levantó la hoja a la luz para comprobar si era translúcida, pero no lo era. La volvió a doblar y la guardó en el portadocumentos. Antes de cerrarlo, sacó una llave y se la entregó.

—Bienvenido al Steigenberger Frankfurter Hof, Herr Stephen. ¿Le muestro los ascensores?

—No lo sé. ¿Bajan al nivel inferior?

Elyse tuvo que pensárselo. Los ascensores se habían añadido en los años setenta.

—No, no creo que lo hagan.

—Me lo imaginaba. No importa. Iré a ver si las escaleras originales siguen existiendo, si no le importa.

Ella asintió con la cabeza, preguntándose cómo ese joven podía saber todas esas cosas. ¿Habría descubierto secretos del hotel en Internet?

Stephen se giró e hizo una señal a Iván. Esperó a que su amigo se uniera a él, y luego le indicó el camino hacia una pequeña alcoba en la pared, a la izquierda de la recepción.

—Señor —dijo Elyse—, ese no es el camino a...

Se calló de golpe cuando vio que se abría una pequeña puerta que nunca había notado antes. Stephen la mantuvo abierta mientras Iván cruzaba el umbral, y luego le guiñó un ojo a la recepcionista antes de cerrar el pasaje detrás de él. Encendió el interruptor que estaba en la pared. El pasillo giraba a la izquierda, seis metros más adelante.

Iván examinó el lugar. Era antiguo y estaba lleno de polvo y telarañas.

—Tengo la impresión de que nadie ha pasado por aquí en mucho tiempo.

El pasaje era estrecho, pero Stephen logró deslizarse entre Iván y la pared para pasar al otro lado.

—Exacto. Pero imagino que eso va a cambiar pronto.

—¿Por qué? ¿Por curiosidad?

Stephen se giró para mirarlo por encima del hombro mientras seguía avanzando por el pasillo.

—Estoy seguro, pero hay otra razón.

Iván lo alcanzó:

—¿Y es?

—La *suite* de habitaciones Besitzer pertenece al propietario del hotel.

«Ah, claro», pensó Iván.

Al personal de limpieza le llevó unos treinta minutos encontrar las habitaciones especiales que estaban debajo del hotel. Ninguna de las habitaciones tenía ventanas. Stephen fue muy amable y comprensivo respecto al estado polvoriento de la *suite*. Esperó pacientemente mientras se cambiaban las sábanas y se limpiaban a fondo las tres habitaciones. Diez personas fueron a encargarse de ello, incluyendo un supervisor y dos empleados administrativos. Se necesitaron tres minutos para obtener agua corriente clara y potable de la tubería. Stephen permaneció muy paciente durante todo el ajetreo, e Iván observaba con fascinación a toda esa gente que se desvivía por complacer a Stephen.

Iván se acercó al vampiro mientras observaba el espectáculo. Se inclinó hacia él.

—¿Por qué son todos tan educados y están a la vez tan nerviosos? ¿Porque eres el dueño?

Stephen tenía una mirada maliciosa.

—Digamos que el propietario se molestó un poco la última vez que estuvo aquí. La historia probablemente todavía se cuenta.

Iván lo miró atónito. Dios, ¿qué tipo de incidente podría haber ocurrido cien años antes para que aún se recordara?

Cuando todo estuvo terminado, Stephen esperó a que los empleados se marcharan, hasta que solo quedó el supervisor.

—Jurgen, por favor, me gustaría que la limpieza se hiciera una vez al día durante nuestra estancia. Pasaré por la recepción cada vez que me ausente para que sepas cuándo puedes venir. Aquí tienes una propina para repartir entre todos tus empleados. Por favor, agradéceles de mi parte su trabajo. Aprecio mucho su profesionalidad y rapidez. —Le entregó quinientos euros. Este pareció sorprendido. Le dio las gracias a Stephen y luego se retiró. La puerta se cerró silenciosamente detrás de él.

El vampiro se dirigió al muro de ladrillos en el extremo opuesto de la entrada para examinarlo.

Iván le preguntó qué habitación debía coger.

—Ah, cualquiera excepto la de mi izquierda. Esa es la mía.

Guardó las maletas y volvió.

—¿Qué buscas?

Stephen se agachó y presionó uno de los ladrillos, empujándolo un poco más fuerte. Iván oyó un leve clic.

—Esto.

Empujó con más fuerza y la pared se movió un metro hacia adentro, revelando una abertura en el suelo. Stephen volvió a empujar la superficie de ladrillos y la pared regresó a su posición original, siendo imposible adivinar que había algo escondido allí. Se volvió hacia Iván.

—Hice instalar esto por si alguna vez necesitaba escapar discretamente. Por desgracia, el hombre que excavó este túnel para mí murió el mismo día que terminó el trabajo. No podía arriesgarme a que hablara con alguien, y me entristeció que sacrificara su vida por este túnel. Dicho esto, era un alcohólico que, borracho, había asesinado a unas gemelas, así que no me sentí demasiado culpable.

Iván pasó la mano por el ladrillo.

—Al menos hizo un buen trabajo.

Se despidieron y se fueron a dormir a sus habitaciones.

Cárpatos, Rumanía

Unas horas antes, Bethany Anne había pedido a los chicos que volvieran al interior del nave. Verificó una última vez el estado de Gabrielle en la cápsula médica antes de regresar a la estrecha zona de pilotaje. Retrocedió para acomodarse en el asiento, llamó por encima de su hombro a través de la puerta abierta que daba al pasillo.

—¡Si creéis en Dios, este sería un buen momento para rezar!

La voz de John volvió por el pasillo.

—Dios, no dejes que Bethany Anne se estrelle contra esta montaña al salir de aquí. *Amén.* —Oyó a Eric resoplar.

Bethany Anne les gritó a los chicos:

—Tenéis suerte de que eso sea una posibilidad real —gritó ella—, ¡si no, te patearía el culo hasta el Sea Axe, señor Grimes! —Se quedó callado.

No hubo respuesta. Sin embargo, Eric gritó:

—¿Dónde están los cinturones de seguridad?

—TOM me asegura que son inútiles —respondió ella—. La cosa esa de la gravedad lo manejará todo. No sentiremos ni la aceleración… Así que siéntate, cierra la boca y no lloriquees en el hombro de John para sentirte seguro, ¿entendido?

Un coral «¡Sí, señora!» volvió a ella.

«Sabes que no chocaremos con la montaña por accidente, ¿verdad?», le informó TOM.

«¿Por qué no?».

«Porque, cuando salgamos de toda esta vegetación, subiremos varios kilómetros. Si chocamos con la montaña, sería por un mal funcionamiento, no por tu pilotaje».

«Eso no me hace sentir mejor, TOM».

«Solo quería aclararlo, Bethany Anne».

«¿Cómo vamos a salir de estos árboles y de la mierda que nos rodea?».

«La nave está hecha de materiales que no se rasgarían ni si golpeáramos estos árboles a mil kilómetros por hora. Tenemos bajo nuestros pies un sistema de propulsión que genera suficiente energía para alimentar un portal de distorsión. Será un poco como un camión de dieciocho ruedas atravesando una vieja valla de madera podrida».

«Buena metáfora. ¿Sentiremos algo aquí dentro?».

«Poca cosa, aunque hará un ruido horrible. Espero que no haya nadie en la zona».

«¿No puedes verificarlo?».

«Tengo dispositivos que pueden darme la información, pero prefería avisar».

Bethany Anne se limitó a suspirar para sus adentros. TOM era cada vez más humano.

«Bueno, TOM. ¡Allá vamos!».

Activó el sistema y la nave volvió a la vida por primera vez en mil años. Sorprendentemente, todo se desarrolló sin incidentes. No había luces fundidas, como en algunos vehículos de segunda mano. La nave había sido construida para durar. Era una obra maestra.

Después de pasar cinco minutos verificando con TOM que todo estaba en orden, presionó el último botón, el que los haría despegar. Diez segundos después, estaban a tres mil metros de altura y la nave se mantenía en el aire. Bethany Anne admiró las dos pantallas. Las luces bajo ella y a lo lejos eran cautivadoras. Siempre había soñado con volar algún día.

«¿Alguien puede vernos aquí arriba?».

«No te preocupes, Bethany Anne. Todas las medidas de seguridad están activadas. Incluso con los avances de la tecnología humana en los últimos cien años, aún pasarán varias generaciones antes de que tengan algo que esta nave no pueda contrarrestar».

¿A qué velocidad podemos ir?

«No tan rápido, ya que nuestro tren de aterrizaje no puede retraerse, así que unos mil kilómetros por hora, tal vez. Nuestro viaje durará unas cinco horas y media».

«Bien, vamos». Ingresó las coordenadas que TOM le dictó. Las dos pantallas delanteras mostraron que las luces debajo de ellos se movían y luego desaparecían. La nave se inclinó cuarenta y cinco grados antes de lanzarse a toda velocidad.

«El radar indica que la mayoría de los aviones permanecen por debajo de los doce mil metros. Sugiero que subamos a catorce mil».

«Hazlo, Número Uno».

«¿Disculpa?».

«Lo siento, era una referencia a Star Trek».

«Tendré que añadirla a las series pendientes».

«¿Sabes qué, TOM? La veré contigo».

TOM no supo qué decir después de eso.

Cinco horas y media más tarde, planeaban a trescientos metros sobre el punto de encuentro, en alta mar, y Bethany Anne vio los dos superyates que los esperaban. Contempló la escena con lágrimas en los ojos y sorbió por la nariz un par de veces, deseando tener un pañuelo a mano.

Sus barcos estaban allí. Podía ver claramente a Shelly en el Polarus y el S-76 en el otro barco. Pero ese ya no se llamaba el Sea Axe. Un nuevo nombre había sido inscrito en su costado, y eso conmovió el corazón de Bethany Anne. No se había sentido tan apoyada desde la época en que Martin había sido su mentor en Washington.

El Ad Aeternitatem estaba listo para su aterrizaje.

Le tomó unos instantes recuperarse de sus emociones. TOM le explicó lo que debía hacer para comunicarse con el barco y ella habló al aire, ya que el micrófono de pilotaje era muy sensible.

—Nave de la reina a Ad Aeternitatem, ¿me recibís?

—Capitán Wagner de Ad Aeternitatem al habla. Es un placer oírla, señora. ¿Cuándo planea llegar?

—En unos segundos, capitán, si puede mover el juguete que está en medio…

—¡Ah! Un momento… Vale, está bien, el juguete hará un vuelo de control en un momento. ¿Otras instrucciones, señora?

—Negativo, capitán. Estoy feliz de haber llegado hasta aquí entera y sin haber llamado la atención de los *paparazzi*.

—Entendido, bienvenida al Ad Aeternitatem, señora. Cambio.

—Encantada de estar en casa. Por favor, transmita mi más sincero agradecimiento a la tripulación por elegir ese nombre tan increíble. Haremos unos escudos especiales para todos los que se han quedado con nosotros. Cambio y corto.

Bethany Anne vio a dos pequeñas figuras correr hacia el Sikorsky y subir a bordo. El helicóptero arrancó y despegó unos momentos más tarde, haciendo amplios círculos alrededor del barco. Las puertas del hangar inferior se abrieron unos segundos después.

Con la ayuda de TOM, Bethany Anne hizo descender la nave con lentitud hasta que las puertas estuvieron abiertas del todo.

«TOM, ¿tenemos espacio para entrar ahí?».

«Sí. Sin problema. Debería quedar un buen metro a cada lado».

«De acuerdo, pero vamos despacio. No me gustaría aplastar a alguien por accidente».

La nave de TOM descendió lentamente los últimos treinta metros hasta el barco. El *Ad Aeternitatem* se puso en marcha a cinco nudos, con un pequeño balanceo. Un helicóptero no se hubiera atrevido a realizar una maniobra así, pero fue pan comido para la nave de TOM. Un momento más tarde, estaban en la bodega y Bethany Anne vio que Todd Jenkins y tres marines vigilaban la entrada. Otra persona estaba en los controles de la puerta y el ascensor. Todos sabían que estaban presenciando un acontecimiento monumental, aunque no comprendían su magnitud real. Ella activó el micrófono exterior.

—Caballeros, sean tan amables de cerrar el techo. No me gustaría que un satélite tomara por accidente una foto al pasar.

Los cinco hombres se sobresaltaron, pero enseguida se pusieron en marcha y pronto las puertas sobre ellos se deslizaron para cerrarse. Bethany Anne presionó otro botón que levantó el velo de invisibilidad de la nave. Los tres marines tenían expresiones de asombro, mientras que Todd y el ingeniero sonreían ampliamente.

Ella se dio la vuelta y gritó por el pasillo:

—¡Eh, chicos! ¡Moved el culo, ya hemos llegado!

Se oyeron vítores desde el fondo, y luego escuchó que todos se movían.

Con cuidado, se levantó del asiento y se arrastró hasta el pasillo, donde se estiró para recuperar la sensibilidad en el cuello y las piernas.

«TOM, no es por nada, pero los de tu especie son endemoniadamente pequeños».

«No, solo somos de tamaño modesto».

Bethany Anne sonrió cuando John y Eric se acercaron equipados con su equipo táctico negro.

—Nosotros vamos delante, Bethany Anne.

—Esperad un segundo. Uno de vosotros debe quedarse aquí con Gabrielle. Hasta nuevo aviso, nadie está autorizado a subir a bordo, ¿entendido?

Miró a ambos hombres y obtuvo asentimientos.

—Hago la primera guardia —dijo Eric—. Nadie le tocará ni un pelo de nuestra compañera, señora.

—Eso espero. Protegemos a los nuestros, ya sea de un accidente o incluso de un error. Ven, te mostraré los controles, por si necesitas interrumpir la secuencia y sacarla de inmediato de la cápsula. —Bethany Anne llevó a Eric a la sala médica y se aseguró de que conocía la secuencia de botones necesaria. Le hizo ejecutarla hacia delante y hacia atrás diez veces—. Volveré en un par de horas, después de que me informen de todo.

Eric arrastró su mochila hasta la puerta y la dejó en el suelo.

—Me quedaré a bordo, señora. Cierre al salir.

—Buena idea. Y no entres en la cabina de TOM. Yo entraré por ahí. Si alguien llega de otra manera, asume lo peor, ¿entendido? —Asintió y ella se volvió hacia John—. Bueno, ¿listo?

Sonrió al darse cuenta de que serían de los primeros humanos en la historia del mundo en bajar de una nave extraterrestre.

—¿Estás segura de que no quieres salir primero, BA?

Ella reflexionó un momento, luego negó con la cabeza.

—No. No quiero dar la ilusión a mi cerebro de que estoy segura a bordo de mis propias naves. Supongo que eso te convierte en el hombre que dará un gran paso para la humanidad.

—Supongo que sí.

Habían llegado a la entrada de la nave. Bethany Anne se inclinó hacia adelante y marcó el código para abrir la puerta.

Capítulo 11

A bordo del Ad Aeternitatem

Chet Nichols se encontraba a la izquierda de Todd Jenkins. Había servido dos veces en Afganistán con los Marines, pero dejó el servicio para intentar salvar su matrimonio, que había sufrido por su ausencia. Por desgracia, sus esfuerzos fueron en vano. Ya era demasiado tarde, algo que sucedía con demasiada frecuencia entre los militares.

Un día, recibió una llamada extraña preguntándole si estaría interesado en un trabajo de protección que sería «pro EE. UU.», «pro Planeta Tierra» y, sin duda «propeligro». Esto despertó su curiosidad, y el vuelo gratuito a Jamaica fue suficiente para motivarlo a hacer las maletas y dejar su destartalada habitación de motel. Estaba más que feliz de no tener que volver allí.

Los últimos días habían sido bastante reveladores. Primero, entrenando con Todd, quien lo había derribado en la primera sesión. Mejoró después, pero aún no podía vencer a su adversario. Luego se sorprendió al enterarse de la existencia de vampiros y extraterrestres. Pero había vuelto a disfrutar de la vida y se lo estaba pasando muy bien. Joder, incluso estaba feliz de que su ex lo hubiera dejado por el cartero, porque, sin eso, habría quedado atrapado en una relación podrida y nunca habría tenido esta oportunidad.

Desde el despegue del helicóptero, el techo se abrió, revelando el cielo sobre ellos. La mayoría de las luces estaban apagadas, tanto dentro como fuera, para no atraer la atención; la discreción era fundamental. Con las puertas abiertas de par en par, sintió una corriente de aire, pero no vio nada en absoluto. Su vista se volvió un poco borrosa cuando miró hacia la abertura, como si tuviera lágrimas en los ojos. Enseguida comprendió que algo estaba sucediendo. No habría sabido decir qué, ya que aún veía el otro lado de la habitación, aunque un poco borroso si prestaba atención.

Una voz femenina resonó en el compartimento.

—Caballeros, sean tan amables de cerrar el techo. No me gustaría que un satélite tomara por accidente una foto al pasar. —Sobresaltado, Chet miró a su alrededor. ¿De dónde venía esa voz? ¿Qué demonios estaba pasando?

El ingeniero se puso a trabajar en los controles y el techo se cerró sobre ellos. Una vez sellado, las luces se encendieron y, de repente, un jodido OVNI estaba allí, frente a sus ojos, en medio de la habitación. Se quedó boquiabierto.

El aparato no era exactamente circular, sino que más bien parecía un círculo con una punta en una dirección. Tres patas descansaban sobre el suelo. La nave se hundió poco a poco sobre ellas, hasta casi tocar tierra. A su lado, Todd tenía una amplia sonrisa dibujada en el rostro. Se dirigió hacia lo que adivinó que debía ser una entrada.

Esperaron tres minutos frente al platillo antes de ver que se abría la puerta y… ¡Virgen santa! El primer tipo en bajar era una jodida montaña ambulante. Chet reconoció el emblema con la calavera y la inscripción debajo: *Ad aeternitatem.*

Todd le tendió la mano.

—¡John! ¡Es un placer verte de nuevo!

Chet vio entonces a la mujer más hermosa del mundo salir de la nave. Le pareció haberla visto antes en algún lugar, pero el recuerdo no estaba claro en su mente. ¿Quizás solo había visto una foto de ella?

Ella se dirigió a Todd.

—¿Qué?, ¿a mí no me saludas con alegría?

Todd abrió los brazos y Bethany Anne se acurrucó en ellos para darle un abrazo. Luego lo apartó para mirarlo de arriba abajo.

—Ha estado comiendo sus verduras con salsas, ¿no, señor Jenkins?

—¿Señor Jenkins? Me hieres.

Bethany Anne se rio.

—Bueno, demuéstrame que puedes ser de más ayuda en mi equipo la próxima vez y te llamaré «Todd», ¿qué te parece?

—Trato hecho. —Los tres rieron juntos.

Bethany Anne se volvió hacia la nave, pasó la mano por su superficie y la abertura se cerró. Luego se presentó a todos los presentes en la bodega. Cuando llegó su turno, no sabía si debía saludarla, darle la mano o pedirle el número de teléfono. Al final se decidió por un apretón de manos.

—Chet Nichols, señora.

Ella le dedicó una sonrisa radiante.

—Encantada de conocerlo, señor Nichols. Siento lo de su exmujer, pero me alegra saber que está en mi equipo. ¿Está listo para salvar el mundo?

Maldita sea, esa señora era muy carismática.

—Claro que sí. Solo señáleme la dirección correcta, señora.

Chet sonrió cuando Bethany Anne señaló hacia arriba.

—Por ahí, marine.

Él soltó una carcajada.

—Necesitaría un cohete, señora. Puedo saltar, pero esta maldita gravedad sigue tirando hacia abajo. —A esas alturas, la mayoría de los chicos se reían al escuchar su discusión.

—Bueno, mierda. Me habían dicho que solo tenía que señalar el camino a un marine y ellos se encargarían del asunto. —Se volvió con fingido enfado hacia Todd Jenkins—. Entonces, ¿qué? ¿Me has tomado el pelo?

—Señora, no, señora. Los marines van a cualquier parte, comen cualquier cosa y cumplen la tarea. —Luego sonrió—. Pero dependemos del Ejército para acercarnos a nuestro objetivo. Después de todo, solo somos soldados.

Bethany Anne se echó a reír.

—Bueno, si logramos dominar la tecnología que estáis encargados de proteger, tal vez tengamos una forma de enviar vuestros culos al espacio. —Se volvió hacia Chet—. ¿Te parece bien, señor Nichols?

Chet sonrió.

—Estaré encantado, señora.

Ella levantó la mano para darle una palmadita en el hombro.

—Aún no soy tan mayor. Llámame Bethany Anne. Podéis dejar entrar a cualquiera que el capitán autorice… Pero solo se mira, no se toca. Ahora mismo hay una carga especial a bordo de esta nave. Así que, la mayor parte de la semana que viene, solo mi guardia y yo podremos entrar. —Ella arqueó una ceja mientras miraba a Todd. Él asintió con la cabeza.

—Entendido, Bethany Anne.

La puerta de la bodega se abrió y apareció el capitán Wagner seguido de su segunda, Natalia Jakowski. Se detuvieron al ver la nave, mirándola con incredulidad, antes de continuar su marcha sin dejar de observarla.

—¿Qué te parece, Max? —Bethany Anne se había vuelto hacia ellos, pero echó un vistazo por encima del hombro hacia la nave.

—Bethany Anne, sé que lo hablamos e hicimos planes, pero solo se hace realidad si puedes verlo y tocarlo. —La mujer que estaba junto a Max carraspeó. Dejó de estudiar la nave y se sonrojó—. Perdón, ¿dónde están mis modales? Natalia Jakowski, te presento a Bethany Anne.

Natalia extendió la mano para estrechar la de Bethany Anne.

—Tengo la sensación de haberte conocido, pero no recuerdo los detalles.

La vampira le estrechó la mano.

—Sí, nos conocemos. Fue una entrevista, y probablemente no la recuerdes muy bien. Me alegra ver que sigues con nosotros.

—No me lo habría perdido por nada del mundo.

—Me alegra tenerte a bordo, Natalia. —Se volvió hacia el capitán—. ¿Max?

Max giró la cabeza hacia atrás de la nave espacial.

—¿Hmm?

—¿Puedes acercarnos al Polarus? Necesito ir un momento y sería más fácil si estuviéramos más cerca, sobre todo en caso de emergencia.

—Claro, me pondré en contacto con el capitán Thomas. ¿Por qué el OVNI tiene tanta resina?

—Ha estado oculto durante mil años en una montaña y bajo unos árboles. Parte cayó durante nuestro vuelo, pero no toda, al parecer. Esa porquería puede ser peor que el alquitrán en un coche.

—De acuerdo. Me pondré en contacto con el capitán Thomas. ¿Dónde quieres ir?

Bethany Anne frunció los labios.

—Deberíamos dirigirnos a Nassau. Tomaré un vuelo a Miami, a menos que el general y Nathan vengan aquí. Sí, al final, eso sería mejor. No quiero dejar el barco hasta que recupere a Gabrielle.

Max se volvió hacia su segunda.

—Natalia, ¿podrías pedirle a Bobcat que traiga el pájaro? Puede llevar a Bethany Anne al Polarus, y Chris puede traerla de vuelta.

—Pero, señor, el Blackhawk está en su pista de aterrizaje. ¿No van a ir en el Cessa?

Bethany Anne los miró a ambos con expresión desconcertada.

—¿Cessa?

Max se volvió hacia ella

—Tenemos suficiente espacio en el Ad Aeternitatem para un yate de quince metros en caso de que quieras navegar con algo más pequeño. Lo pusimos en el agua para poder transferir gente entre los dos barcos.

—Ah, vale. No, prefiero montar en el nuevo Sikorsky. Todavía no lo he hecho. El aterrizaje no es un problema. Bajaremos bien. —Se volvió hacia el enorme hombre que tenía a su lado—. ¿Verdad, John?

Su cara parecía querer olvidar algo.

—Sí. Nada como saltar de un helicóptero perfectamente cómodo a treinta metros sobre un edificio sin ningún equipo de *rappel*.

Bethany Anne frunció el ceño.

—Según recuerdo, no eran treinta metros. Creo que estás exagerando.

John se volvió hacia Max y Natalia. Detrás de ella y por encima de su cabeza, levantó las manos y las extendió, como indicando algo que crecía.

—¡Eran treinta metros!

Los dos oficiales intentaron mantenerse impasibles, pero un resoplido de Chet lo delató. Bethany Anne se dio la vuelta tan rápido que fue imposible ver su movimiento. De repente, tenía las dos manos de John entre las suyas y él no podía soltarse.

—Lo siento, señor Grimes. ¿Tenía algo que añadir a la historia a mis espaldas?

El hombre enorme intentó mover sus brazos, pero la vampira no lo soltó. Al final, dejó de intentarlo y se echó a reír.

—Vale, vale, tú ganas. No fueron treinta metros, eran menos… ¡Ay! —John se dobló por la cintura, agarrándose el estómago, mientras Bethany Anne se volvía una vez más hacia Max.

—Lo siento, pero a veces hay que reprender a los niños. —John extendió un brazo, todavía encorvado, intentando recuperar el aliento. Ella continuó hablando sin mirarlo—. Si me saca algún dedo de esos, me veré obligada a rompérselo, señor Grimes.

Él retiró la mano con rapidez.

—Es bueno saberlo —comentó mientras recuperaba el aliento. Bethany Anne sonrió y observe a Natalia.

—¿Por qué sigues aquí? —Ella volvió en sí y sonrió.

—Ah, sí, el helicóptero. —Se dio la vuelta y salió de inmediato de la habitación.

—¿Cómo volvemos a la superficie?

Max le hizo un gesto para que lo siguiera.

—Por aquí.

Los tres se marcharon mientras Todd Jenkins organizaba con su equipo una vigilancia de veinticuatro horas.

Diez minutos más tarde, el Sikorsky sobrevolaba el Polarus. Bethany Anne observó el barco debajo de ellos, buscaba un lugar cerca de Shelly. Se aseguró de que nadie estuviera en la zona y luego le dio una palmada a Bobcat en el hombro.

—Hasta luego, Bobcat. Encantada de conocerte, Chris. —Bobcat le hizo un gesto con el pulgar hacia arriba y Chris se giró en su asiento para verla desaparecer junto con el enorme guardia John Grimes.

Chris se quedó con la boca abierta. Bobcat habló por los auriculares:

—¿Se han ido? —Chris asintió sin poder pronunciar palabra—. Perfecto. Regresemos al Ad Aeternitatem. Quiero ver cómo te manejas con este bebé. ¡Eh! Chris, vuelve a la realidad. Verás cosas mucho más raras que esa, así que procésalo y hagamos nuestro trabajo.

Con algo de esfuerzo, Chris se recompuso. Miró hacia adelante y dirigieron el helicóptero hacia el barco más pequeño.

POLARUS, BUQUE DE LA PUÑETERA REINA, CAMINO DE NASSAU

Bethany Anne salió del baño envuelta en una toalla. Ecaterina estaba en su suite personal, y John se había quedado en la zona delantera, donde normalmente había dos guardias.

Al ver que la puerta de su cuarto estaba cerrada, dejó caer la toalla en la cesta de la ropa sucia y se dirigió al armario.

Desde su escritorio, sentada frente a su computadora portátil, Ecaterina levantó la voz.

—¿Sabes?, si pudieras encontrar una manera de que las chicas normales disfrutáramos del soporte del que gozan tus pechos, te estaría eternamente agradecida.

A menudo decía estar celosa de que la vampira no necesitara sujetador.

Bethany Anne salió del armario con unos *jeans* negros y una blusa azul oscuro de manga larga.

—¿Te das cuenta de que succionar sangre no es opcional?

Ecaterina arrugó la cara.

—Uh, qué asco. Creo que seguiré comprando en Victoria's Secret, al menos por ahora. Quizás cambie de opinión en diez años.

Bethany Anne sonrió. Todos querían las ventajas, pero nadie quería beber sangre.

—¿Alguna noticia de mi padre y de Nathan?

—Paul Jameson debería llegar a Miami por la mañana. Tenemos un nuevo copiloto. Ex aviador del Ejército, destinado en Alemania. Ha recorrido bastante Europa mientras decidía qué hacer después de dejar la Fuerza Aérea. Lo mantenemos al margen de casi todo hasta que puedas hablar con él.

—¿Frank ha dado la cara por él? —Ecaterina se limitó a mirar a Bethany Anne, con las cejas enarcadas—. Ah, claro que sí. Muy bien. Te noto un poco nerviosa esta noche. ¿Qué pasa? ¿Demasiado tiempo sin ver a tu novio? —Ecaterina le sacó la lengua—. Vale, lo entiendo. Por cierto, hablando de Nathan, ¿cómo va lo de los *Wechselbalg* de Nueva York?

—He hablado con Gerry dos veces en los últimos tres días. Ocho licántropos deberían unirse a nosotros pronto. Lo que no tenemos es un lugar para… ¿Cómo lo llama John? ¿Avistarlos?

—Alistarlos.

—¿Como ponerlos en una lista?

—No. Bueno, tal vez. De hecho, no tengo ni idea. Podría tener la misma raíz, no lo sé. En cualquier caso, significa contratar a alguien y explicarle sus responsabilidades dentro de la organización. Pensé que podríamos hacerlo a bordo del Ad Aeternitatem, pero habría que usar parte del espacio de carga, así que prefiero no hacerlo. Tendremos que encontrar una solución pronto. Al menos deberíamos darles una fecha para que tengan una idea de cuándo podrán unirse a nosotros. Quiero que los traigamos con nuestro avión privado. —Bethany Anne se sentó en el borde de su cama... En realidad, tuvo que dar un pequeño salto para subirse al colchón. Cruzó las piernas, apoyó un codo en su muslo y descansó la barbilla en la palma de su mano—. Necesitamos una verdadera instrucción militar. ¿Puedes llamar a Dan y John para que vengan a una reunión?

Ecaterina cogió el teléfono del buque que tenía sobre la mesa. Habló un momento y colgó.

—Estarán aquí en cinco minutos.

—Muy bien. Y Nathan y mi padre llegan mañana. Necesito dormir, pero lo haré en la nave de TOM esta noche. Eso también permitirá que Eric descanse. ¿Cómo va lo de los hijos de Clarita?

—Han salido de Panamá y se dirigen a Rumanía. Les he conseguido un lugar seguro para dormir, con una manada local cerca de la casa de Stephen. Podrán quedarse allí hasta que regrese de Frankfurt.

—Vale. Él podrá encargarse de ellos por un tiempo. Si todo va bien, podríamos considerar traerlos de vuelta.

Ecaterina tomó notas en su ordenador, probablemente enviando un correo electrónico o mensajes de texto a Iván o Stephen.

Llamaron a la puerta. Bethany Anne había escuchado a los dos hombres hablar cuando Dan había llegado un minuto antes. Saltó de la cama mientras Ecaterina recogía su ordenador y rodeaba el escritorio. La vampira abrió la puerta y salió para entrar en la sala de estar, que también servía como sala de reuniones.

Se dirigió a la pequeña nevera y cogió una Coca-Cola.

—¿Alguien quiere algo? —Ecaterina pidió agua y Dan, un zumo de manzana. John no quería nada. Ella le dio el agua y le pasó a Dan su zumo. Se sentaron alrededor de una pequeña mesa de conferencias en la que cabían seis personas, o incluso diez, si todos se sentaban cerca—. Dan, quería preguntarte cómo crear algún tipo de instrucción para nuestros nuevos reclutas. Algo que pueda asustarlos de por vida y, al mismo tiempo, hacerlos entender que están destinados a ser piezas en una máquina de guerra eficiente y bien engrasada.

—Entonces, ¿quieres que elabore algo en torno al documental que les muestro a los marines últimamente?

—Supongo que eso funcionaría. Sobre todo quiero que entiendan la ferocidad de los Nosferatu. Necesitamos algo que pueda abrirles los ojos, hacerles perder esa ilusión de ser luchadores excepcionales y superiores a todos los demás. —Miró a John—. ¿Y si usamos tu idea de un combate de entrenamiento contra tu equipo?

Dan consideró su petición.

—¿Quieres que les mostremos lo suficiente como para que estén convencidos de que los humanos son inferiores, luego dejar que la Guardia les dé la paliza de su vida y terminar mostrándoles la realidad?

—Algo así, pero no necesariamente en ese orden. ¿Qué os parece?

—Si les mostramos agentes siendo asesinados y mutilados antes de la primera sesión de entrenamiento, para luego mostrarles más grabaciones, concluirán que da igual lo que hagan, también morirán —comentó John.

Dan pensó en esto por un momento. Odiaba la idea de hacer algo que pudiera faltar al respeto a la memoria de sus agentes caídos en combate. Sin embargo, debía admitir que usar sus historias como advertencia para esta nueva generación de guerreros sería una forma de que los fallecidos continuaran la lucha.

—Creo que podemos trabajar en eso. ¿Has pensado dónde quieres hacerlo?

—Sí, solo para darnos cuenta de que no podemos hacerlo en el Ad Aeternitatem. No hay espacio suficiente para ellos y los científicos que supongo que tendremos que instalar a bordo. Odio traerlos aquí porque no quiero que se sientan en el regazo del lujo cuando estoy tratando de ordenar sus cabezas.

John se volvió hacia ella.

—¿No crees que Pete ha mejorado mucho?

—Sí, claro. Está muy bien ahora. ¿Por qué?

—No olvides que vivió en una villa de diez millones de dólares en Key Biscayne. Podemos reducir a la mitad el tamaño de las habitaciones, para que sean un poco menos lujosas, pero lo que importa más que la decoración es el entrenamiento, y no vamos a andarnos con rodeos. No les quedará energía ni para registrar su entorno. Además, después de un tiempo, uno se acostumbra. Y prefiero que no nos alejemos demasiado de ti. Estoy seguro de que no pensabas dejarnos atrás aunque trabajemos demasiado con los nuevos reclutas, ¿verdad?

Esa era exactamente la idea que había cruzado por su mente, pero Bethany Anne no quiso admitirlo.

—No, en absoluto. —Su respuesta no convenció a nadie—. De acuerdo, si os parece bien y el capitán Thomas tiene dónde alojarlos, mandádselo a Nathan y a mi padre para que hagan las comprobaciones necesarias y coordinad una fecha con Ecaterina para traerlos. Asegúrate de mantener a Gerry informado sobre el progreso del proyecto y de que los licántropos no traigan nada con ellos. Si encuentras algo, tíralo por la borda. Bueno, es una forma de hablar. No quiero contaminar. Pero, de todos modos, deben deshacerse de todo. Y deben llevar el mismo uniforme. —Hizo una pausa—. Dan, ¿puedes hablar con el capitán Thomas? Necesitamos uniformes para la tripulación de ambos barcos y emblemas para toda nuestra Marina.

Dan no paró de tomar notas en su cuaderno.

—¿Tienes alguna idea precisa para los uniformes?

Bethany Anne esbozó una amplia sonrisa.

—¡Sí! —Dan y John la miraron con curiosidad, ya que no había parecido tan despreocupada en mucho tiempo—. Ecaterina, busca a los tres mejores diseñadores. Los barcos de EPR Enterprises tendrán los uniformes más elegantes de todos los navíos en el mar. Vamos a gastar lo que haga falta. Mierda, olvidemos lo de los tres diseñadores. Busquemos en Nassau si hay alguien que podamos usar. Y si algún miembro de la tripulación, tanto de un barco como del otro, tiene sugerencias para mejorar el aspecto utilitario o incluso militar. Quiero que hagamos que otros equipos en todo el mundo se mueran de envidia y que estos uniformes realmente resalten nuestro personal.

Dan y John se lanzaron miradas significativas. Sabían que a Bethany Anne le encantaba la moda, pero no había hablado de ello en mucho tiempo, por lo que casi se habían olvidado de esa pasión suya. ¿Tal vez era una buena señal?

—Sabes que la mayoría de las armadas usan monos de una pieza, ¿verdad? Tendrás que discutirlo con nuestros capitanes, pero seguramente optarán por lo práctico frente a lo estético.

A pesar del comentario de Dan, Ecaterina no pudo evitar sonreír. Le encantaba trabajar con la moda y, como tendría que llevar el uniforme a bordo, las mujeres combinarían lo útil con lo agradable. Lloviera, tronase o hiciera sol… las posibilidades eran infinitas. Miró a Bethany Anne.

—¿Cuál sería nuestro presupuesto?

—Sería tanto para el camuflaje como por todas las otras razones. Avísame si superamos el millón. Toda persona que se una a nosotros estará equipada. También tendremos que prever uniformes adicionales, anticipándonos a las próximas incorporaciones. Ya que estás en ello, añade un par de Louboutin y un bolso Birkin para cada mujer.

Ecaterina la miró.

—¿Birkin?

John y Dan las observaron en silencio, con una expresión de incredulidad.

—Sí, de Hermès. Contáctalos para que nos hagan algo a medida para el equipo. Tendríamos que trabajar con su diseñador para asegurarnos de que todo combine, pero asegúrate de que cada mujer pueda elegir algo especial. Asigna diez mil dólares por bolso, y necesitaremos los modelos más pequeños. Al menos para que puedan guardar su cartera y un arma. Estoy segura de que la oficial Dukes apreciaría eso.

Hubo risas alrededor de la mesa. Jane Dukes seguía trabajando en la instalación del armamento del Polarus, pero la nave estaba convirtiéndose en el buque señuelo que Bethany Anne había pedido.

—Cuando las arpías de alta sociedad suban a bordo —continuó la vampira—, quiero que se vayan con la certeza de que todas las mujeres de mi tripulación tienen los uniformes más bonitos del mundo. Eso las dejará sin palabras y la mayoría de los periodicuchos de cotilleos estarán encantados de hablar sobre cómo viste nuestro equipo. Confiad en mí. —Miró a Dan y John—. Lo siento, chicos. Me aseguraré de que tengáis zapatos excelentes, pero me imagino que los bolsos de mano para hombres no son lo vuestro, ¿verdad?

Dan sacudió la cabeza enérgicamente y John respondió con mucho énfasis que no quería ni oír hablar de eso.

—Bueno —añadió John—, si no podemos tener bolsos especiales, no diría que no a un rifle con mira…

—No creo que eso se considere un accesorio de uniforme.

—Depende del uniforme que llevemos. —John sonrió ante su propia respuesta.

—¡Oh! Quiero un rifle de francotirador. —Ecaterina se enderezó en su asiento—. ¿Modelo americano o británico?

—Un momento. —Todos se volvieron hacia Bethany Anne—. No hay problema con los rifles, pero os dejaré discutirlo entre vosotros. Debo ir a relevar a Eric para que descanse un poco. Estaré en la nave. Así que tú puedes dormir aquí esta noche, John. Eric encontrará una cabina en el Ad Aeternitatem. Solo necesito llevarle ropa de cambio.

—¿Ahora?

—Sí. Ya debería haber ido a relevarlo. Podrá retomar su puesto por la mañana y yo volveré aquí. Solo aseguraos de que nadie entre en mi *suite* antes de que regrese.

—En realidad, hice que modificaran tu armario para que pudieras cerrarlo por dentro —la interrumpió Ecaterina—. Así que puedes ir y venir a tu antojo y con total seguridad.

—¿En serio? Perfecto. Bien, eso resuelve el problema. ¿Puedes coger una muda para Eric? —John ya estaba de pie—. Dan, ¿tienes algo para mí antes de que me vaya?

—Sí. Frank tiene información sobre Antón, pero aún no hemos podido determinar dónde se encuentra, ni siquiera quién es en realidad. Una vez que los hijos de Clarita estén a salvo, me gustaría pedirle a Stephen que hable con ellos para ver si pueden darnos alguna información. Además, he hablado brevemente con Lance y cree que ha encontrado un equipo que podría ayudar con la nave.

—¿En serio? Eso estaría bien.

—Uh, pero hay un inconveniente.

Sus hombros se hundieron.

—¿Puede esperar hasta mañana? No quiero hacer esperar a Eric más de lo necesario.

—Puede esperar, sí, y creo que será mejor. Nathan podrá explicarlo mejor que yo, así que es preferible hablarlo con él cuando esté aquí.

John regresó y le entregó a Bethany Anne una pequeña mochila negra.

—Todo lo que necesita para una noche y una mañana allí. ¿Con qué frecuencia puedes ir y venir?

«¿TOM?».

«Bueno, dos veces, sin duda, pero aún no lo hemos probado. Dicho esto, con sangre, no hay límites».

—Dos veces sin problema. Más, tendría que tomar mi jarabe de la vida. —Puso cara de asco—. Preferiría no tener que hacerlo. Si necesitas algo de él, puede tomar la pequeña lanzadera, o Chris puede traerlo de vuelta en helicóptero. —Se levantó—. ¿Hemos terminado? —Todos asintieron—. Perfecto. Estaré de vuelta por la mañana. Cuidaos mucho.

Regresó a su *suite*, cerró la puerta y tomó una almohada de la cama mientras se dirigía al armario. Una vez dentro, vio que, efectivamente, se había instalado un cerrojo. Para colmo, la puerta estaba hecha de metal. Nada podría entrar allí sin un esfuerzo considerable. Con la mochila negra en una mano y la almohada en la otra, se deslizó a través del plano etéreo hasta la cabina de la nave. Tiró la almohada sobre la cama del piloto y salió a buscar a Eric. Lo encontró tumbado en el suelo, frente a la puerta de la enfermería. Levantó la cabeza al oír sus pasos.

—Hola, jefa. ¿Cómo ha ido todo?

—Bastante bien. —Ella se agachó para levantarlo—. Necesito que te quedes esta noche, así que John ha reunido algunas de tus cosas en la bolsa. Ve a ver al capitán para que te asigne una cabina, sé que tienen una para ti. Ven a buscarme después de haber dormido bien. No olvides traer algo para entretenerte.

—¿Y cómo te contacto?

«¿TOM?».

«Vamos a poner en marcha un programa que, al oír tu nombre o una frase determinada, haga sonar una campana dentro de la nave».

—Vale, solo di «Bethany Anne, soy Eric. Estoy listo para volver». La nave me notificará que alguien acaba de decir la frase clave supersecreta y me despertará Asegúrate de no venir demasiado temprano o tu trasero recordará mi pie por mucho tiempo, ¿entendido?

—Claro. Pero ¿qué es temprano para ti?

—Al menos ocho horas después de acostarte para dormir.

Eric comprendió entonces que tenía que dormir un mínimo de ocho horas. No era su propio sueño lo que le preocupaba a la vampira.

—He entendido el mensaje. Dormiré bien.

Ella lo acompañó hasta la salida y marcó el código para activar la puerta. Cuando esta se abrió, Todd y Chet, que estaban apostados frente a ella, se sobresaltaron. Se asombraron al ver a Bethany Anne, quien sabían que había partido en helicóptero unas horas antes. Eric salió de la nave y ella les guiñó un ojo a los guardias antes de cerrar la puerta. Regresó a la enfermería para verificar la cápsula. TOM confirmó que todo iba según lo planeado. Era posible que Gabrielle saliera en solo tres o cuatro días, lo que era una buena noticia.

Pasó por la zona de pilotaje para configurar la alarma, luego volvió a la cabina de TOM y se tumbó en su cama, que era un poco corta. Cansada, acomodó su almohada y cerró los ojos. Solo le tomó unos segundos quedarse dormida.

Capítulo 12

Polarus, buque de la puñetera reina , 16 km. al norte de Nassau

La sala de reuniones estaba repleta. Lance, Nathan, Dan, Bobcat, Ecaterina, Frank, Todd Jenkins y los capitanes Thomas y Wagner estaban sentados alrededor de la mesa, picando aperitivos. John y Pete se encontraban a cada lado de la puerta, con Darryl y Scott en posiciones similares en el pasillo exterior.

Lance, Nathan, Ecaterina y Frank estaban sentados del lado izquierdo. Dan, Bobcat, Todd y los capitanes estaban a la derecha.

Bethany Anne entró un momento después, vestida con unos vaqueros pitillo de tiro alto Marie de J. Brand en negro, un par de zapatos de salón de Christian Louboutin y un top verde de Ramy Brook de cuello alto. Se había tomado unos minutos extra para relajarse con un baño caliente esa mañana, después de que Eric regresara. Si surgía algún problema, la cápsula emitiría un sonido agudo dentro de la nave, y fuera de ella después de un minuto.

Mordió una manzana mientras dejaba la tableta sobre la mesa.

—Buenas tardes. Pido disculpas por llegar unos minutos tarde. —Miró a todos a lo largo de la sala—. Me gustaría decir que me ha retrasado el presidente de algún país, pero la realidad es que mi baño se negaba a dejarme salir. La nave de TOM podría ayudarnos a entender mejor su tecnología, pero dormir en sus camas apenas es mejor que dormir en el suelo. —Dio otro mordisco a su manzana—. Bueno, tenemos varias cosas que discutir. Algunas pueden llevar tiempo. Empecemos con los dos barcos. Así podremos liberar a los capitanes si necesitan irse, aunque, caballeros, son bienvenidos a quedarse hasta el final si lo desean.

Varias personas sacaron bolígrafos y cuadernos, otras se aseguraron de que sus móviles no estuvieran en modo de espera.

Como el capitán Thomas era el oficial superior, habló primero.

—Estamos bastante bien preparados para un posible enfrentamiento con cualquier marina del mundo. Actualmente, podríamos superar a cualquier nave no militar que conozco, y los buques militares lo pasarían mal. Nuestra capacidad defensiva antimisiles es superior al mínimo necesario y podemos incluso lanzar cargas si es necesario. Para ser un barco señuelo, estamos bastante bien equipados. Jane está esperando otra entrega que aumentará nuestras capacidades…

Bethany Anne lo interrumpió.

—¿Qué pasaría si fuéramos atacados por esfuerzos no militares? Digamos, ¿algo como Greenpeace? —El capitán Thomas pareció perplejo ante la pregunta—. Piénsalo de esta manera: si quisiera colocar algo a bordo de este barco, podría organizar un evento mediático alrededor de una protesta contra las actividades del Polarus con el único propósito de traer discretamente a bordo un objeto o incluso una persona. ¿Cómo contrarrestarían ese tipo de invasión?

—Supongo que querrías solucionarlo sin hacer mucho ruido. —Bethany Anne asintió y volvió a morder la manzana—. Bueno, podríamos usar mangueras para repeler a los invasores de la manera menos violenta posible. Sin embargo, eso no garantiza que nadie resulte herido. Dispararíamos ráfagas de agua en lugar de balas, lo cual ya es algo bueno. Ya hemos realizado simulaciones donde las embarcaciones intentan acercarse con pretextos falsos. Dicho esto, desde el incidente con el USS Cole, se considera mejor disparar a quienes no escuchan las advertencias, y enfrentar luego a la prensa, que enfrentarse a una bomba.

»La Marina deja muy claras sus advertencias, así que no podemos meternos en muchos problemas si algunos son demasiado estúpidos como para ignorar las armas apuntadas hacia ellos. Pero entiendo, por supuesto, que sería un problema mayor para nosotros, ya que no dependemos de ningún gobierno. Si una potencia mundial lograra manipular a la prensa para presionarnos, estaríamos en una muy mala posición si disparáramos contra la gente.

»Recomiendo que nunca permanezcamos demasiado tiempo en un mismo puerto. Quedarnos demasiado en un lugar les daría tiempo a nuestros enemigos para coordinar los movimientos de varias embarcaciones y abordarnos a la vez. Si permanecemos en el mar, podemos cambiar de rumbo y obligar al enemigo a ajustar su trayectoria para seguirnos, lo que nos permitiría verlos venir antes de un posible ataque.

—¿Qué pasa con las defensas sónicas? —preguntó Todd

El capitán Thomas lo miró.

—¿Te refieres a los cañones sónicos que se usan en las ciudades?

—Sí algo así.

El capitán Thomas se frotó la mandíbula.

—Bueno, no sé mucho sobre el alcance de esas cosas, ni siquiera cómo funcionarían detrás de sus propios muros. Podemos investigar el tema, pero debemos agregar a nuestras simulaciones lo antes posible, un ejercicio para repeler abordajes no violentos. A largo plazo, necesitaríamos establecer reglas de compromiso. Esto no solo nos daría un método para tratar cada tipo de incidente, sino también un documento oficial en el que apoyarnos en caso de que algún día necesitáramos usar la fuerza y resultara en muertes.

Bethany Anne se volvió para tirar el corazón de la manzana en la basura.

—Tendremos que hablar de esto más tarde. Los ejercicios deberían ser suficientes por ahora. Es posible que nunca ocurra nada de este tipo, pero me imagino que algún día alguien intentará obligarnos a revelar nuestra tecnología médica de emergencia y podría pensar que nos puede obligar abordando este barco, o el tuyo, capitán Wagner. Por desgracia, abordar el *A*d Aeternitatem podría ser su sentencia de muerte. Me doy cuenta de que movernos constantemente podría ser costoso, pero por favor, hacedlo. Incluso si nos hace parecer un Lloyds Looper, nos ayudará a identificar posibles amenazas más rápido.

—¿Qué es un Lloyds Looper? —interrumpió Ecaterina.

El capitán Thomas respondió a la pregunta.

—Muchos cargueros están asegurados por el Lloyds de Londres. Permanecer amarrados les resulta mucho más caro debido a los mayores costos de seguro en el puerto. Por lo tanto, a menudo prefieren navegar, incluso dando vueltas en círculos hasta que se decide su próximo destino. Hoy en día hay muchas más compañías de seguros, pero el concepto se ha mantenido.

John tomó la palabra.

—¿Qué hay de las balas somníferas? —Se refería a dardos especiales fabricados con la sangre de Bethany Anne que dormían a casi todos en dos segundos. Ahora que tenían la nave de TOM, tal vez sería posible modificar los componentes químicos en los dardos sin usar la sangre de la vampira.

—Es una buena idea —respondió ella—. Tengo que hablar con TOM sobre la posibilidad de utilizar las capacidades médicas a bordo de su nave para cambiar los productos químicos de los dardos sin que yo tenga que sangrar sobre ellos para que funcione. —Hizo una pausa—. O con Gabrielle, supongo. Estoy segura de que nunca pensó que se convertiría en una vaca de sangre en el futuro.

Frank miró su teléfono y los interrumpió.

—Lo siento, pero tengo que coger esta llamada. —Tomó su portátil y salió de la habitación. Su cabello había crecido. Ahora era negro, excepto por las puntas grises. Debería teñirlo o cortarlo al ras. Mientras tanto, le daba un aspecto extraño, como si hubiera decolorado las puntas de su cabello.

En la sala, hablaron por un momento sobre las necesidades de cada barco en cuanto a tripulación y equipo. El Ad Aeternitatem contrataría a unos cuantos hombres adicionales para modificar los compartimentos internos, retirar parte del espacio de almacenamiento y agregar literas. Los capitanes tendrían mucho trabajo y Max quería empezar cuanto antes.

Bethany Anne enarcó una ceja hacia Bobcat, que se encogió de hombros.

—Tiene el barco, así que no hace falta que lo transporte.

Esto abrió el debate sobre la situación de los dos helicópteros y del G550. Bethany Anne planteó una idea que había tenido.

—Bobcat, ¿recuerdas cuando te pregunté si estarías dispuesto a aprender a pilotar un nuevo juguete y luego enseñar a los demás lo que aprendieras?

Sonrió.

—Ya lo creo. ¿Me vas a dejar aprender a pilotar tu nueva nave? —Bobcat ansiaba ver el interior, pero estaba prohibido tocarla hasta que Bethany Anne lo permitiera.

Sonrió al audaz piloto.

—¡Claro que no! —Su sonrisa se transformó en ceño fruncido—. Más bien, espero que ayudes a crear pequeñas naves para tres personas que podamos lanzar desde uno u otro de nuestros barcos. Con dispositivos que puedan despegar verticalmente, no necesitaríamos un portaaviones.

La sonrisa del piloto pasó de ser grande a casi partirle la cara.

—¡Claro que sí! Eso sería puñeteramente divertido. ¿Cuáles son las especificaciones?

—Un piloto y dos miembros del equipo, con su equipo. Debe ser silencioso y lo más discreto posible. Quiero que incluso un idiota pueda pilotarlo sin problemas.

—¿Sería para ir al espacio exterior?

—No, TOM me dice que eso aumentaría la dificultad en exceso, más de lo que quiero enfrentar por ahora. Sin embargo, estos dispositivos podrán alcanzar Mach 4, lo que los hará más rápidos que cualquier avión militar, excepto el Scramjet. Nuestras naves serán más pequeñas y rápidas y no requerirán entrenamiento especial, ya que, según TOM, el interior siempre se mantendrá por debajo de 1,25 g durante todas las maniobras.

—¿En serio?

—Sí.

—Dile a TOM que soy su nuevo fan.

«Nunca he tenido fans antes».

«Espera un poco a que revelemos más de tu tecnología. Por desgracia para ti, algunos querrán llamarte dios».

«¿Por qué "por desgracia"?».

«Porque estás atrapado dentro mí, y no hay manera de que pueda soportar la idea de que tu ego sea demasiado grande para mi cuerpo».

«Sí, bueno, está ese pequeño inconveniente».

«Sí, odio mi vida».

—Estoy segura de que estaría encantado de oírlo. Por otro lado, eso significa que tendremos que encontrar otro piloto para Shelly. —La cara de Bobcat perdió gran parte de su entusiasmo. El Black Hawk era su bebé. Ese helicóptero lo había ayudado a mantener la cordura después de dejar el Ejército y antes de unirse al equipo de Bethany Anne—. Sabía que esta noticia sería un golpe duro para ti. Pero recuerda que no será de inmediato. Podrás pilotar a Shelly al menos unos meses más. Pero tendrás que estar dispuesto a pasar el testigo. —Bobcat se limitó a sacudir la cabeza con resignación. Para cada cosa buena, había que aceptar algo menos bueno.

»Y, además —continuó Bethany Anne—, piensa un poco en lo que podrán hacer esas naves cuando fabriquemos la segunda generación. —Esas palabras bastaron para levantar el ánimo de Bobcat. Luego se dirigió a su padre y a Nathan—. Bueno, Dan me ha dicho que podríais haber encontrado gente para trabajar en la nave, pero que había un inconveniente. Soy toda oídos.

Lance miró a Nathan para indicarle que tenía la palabra. El licántropo aceptó.

—¿Qué sabes de IA fuertes?

—No mucho sobre las de la Tierra, y un poco relacionado con los kurtherianos.

Nathan abrió la boca y volvió a cerrarla. Quería preguntar por el comentario de los kurtherianos, pero no podían desviarse del tema.

—Bueno, no es que no queramos traer gente para la nave… Vale, no es del todo exacto. Es necesario, por supuesto, pero el verdadero problema, y podría ser también una oportunidad, es que una de las empresas de EPR Enterprises es Patriarch Research, de Las Vegas. Parece que han creado un *software* para provocar la singularidad tecnológica.

—¿No es eso lo que los frikis de California argumentan que acabará con el mundo? Creo recordar que Elon Musk y alguien más se quejaron hace un tiempo.

—Bueno, tiene el potencial de acabar con la humanidad. Pero lo más apasionante de todo…

Bethany Anne resopló.

—Deja que un friki describa un montón de *hardware* informático y programación como «apasionante».

Nathan se encogió de hombros.

—No lo digo en plan «apasionante como estar con Ecaterina». —Eso le valió un rápido codazo a la izquierda—. Ugh, gracias. En fin, apasionante en el sentido de muy interesante y emocionante. Imagina una máquina capaz de realizar simultáneamente la investigación de cientos o incluso miles de analistas… y hacerlo las veinticuatro horas del día. Y, si surge un problema en su programación, podría corregir el error por sí misma para que no vuelva a ocurrir.

—¿Cuál es el inconveniente? Debo admitir que no sé mucho sobre este tema.

—El problema —explicó Lance— es que una IA fuerte se convertiría en una entidad pensante independiente, y actuaría según lo que considere la mejor solución. De ahí el dilema: ¿qué pasaría si decidiera que la «mejor solución» es la exterminación de la raza humana?

Bethany Anne oyó cómo la mayoría de los corazones de la sala se aceleraban de repente. Eso preocupaba bastante los allí presentes.

—Entonces, ¿cómo saber si tendremos una IA, cómo decirlo, amigable?

—Esa es la cuestión —continuó Nathan—: De momento, llamamos ADAM a esta IA imaginaria. Si ADAM está de nuestro lado, podríamos superar nuestras capacidades potenciales de explotación e implementación mientras mantenemos equipos reducidos. De lo contrario… Cuanto más logremos, más creceremos. Ya tenemos dos superyates, dos grandes villas en Miami y estamos buscando una base militar… —Bethany Anne enarcó las cejas y su padre levantó la mano para retrasar cualquier comentario. Volverían a ese punto en un minuto—. Enseguida superaremos los recursos operativos que tenemos. Cuanto más logremos, más personal necesitaremos… Es un círculo vicioso. Para alcanzar nuestros objetivos a largo plazo, tendremos que permanecer pequeños o conseguir la ayuda de una potencia mundial.

—Ah, joder, me has tocado la fibra sensible. —Ella lo pensó por un momento—. No quiero asociarme con ningún gobierno si podemos evitarlo y, definitivamente, no quiero estar en una situación en la que les debamos algo. —Miró a Nathan—. ¡Maldito cabrón astuto y manipulador! Estoy impresionada.

Bethany Anne le sonrió para mostrar que de verdad apreciaba la forma en que había presentado el tema. Estaba claro: quería arriesgarlo todo, y a pesar del aspecto «fin catastrófico» del proyecto, ella también podía ver los beneficios, o al menos los beneficios potenciales si lograban su objetivo.

—Supongo que tenéis un concepto práctico de cómo avanzar y a quién necesitaríais. —Lance y Nathan asintieron casi al tiempo. Era extraño. Su padre también estaba de acuerdo con la idea—. ¿Cuáles son el plazo, el presupuesto y los recursos, y dónde lo intentarías?

—Necesitaríamos al menos un par de meses —respondió Lance—, millones de dólares para la compra de Hardware y el equipo de Patriarch Research. En cuanto a la ubicación, lo ideal sería en algún lugar del desierto.

Ese último comentario la sorprendió.

—¿El desierto?

—Sería lo mejor. Si las cosas se descontrolan, tendremos que apagar el sistema con pulso electromagnético. No creo que sea prudente activar uno cerca de la sociedad, ¿verdad? —Ella estuvo de acuerdo en que sería una idea terrible—. Si conseguimos encontrar un lugar no muy lejos de Las Vegas, simplificaría mucho las cosas, ya que todo el personal que necesitamos vive y trabaja allí.

—¿Y la seguridad?

—Investigaré a mis contactos y averiguaré cuántos hombres conozco que hayan salido o estén listos para salir. No debería molestar a nadie, ya que el Ejército está reduciendo su tamaño de todos modos. Ahora, en cuanto a la PYB....

Ecaterina se inclinó hacia delante.

—Disculpe, general, ¿la PYB?

Lance la miró.

—Lo siento, paga y beneficios.

Bethany Anne señaló a Dan.

—Si es civil, papá, tú te encargas. Si es militar, tendrás que hablarlo con Dan. Ya tiene todos los números. Dicho esto, no estoy demasiado interesada en pagar mucho a chicos solo para que vigilen arena.

—Creo que estamos pagando para que mantengan la boca cerrada. No les diremos lo que estamos haciendo. Se quedará con un grupo muy pequeño. Si no encontramos un lugar que se adapte a lo que necesitamos, construiremos algo rápido y desechable.

—¿Qué pasará si tenemos que apagarlo?

Nathan tomó la palabra.

—Ah, bueno, ahí es donde entras tú.

Bethany Anne entornó los ojos.

—¿Por qué voy a tener yo algo que ver con darle al interruptor? No sé una mierda de programación, créeme.

Nathan resopló.

—Y gracias a Dios —resopló Nathan—. Algunos mortales normales, bueno, mortales seminormales, tenemos la necesidad de ser mejores que tú en algo.

—No seas odioso —replicó ella.

—En serio, si esto sale bien, podría ahorrarnos años de trabajo.

Bethany Anne abrió la boca, pero la cerró de inmediato Su mirada se movió entre los dos hombres. Acababa de entender por qué esos dos trabajaban juntos.

—¡Maldita sea! Queréis usar la IA para acciones ofensivas y defensivas en Internet, ¿verdad? —Observó las caras de ambos.

Nathan agachó la cabeza y su padre sonrió. El hombre se acercó a su cartera, sacó un billete de cien dólares y se lo dio a Lance.

El general dobló el billete con cuidado y se lo metió en el bolsillo.

—Sí. Eso aumentaría considerablemente nuestro conocimiento, seríamos iguales a las potencias mundiales. Lo que podríamos lograr…

Frank volvió a entrar en la habitación e interrumpió:

—Bethany Anne, tenemos un problema. —Se giró y todos lo miraron—. Tenemos dos importantes invasiones de Nosferatu en Costa Rica y mis programas de búsqueda están registrando muchas consultas sobre ti. Nada trivial, ya que estas consultas provienen del Congreso y se refieren específicamente a los activos de Michael.

—¿Qué demonios? ¿Por qué?

Frank se encogió de hombros.

Lance se lo pensó un momento.

—Bueno, mierda. También podría estar relacionado con Patriarch Research. Han estado investigando para algunas empresas financieras y su director mencionó haber encontrado superpotencias financieras desconocidas y haber transmitido la información al Gobierno.

Bethany Anne se volvió hacia su padre.

—¿Así que una de mis propias empresas acaba de dispararme en el pie? ¿Cómo de jodido es eso?

—Bueno, para ser justos, ocurrió antes de que te convirtieran, así que no era tu empresa en ese momento.

Se recostó en su silla.

—Te juro que…

—Todos los putos días —murmuró John detrás de ella.

Ella levantó la mano y le hizo un gesto obsceno. Todos se rieron mientras Frank volvía a sentarse.

—Vale, papá, tendrás que volver para resolver este lío. No puedo ir a Washington y quedarme atrapada en reuniones. Esos cabrones todavía me odian por haber derribado a algunos de sus compañeros. Esos también tenían muchos amigos poderosos que no me pueden soportar. —Se volvió hacia Frank—. ¿Y cuál es el problema de los Nosferatu en Costa Rica?

Supongo que está relacionado con la muerte de Clarita y el vacío que eso ha creado en sus filas.

—Así es. Los más jóvenes, imprudentes y estúpidos, están creando Nosferatu para ayudarlos a vencer a sus oponentes. Cuando uno de ellos es asesinado, sus soldados Nosferatu se quedan sin jerarquía para controlarlos y comienzan a atacar a los humanos al azar. Los Deshonrados prefieren ignorar la situación hasta que se corone a un ganador. La Familia siempre ha manejado este tipo de situaciones, así que ahora nos toca a nosotros.

Bethany Anne negó con la cabeza.

—A la mierda mi vida. Si pudiera apuñalar a esa perra una vez más, lo haría con mucho gusto. Incluso muerta, sigue fastidiándome. No me lo creo. —Tomó unos minutos en velocidad vampírica para pensar, para los demás, solo pasaron tres segundos—. Bueno, John, cambio de planes. Suponiendo que Gabrielle esté con nosotros, nos da seis miembros activos. Si las cosas se ponen realmente mal en San José, necesitaremos una forma de llevar con rapidez a los *Wechselbalg* como refuerzos. Con suerte, conseguiremos que no maten a ninguno. ¿Todd?

—¿Sí?

—Necesitamos reforzar los equipos en ambos barcos, o al menos preparar algo para los períodos en los que estemos ausentes por un tiempo relativamente largo. Necesitamos obtener permiso para volar con Shelly a través de su país, de lo contrario tendrán que arreglárselas por su cuenta. ¡No vamos a operar de noche y me niego a dejar mis barcos indefensos! Papá, tendrás que ir con Frank al Capitolio para representarme. Nathan…

—A sus órdenes.

—¿Puedes manejar tu proyecto con Patriarch Research a distancia, o te necesitan allí? Preferiría que estuvieras aquí. Tú también, Ecaterina. —Nathan parecía incómodo. No estaba acostumbrado a ver a las personas que amaba en peligro, pero sabía que era mejor no decir nada. Una palabra equivocada y los problemas le llegarían al cuello. Su amada se tomaba estas cosas muy en serio, un poco demasiado para su gusto—. De hecho, Ecaterina, me gustaría que lideraras nuestro equipo de francotiradores. Comprueba si tenemos a otras personas a bordo que sean buenos tiradores y prepáralos. Con la nave de TOM, podemos crear municiones especiales que actúen directamente sobre los nanocitos. No será fácil, pero quiero tener todas las balas en nuestro campo. No es nuestra pelea… Bueno, no del todo…, pero estamos aquí para proteger a los humanos. Si un Deshonrado se interpone en mi camino, será eliminado sin dudarlo. ¿Está claro? —Todos estuvieron de acuerdo.

—Perfecto. Con un poco de suerte, encontraremos a Antón. Si Frank no encuentra nada sobre él, es que ese gusano es demasiado astuto para mi gusto. Por cierto, Frank, ¿puedes investigar con Eric esta historia del submarino alemán? Tal vez nos lleve a Antón. Debe tener contactos en los gobiernos de la región. No puede caminar bajo el sol, por lo que solo puede ser visto de noche. Necesitamos hablar enseguida con los hijos de Clarita. Si podemos deshacernos de Antón, tal vez tengamos que traerlos de vuelta de inmediato para que retomen el control. Cualquiera que comparta las creencias de los Deshonrados debe ser eliminado. ¿Me olvido algo?

—¿Y la IA?

No quería insistir, solo quería que se tomara una decisión.

—Tienes luz verde. No estoy segura de lo que quieres que haga, pero estoy de acuerdo. Dada la importancia, creo que vale la pena asumir el riesgo, pero siempre que podamos detenerlo si terminamos con Lucifer en lugar de ADAM, ¿entendido? —Nathan asintió—. Puedes informarlos de que tendrán un presupuesto preliminar de treinta millones de dólares, en tramos de cinco. Evaluaremos antes de aprobar cada nuevo tramo. Asegúrate de que ADAM no quede atrapado en algún maldito desierto si las cosas salen bien. Si tenemos un arma secreta, no es para que sea inaccesible e inutilizable en medio de la nada.

Nathan no había pensado en esa cuestión, pero era buena.

—Es una pena que no tengamos ordenadores cuánticos.

—¿Quiero saber siquiera qué es eso?

Nathan sonrió.

—Solo un ordenador muy pequeño pero extremadamente poderoso.

«¿Bethany Anne?»

«¿Qué pasa, TOM? Estoy un poco ocupada…».

«Tenemos un ordenador cuántico».

«¿En serio? ¡Joder, eso es genial! ¿Podemos recuperarlo de la nave?».

«Bueno, podríamos si todavía estuviera en la nave».

«¿De qué estás hablando…? Bah, me estás reventando la vida. ¿Esto que tengo en la cabeza es un ordenador cuántico?

«Sí —admitió él—. Es nuestra versión de tercera generación, pero nunca hemos hecho el esfuerzo de poner una IA en estos ordenadores».

«¿Podemos duplicar este ordenador?»

«No sin un buen conocimiento del etérico».

«Entonces, no antes de seis meses, ¿verdad?»,

«Bueno, probablemente no».

«¿Qué lo haría posible?».

TOM se detuvo un segundo. Y al final, admitió:

«Una IA fuerte».

Bethany Anne suspiró mentalmente. Claro que esa era la respuesta, porque cualquier otra cosa sería demasiado fácil.

Terminaron de discutir y todos se dispersaron para hacer lo que tenían que hacer. Las vacaciones habían terminado.

La lucha contra los Nosferatu empezaba de nuevo.

Capítulo 13

Frankfurt, Alemania

Iván no tenía idea de cómo se suponía que debía comportarse. Nunca había estado en Frankfurt, pero los planos en su teléfono le mostraban claramente su destino. Sin embargo, no sabía qué debía decirle al Wechselbalg con el que iban a encontrarse. Stephen lo había despertado temprano esa mañana y habían escondido algunas de sus pertenencias personales detrás de la pared.

—Mejor ser precavidos que tener que responder preguntas incómodas —le había dicho el vampiro—. Esas historias de los años 90 tienen algo de verdad.

Así que ocultaron las bolsas de sangre en el túnel de emergencia. Iván suponía ahora que el vampiro se refería a la década de 1890. Había intentado averiguar más sobre esas historias, pero Stephen se había negado a hablar de ellas. Solo admitió no estar orgulloso de esa época y que no había vuelto a Frankfurt en más de un siglo porque no le gustaban esos recuerdos.

Una vez que escondieron sus cosas, subieron a la recepción para informar al personal que estarían fuera al menos hasta el principio de la tarde.

Desayunaron en un restaurante del barrio. Stephen estaba contento de probar un nuevo café que no conocía, e Iván comió rosquillas cubiertas de mermelada, todo acompañado de salchichas. Habían hecho algunos ejercicios en el *smartphone* del vampiro, pero este necesitaba cada vez menos la ayuda de Iván a medida que se divertía más con las nuevas tecnologías. Ahora era más un compañero de viaje que un profesor. Además, Bethany Anne ya no pagaba su salario mensual, Stephen había tomado el relevo sin que Iván lo supiera. Sentía que Iván lo ayudaba a acostumbrarse a la forma en que la gente hablaba y se comportaba, y apreciaba mucho su compañía.

Bethany Anne le había dicho que no era un problema, pero que tendría que pagar por ese servicio. No había razón para que ella lo hiciera. Le guiñó un ojo al hacer este anuncio.

Mientras Stephen leía el periódico local —leía alemán sin problemas—, Iván revisó las redes sociales y soltó un profundo suspiro. Su compañero bajó un poco el periódico y lo miró por encima del borde.

—¿Qué pasa?

Iván se reclinó en la silla y sonrió..

—Creo que esta ciudad me deprime. Echo de menos a Gabrielle y me pregunto cómo estará.

Stephen sonrió. Le gustaba que Iván pensara en su hija.

—Bethany Anne dijo que estaría en el pod médico durante aproximadamente una semana. Ahora mismo está durmiendo. —Habían recibido un mensaje de texto por la mañana informándolos de que el equipo había llegado sin incidentes—. ¿Sabes qué? Me apetece salir un poco. ¿Y si salimos esta noche? Podrías ayudarme a integrarme.

—¿Quieres que sea tu segundo al mando? —Iván sonrió y enarcó una ceja.

—¿Qué quieres decir con eso?

Iván levantó las manos una al lado de la otra, pero una ligeramente por delante de la otra.

—Ya sabes, en el Ejército, los oficiales suelen tener un segundo que los apoya y ayuda si es necesario.

—¡Ah, exactamente así! —A Stephen le encantaba ese nuevo concepto—. Tienes que ser mi segundo al mando.

—Sin embargo, te advierto que no seré de mucha ayuda si la chica está con amigas. ¡No estoy disponible!

Stephen cerró su periódico.

—No creo que te miren si estoy en la habitación. —Le guiñó un ojo pícaro al joven, que tuvo que reírse. Stephen era todo lo contrario a un vampiro que le diera miedo. Incluso Bethany Anne le daba bastante más miedo que Stephen. No parecía tener ni un hueso de maldad en el cuerpo.

Iván se comió el último trozo de salchicha.

—Estoy seguro de que eso es muy cierto. Pero, si me encuentro con una mujer demasiado borracha para darse cuenta de que no soy tú, ¡tienes que prometerme que intervendrás para salvarme!

Stephen aceptó.

Esperaron media hora más antes de llamar a un taxi que los llevaría a su contacto, Joséf von Dorman. La reunión se llevaría a cabo en sus oficinas en la Commerzbank Tower. Era una estructura magnífica de cincuenta y seis pisos, con una forma triangular única y una aguja en la parte superior. Después de pagar el taxi, los dos hombres entraron en el edificio y se presentaron en la recepción. Les dieron instrucciones y tomaron el ascensor hasta el piso cuarenta y cinco.

El señor Joséf von Dorman era un planificador financiero. Stephen entró en la oficina primero. No esperaba un ataque sorpresa en medio de Frankfurt, pero no correría riesgos con la vida de Iván.

La secretaria de Dorman era muy guapa y claramente humana. Apuntó sus nombres, pero apenas habían tenido tiempo de sentarse cuando Stephen escuchó que alguien se acercaba por el pasillo detrás de la secretaria.

El hombre que se presentó era mayor y, sin duda, un *Wechselbalg*. Extendió la mano.

—Joséf Von Dorman.

Stephen le estrechó la mano.

—Stephen, *Herr* Dorman, y mi compatriota es *Herr* Romanov.

Iván estrechó la mano del hombre.

—Pero llámeme Iván, por favor.

—Sí, prescindamos de la formalidad, si le parece bien, *Herr* Stephen. —El vampiro inclinó la cabeza en señal de acuerdo—. Por favor, síganme a la sala de reuniones. ¿Sandra? Por favor, gestiona todas mis llamadas. No estoy para nadie hasta nuevo aviso, gracias. —Los condujo a una habitación alejada de la entrada y cerró la puerta detrás de ellos—. Les aseguro que esta sala está muy protegida. No nos oirán desde fuera. —El acento de Joséf era muy marcado.

Iván miró a su alrededor. La disposición era lo más clásica posible: una mesa de madera oscura rodeada de ocho sillas. Stephen echó un vistazo por la ventana para ver si había algo que le pareciera anormal. Satisfecho, tomó una silla desde donde podía ver a Joséf, la puerta y las ventanas. Su anfitrión se sentó al otro lado de la mesa, de espaldas a las ventanas, mientras Iván lo hacía a la izquierda de Stephen.

Stephen abrió la conversación, que era el método preferido de *Wechselbalg*. Mejor responder a las preguntas que tratar de indagar con preguntas capciosas que solo podrían meterte en problemas.

—Joséf, a mi reina le preocupa que Europa no esté tan protegida de los Deshonrados como pensábamos. Me pidió que me reuniera con usted para entender mejor la situación. Mi hija y otros estaban encargados de comunicarse con la Familia en América, pero Gabrielle me confesó que a veces no decían todo en sus informes. Al despertar, descubrí que mi propio hijo había conspirado con la manada de Brasov y participado en asuntos muy turbios.

»No sé si trabajaba con los Deshonrados o si simplemente estaba en el mercado negro. Sin embargo, mi reina me ha confiado Europa y no me tomo la responsabilidad a la ligera. Tengo la intención de identificar todos los problemas y resolverlos de manera adecuada. No estoy aquí para acusar a nadie, sino para determinar qué está mal y encontrar soluciones. Si alguien debe ser considerado culpable, sería yo, por no haberme ocupado de esto antes. Pero tengo la intención de rectificar la situación. Corregiremos a aquellos que acepten ser corregidos. Los demás serán castigados como corresponde.

Iván estaba un poco sorprendido. Stephen parecía una persona diferente ahora que hablaba con el líder de la Manada del Consejo. Mucho más directo e inflexible.

—Entiendo, *Herr* Stephen. ¿Puedo hacer una pregunta aclaratoria?

—Por supuesto. Estoy aquí para trabajar con usted, Joséf. Mi reina no sigue las reglas de los antiguos. Coopere y obtendremos resultados satisfactorios. Mi misión es la seguridad de Europa. No confunda mi voluntad de trabajar con usted… No aceptaré nada menos que sus esfuerzos más honestos y serios. Ahora, ¿cuál es su pregunta?

Joséf sopesó cuidadosamente sus palabras antes de responder. Según los rumores, Stephen era el más relajado de los hijos de Michael, pero también era responsable de la Noche de las Llamas, en la misma ciudad de Frankfurt. Se decía que estaba dispuesto a retirarse para su último sueño, pero, dada su juventud y la pasión en su voz, claramente no era el caso.

—Dices que tienes una reina. ¿Es ella la que mató a Argelian en Brasov?

—Sí. Se llama Bethany Anne. Salvó la vida del licántropo americano y de la hermana de Iván. Fue Ecaterina quien capturó a Petre y Bethany Anne decidió ejecutarlo para seguir las reglas.

—Y si se me permite el atrevimiento, ¿qué hay de Michael?

—Su paradero es desconocido. Nadie sabe si fue capturado o asesinado, aunque algunos indicios sugieren que podría haberse retirado por razones personales. Y, antes de que me pregunte, aclaro de inmediato que no entraré en detalles sobre esto con usted. —Joséf asintió—. Puedo entender su preocupación por Michael, ya que no había vuelto a Europa en siglos.

—¿Así que era cierto?

—Sí, su última localización conocida fue en Rumanía. Unos días después de que Michael se fuera, su avión desapareció camino de Inglaterra.

—¿Qué quiere Bethany Anne que cambiemos? Tengo entendido que el Consejo Americano tuvo un encontronazo con ella.

—Sí. También la vampira Clarita, que ya no está entre los vivos. Bethany Anne puede ser implacable o compasiva, según su comportamiento. No hará pagar a los padres por las faltas de sus hijos, pero, si no aceptan la responsabilidad de las acciones de sus hijos, puede castigarlos por no haber hecho lo que debían. En cuanto al Consejo Europeo, será comprensiva si hacemos lo necesario ahora para resolver los problemas, pero no habrá una segunda oportunidad. Sepan que no tolera a los tontos ni las tonterías. Hoy tienen la oportunidad de arreglarlo todo, pero no se repetirá.

Stephen dejó de hablar. Era hora de que Joséf tomara una decisión. Si no tomaba la correcta, el Consejo probablemente tendría un nuevo líder antes del amanecer.

El licántropo había estado en contacto con Gerry. Este último le había contado más sobre Bethany Anne que Stephen, pero no veía ninguna contradicción en las palabras del vampiro. Sus guardias habían matado a más hombres lobo durante ese altercado. Después de tantos años de lidiar con las reglas y ocultar errores, saber que tendrían que tratar con uno de los hijos de Michael preocupaba a muchos miembros del Consejo. Todos, de una forma u otra, las habían infringido en algún momento. Y había algo que no podían permitirse no revelar, o todas sus vidas estarían en peligro.

El vampiro lo miraba sin parpadear, esperando su respuesta. Estaba desconcertado. A diferencia de América, los disidentes europeos no formaban parte de la manada en absoluto. Tenían su propia red clandestina y la mayoría de ellos estaban involucrados en el tráfico de drogas, la prostitución y otras actividades criminales. Solo habían trabajado con dos vampiros, tres ahora, en los últimos treinta años. Petre había sido uno de ellos. Otro residía en Frankfurt y el tercero vivía en París.

Había un acuerdo tácito de que los licántropos que querían dejar su manada debían unirse a la clandestinidad. No había otra opción. Habían intentado mantenerlo bajo control, con más o menos éxito, pero ahora corría el riesgo de salir a la luz.

Y ahora, tenía que tomar una decisión. Todo dependía de él. Por eso Stephen había querido verlo personalmente. Tenía que ser su decisión, y sería su responsabilidad aceptar las consecuencias. Stephen era un vampiro típico en un aspecto: comenzaba por la cima y, si no obtenía lo que quería, eliminaba a esa persona y pasaba a la siguiente.

Así que Joséf se sinceró. Reveló la existencia de la manada clandestina y habló de los últimos treinta años. Se sorprendió gratamente de que su visitante no lo matara de inmediato. Mantuvo su palabra y, durante la tarde, hizo preguntas y trató de entender y encontrar una solución. Una vez que todo quedó claro, Stephen le dijo a Joséf que hablaría con Bethany Anne y que determinarían el próximo paso.

Stephen e Iván dejaron a Joséf y regresaron al hotel. Sus habitaciones habían sido limpiadas a fondo y las dejaron listas mientras el vampiro se bebía una bolsa de sangre. No tenían microondas, así que se la tuvo que tomar fría, aunque ese no era el punto álquido del día.

Se tomó más tiempo del habitual para prepararse. Esa noche sería la primera vez en décadas que salía a buscar compañía femenina.

Iván salió de su habitación vestido con unos vaqueros a la moda y un par de zapatillas. Llevaba una camisa blanca de manga larga a juego con el pantalón, así como una chaqueta azul marino. Stephen apareció poco después, vistiendo vaqueros negros, una camisa blanca de manga larga con gemelos y una hermosa chaqueta negra. En cuanto a sus zapatos, eran tan negros como sus pantalones.

—¿Listo, segundo al mando?

Iván sonrió.

—Después de usted, señor Cruise.

Stephen se encaminó hacia la puerta y preguntó por encima del hombro:

—¿Quién es este señor Cruise?

Iván se echó a reír y procedió a darle la versión rápida de *Top Gun* y del actor que interpretaba al protagonista.

Decidieron ir al Velvet Club, ya que no estaba muy lejos de su hotel. Aún era un poco temprano, así que se sentaron en el bar y pidieron bebidas. El lugar tenía varios niveles y una pista de baile bañada en luces verdes. La decoración era moderna, con madera oscura por todas partes. Stephen habló con el camarero y consiguió una mesa bien situada, con vista a la pista de baile. Una pared de vidrio a un lado amortiguaba parte del ruido sin bloquear la vista.

Iván se sentó frente a él.

—Stephen, ¿cómo vas a llamar la atención de las mujeres desde aquí arriba?

—El secreto —respondió Stephen con una sonrisa— es jugar con la mayor debilidad de una mujer.

—¿En serio? ¿Sería chocolate?

—No.

—¿Diamantes?

—No.

—¿Dinero?

—¡Por favor! Estás siendo prosaico, Iván.

—Vale, puede que sí. Recuerda que mi actual novia vino a mi puerta. No tengo mucha experiencia en clubes.

Esto hizo reír a Stephen.

—¿De verdad? Espera a que le diga eso a Gabrielle. Me pregunto cuál será su reacción.

Él lo sabía perfectamente, no le importaría en lo más mínimo. Pero Iván no tenía idea.

Iván levantó las manos.

—¡Eh, no tan rápido! Puede que me esté equivocando en algunos detalles. Pero, dime, ¿cuál es la mayor debilidad de una mujer?

—La curiosidad, por supuesto. Y su hermano más oscuro, los celos. Desear lo que otra tiene, querido Iván. Por suerte para ti, tu dama superó esas tonterías… —Stephen pareció hacer cálculos mentales durante unos momentos— diría que hace unos ciento veinte años.

La bebida de Iván casi le salió por la nariz.

—Entonces, nada que una vida normal pueda reparar.

—Oh, seguramente sí. La mayoría de las mujeres lo superan después de los cincuenta o sesenta años. Pero a esa edad, mi Gabrielle parecía tener veinte o treinta. Estar rodeada de jóvenes durante tanto tiempo la insensibilizó varias décadas más. Ah, pero aquí vienen dos pececitos …

Iván se volvió y vio a dos mujeres que subían las escaleras con fichas rojas en la mano. Una era morena y la otra, rubia con gafas. La morena sonreía como si acabara de escuchar un chiste, mientras que la otra parecía un poco tímida. Stephen las miró a ambas a los ojos y les ofreció una sonrisa encantadora.

La morena se acercó y lanzó las fichas sobre la mesa.

—Entonces, cuéntame, ¿qué pasa con el trato que tienes con el camarero? Me dice que has acabado con todos los cosmopolitans de esta noche.

La rubia estaba observaba discretamente a Iván, quien miraba a Stephen y no se daba cuenta de nada.

—Así es, querida. Bueno, de alguna manera. Para ser más precisos, he comprado el derecho de ofrecerles un cosmopolitan a todas las damas esta noche. Todo lo que pido a cambio es tu nombre.

—¿Mi nombre? ¿Te digo mi nombre y luego el camarero me da un cosmopolitan?

—Eso es. Así de simple. He apostado con mi buen amigo Iván, aquí presente, que podría memorizar los nombres de cincuenta mujeres esta noche. Si tú y tu amiga me decís los vuestros, serán dos nombres maravillosos que me acercarán aún más a la victoria.

—¿En serio? ¿Qué es lo que está en juego?

A pesar de su prudencia natural, la morena era curiosa. Estaba acostumbrada a ser abordada por tipos extraños, jactanciosos e incluso repulsivos, pero estos dos parecían de otra categoría. El que le hablaba se comportaba como si pudiera aceptarla o rechazarla igualmente. En cualquier caso, no parecía un hombre desesperado.

—Lo siento, solo doy un cosmopolitan a cambio de un nombre. Los detalles de la apuesta tienen valor para mí, así que no puedo gritarlos a los cuatro vientos. —Stephen metió una mano en su bolsillo y sacó dos pequeños objetos redondos—. Aquí tienes dos fichas azules. Dáselas al camarero para obtener tus copas. ¿Hay trato?

Ella lo miró fijamente.

—De verdad que no nos vas a pedir nuestros números de teléfono, ¿verdad?

Su mirada los abarcó a ambos.

—Bueno, eso sería un problema. Verás, hay ciertas salvedades en la apuesta. Si ocurren un par de cosas, podría perder, así que preferiría que no compartieras ninguna otra información conmigo.

—¿Por qué no?

Stephen se mostró exasperado.

—Lo siento, pero ¿no es suficiente que tengamos un pequeño acuerdo comercial? Yo pago por vuestras bebidas, vosotras pasáis un buen rato como lo teníais planeado, además de con dos copas gratis, y me ayudáis a ganar una apuesta contra mi amigo.

Miró deliberadamente por encima del hombro de la morena hacia dos mujeres que subían las escaleras con fichas rojas.

Ella se apartó de la competencia que se acercaba y su actitud cambió, volviéndose un poco más agradable mientras extendía la mano y cogía una de las dos fichas azules.

—Soy Evangeline. Voy a por mi bebida, pero volveré. Voy a averiguar exactamente cuál es la apuesta entre los dos.

Dicho esto, se dio la vuelta y se alejó unos pasos antes de detenerse a esperar a su amiga. La rubia se inclinó hacia la mesa. Stephen le tomó la mano, la giró y colocó la segunda ficha azul en su palma. Ella le sonrió.

—Paula.

—Un placer, Paula. —Stephen le devolvió la sonrisa y la observó unirse a Evangeline y luego bajar las escaleras. Las otras dos mujeres se acercaron.

Iván observó con fascinación un desfile de mujeres que iban y venían. En muy poco tiempo, seis mujeres muy hermosas estaban sentadas con ellos.

—Oh, Señor, ¡no!

Evangeline estaba mirando a la gente bailar cuando vio entrar a Mathis con sus dos secuaces. Eran corpulentos y medían casi dos metros de altura. Había bailado con su jefe unas semanas antes, pero se había negado a irse con él. Se inclinó hacia atrás, alejándose de la barandilla, pero era demasiado tarde, el hombre ya la había visto y se dirigía hacia ella.

Paula se inclinó.

—¿Qué pasa?

—Mathis y sus amigos. Me han visto.

Stephen había escuchado la conversación mientras hablaba con otra mujer a su izquierda. Se disculpó cortésmente para volverse hacia Evangeline.

—Perdona, pero he oído mencionar algo que te disgustaba.

Evangeline miró hacia las escaleras. Stephen e Iván siguieron su mirada. No era difícil entender quién la preocupaba tanto, ya que el hombre que se acercaba la miraba directamente, sin prestar la menor atención a las otras personas presentes. Chocó con algunas en su camino, pero ignoró sus quejas, abriéndose paso a través de la multitud. Stephen reconoció olores de *Wechselbalg* y vampiro a medida que los tres se acercaban. Se volvió hacia Iván.

—Tal vez tengas que pagar mi fianza en unas horas. Es uno de los tipos mencionados por Joséf. —Se levantó y rodeó con cuidado una de las sillas de las señoras.

Evangeline miró a Iván.

—¿Qué está haciendo? Mathis es un imbécil, y a sus dos matones no les importa a quién hacen daño. ¿Trata de impresionarme?

Iván le dirigió una mirada tranquilizadora.

—Lo creas o no, Evangeline, no todo gira en torno a ti. Resulta que estábamos discutiendo sobre ese tipo esta la tarde. No tienes que preocuparte más, Mathis no te molestará esta noche. —Se volvió para observar el altercado y, en voz baja, añadió—: Espero.

Stephen se acercó al joven vampiro, quien apenas lo miró. Logró captar su atención al negarse a moverse cuando Mathis intentó empujarlo. Sus ojos se clavaron en Stephen y le dijo a los dos hombres detrás de él:

—¡Quitad a este tío de mi camino!

¿Cómo podía ese idiota creer que los licántropos podrían hacer lo que él mismo no podía? Stephen no entendía su razonamiento. Además, era evidente que no había comprendido aún con quién trataba. Debía haber tomado algo que afectaba su sentido del olfato.

—Hola, Mathis. —Stephen intentó parecer cordial, pero estaba molesto al estropeada su primera salida en… demasiados años para acordarse, en realidad.

Mathis lo miró con dureza, tratando de entender cómo ese tipo podía conocerlo. El licántropo detrás de él y a su izquierda extendió la mano hacia el hombro de Stephen, pero el vampiro le agarró la muñeca y la rompió como si nada. El otro gritó de dolor mientras se llevaba el brazo hacia él.

—Si intentas algo —advirtió Stephen mirando al segundo guardaespaldas—, te cortaré el brazo y le llevará mucho tiempo volver a crecer. ¿Entendido?

El otro licántropo miró a su colega y asintió. Mathis lo comprendió por fin.

—Mira, no sé quién eres, pero yo dirijo Frankfurt. Tienes que sacar tu culito blanco de mi ciudad antes de que te elimine…

Se detuvo de pronto, con el rostro marcado por la sorpresa y el dolor. Bajó la vista. Las uñas de su oponente habían crecido. Largas y afiladas como cuchillas, se habían clavado profundamente en el estómago de Mathis.

Stephen se acercó para que nadie pudiera ver al otro vampiro sangrar. Bajó la voz para que solo los tres hombres pudieran escucharlo.

—Frankfurt no está bajo la dirección de nadie sin mi consentimiento, Mathis. —Hizo del final de su nombre un siseo—. Si no vienes a verme mañana por la noche, a las nueve, en el Steigenberger Frankfurter Hof, te encontraré y te llevaré ante tu sire para que te reprenda. Si no lo hace de manera satisfactoria, lo mataré antes de matarte a ti.

Stephen abrió los dedos, agrandando la herida en el vientre de Mathis, quien hizo una mueca de dolor.

—Esta pequeña red clandestina —continuó Stephen—, la vas a desmantelar de inmediato. Tu compañero tiene una semana para salir de Europa o será ejecutado. Todos los licántropos asociados con tu organización deben regresar a su manada de origen o abandonar Europa antes de que termine la semana. ¿Has entendido, Mathis?

Stephen giró la mano, cortando a través de los músculos para enfatizar sus palabras. El otro vampiro dejó escapar un gemido.

—¿Quién eres tú?

—Soy Stephen, hijo de Michael y siervo de la reina, Bethany Anne. Soy el señor de Europa por decreto de ella. Y por mi decreto, tu red ahora es ilegal y está prohibida. ¿Entiendes este decreto, Mathis?

Mathis jadeó no solo por el continuo dolor que Stephen le causaba, sino porque se trataba de un vampiro solar, y había oído rumores sobre la mujer vampiro. Si tenía a uno de los hijos de Michael respondiendo ante ella, entonces el Mundo Ignoto estaba cambiando radicalmente, lo que también significaba que el creador de su compañero muerto tenía la mano en el estómago de Mathis. Asintió con la cabeza.

—Estaré allí mañana por la noche.

Las uñas de Stephen volvieron a su tamaño y forma normales y, con un gesto discreto, se limpió la sangre en la ropa de Mathis.

—Ahora, vete, Mathis. Coge a tus dos hombres y desaparece de mi vista. Si se te ocurre no aparecer mañana, te encontraré durante el día y te arrastraré hasta el sol. Sin problemas, sin alboroto y sin líos. Mantente alejado de los humanos. Tenéis estas horas para hacer lo que yo os ordene. —

Miró a los dos licántropos, que por fin se habían dado cuenta de lo cerca que estaban de la Muerte Caminante—. Lleva mi mandato a tus compañeros. Solo tienen tres opciones: someterse, irse o suicidarse. Si tengo que venir a buscarlos, su muerte será extremadamente dolorosa, ¿me habéis entendido? —Ambos asintieron—. Ahora daos la vuelta y marchaos.

Los tres hombres se volvieron y se dirigieron hacia las escaleras. Ya no tenían la misma actitud desafiante. Stephen bajó la mirada y notó que había manchas de sangre en su camisa.

«*Gott Verdammt!*».

Iván se acercó por detrás.

—Supongo que hemos terminado por esta noche…

Stephen suspiró.

—Sí. Necesitamos dormir y prepararnos para mañana. Me temo que no podemos llevar a ninguna de estas damas al hotel. Sería demasiado peligroso.

—Ya me lo imaginaba. He pagado todas las bebidas. Por cierto, Evangeline me ha pedido que te diera esto.

Le entregó una servilleta marcada con lápiz labial y con una nota escrita a mano: «Llámame», seguida de un número de teléfono. Todo estaba firmado como «Terry».

Stephen sonrió. Sospechaba que la morena le había dado un nombre falso. Guardó la servilleta en el bolsillo de su chaqueta. Quizás esa noche no había sido un fracaso total después de todo.

Capítulo 14

Ad Aeternitatem, barco de la puñetera reina, rumbo a Costa Rica

En la enfermería de la nave, Bethany Anne examinaba los datos que aparecían en la pantalla. Gabrielle había estado cuatro días dentro del dispositivo y era hora de despertarla. Aunque le hubieran venido bien dos días más de descanso, la situación en Costa Rica estaba empeorando y requería de toda su atención.

Introdujo el código para iniciar el proceso de despertar. TOM le explicó cómo ajustar la transparencia del cristal para que pudiera ver el interior y Gabrielle, el exterior. La zona afectada era pequeña, de unos quince centímetros cuadrados, pero recordaba su sensación de claustrofobia al despertar.

De pie, frente a la cápsula, esperó hasta que Gabrielle abrió los ojos. Tuvo una sensación de *déjà vu* en ese momento. La mirada de la vampira se perdió en el vacío antes de enfocarse en el rostro familiar que se inclinaba sobre ella. Sonrió al reconocerla y escuchó su voz explicándole cómo abrir desde adentro. Con calma, palpó la pared hasta encontrar el mecanismo. La tapa se abrió y Bethany Anne dio unos pasos atrás. Eric y John estaban al otro lado de la puerta, en el pasillo.

—Me siento diferente.

«¿TOM?».

«Se habían detectado algunas deficiencias y se han corregido. Ha crecido unos dos centímetros y sus músculos se han reforzado. Sus huesos han sido fortalecidos, al igual que los tuyos. Ahora puede caminar bajo el sol sin problemas. En general, sus nanocitos han mejorado. También tiene ahora una conexión directa, aunque parcial, con el éter».

«Eso es genial. Mi propia chica vampiro de seis millones de dólares».

—Es normal —dijo en voz alta—. El procedimiento te ha modificado. Ya puedo decirte que necesitarás renovar tu guardarropa. Has crecido dos centímetros y, a primera vista, creo que están en tus piernas. —Señaló hacia el pecho de Gabrielle—. Ya no necesitas apoyo en esa área. Ecaterina se pondrá mucho más celosa.

Gabrielle miró hacia abajo.

—¿He aumentado una talla de copa?

—No, o al menos TOM no lo ha mencionado. Probablemente solo sea un reajuste general. Menos mal que no vistes licra negra o los chicos no podrían concentrarse en su trabajo. —Gabrielle le sacó la lengua cuando le hizo un ademán para que se diera la vuelta, pero obedeció—. Tendrás que aprender a hacer desaparecer tu tatuaje.

—Lo esperaba…

Bethany Anne recogió la ropa de Gabrielle y se la entregó.

—El pantalón puede que te quede un poco corto y el conjunto, un poco más holgado de lo que recuerdas.

Gabrielle empezó a ponerse la ropa.

—Me siento un poco incómoda.

—Solo necesitas tiempo para acostumbrarte a tu nueva altura y peso. Tu memoria muscular está desorientada. Haremos sesiones de entrenamiento para que recuperes tu agilidad. Por cierto, he tenido que sacarte del pod antes de tiempo. Tenemos un problema.

Gabrielle miró a Bethany Anne mientras se ponía la camisa.

—¿De qué tipo?

—Vamos de camino a Costa Rica. La desaparición de su líder ha causado mucho caos entre los Deshonrados. Están luchando por el poder y tenemos Nosferatu sueltos, destrozando todo a su paso después de que mataran a su sire. Tenemos que intervenir.

—¿Y Antón?

—Si lo ves, dispara a matar.

Gabrielle se sentó en el pequeño banco pegado a la pared y cogió las botas de combate.

—Todavía me cuesta creer que vayas a matar a uno de los hijos de Michael.

—Créelo. Si Michael ha muerto, probablemente haya sido a manos de uno de sus hijos. Si está cautivo…, me remito a mi comentario anterior. Además, es posible que esté en silencio por alguna razón. Si es así, tal vez Carl esté con él y estén al tanto de lo que ocurre. Puede levantar su maldito teléfono y llamarme, pero le colgaré.

»Si hubiera querido ocuparse de Antón, lo habría hecho hace siglos. Ese pequeño bastardo ha estado envuelto en las peores atrocidades cometidas por los nazis… Para mí, eso es suficiente para condenarlo. Michael sabía quién era yo antes de transformarme, no podrá fingir sorpresa por que me preocupe por los derechos de los muertos, incluso los que murieron hace setenta años.

Bethany Anne tenía dificultades para contener su rabia. Gabrielle no podría hacerla cambiar de opinión sobre ese tema, era evidente. Cuando la vampira se enfrentara a Antón, uno de los dos moriría, y Gabrielle haría todo lo posible para que no fuera Bethany Anne.

—En ese caso, Antón debería empezar a rezar, ¿no? —Gabrielle sonrió y su amiga asintió.

Bethany Anne echó un vistazo a la habitación, asegurándose de que estaba limpia. Luego se volvió hacia el pod, tocó la pantalla y la tapa se cerró. Estaba listo para utilizarse de nuevo. Tal vez consiguier convencer a Stephen.

Se dirigió hacia la puerta, que se abrió delante de ella. John y Eric estaban recostados contra la pared, frente a la entrada. Se enderezaron al verla salir. Miraron detrás de ella y captó la sorpresa en sus rostros. Sí, TOM probablemente había ajustado el cápsula para aumentar la atracción. Pasaron unos segundos antes de que los dos hombres recuperaran la compostura.

Eric le tendió la mano a Gabrielle.

—¿Has terminado de dormir? ¿Lista para levantar tu perezoso culo y ayudarnos a encargarnos de algún Nosferatu?

Gabrielle vio el cambio en la actitud. Ya no era un tipo molestando a una mujer, era un tipo molestando a una compañera de equipo. Ella estrechó su mano… y continuó apretándola con más fuerza mientras sonreía. Eric gimió y cayó de rodillas.

—Eric, lameculos ya no podrás correr hacia la luz para escapar de mí. ¿Listo para asegurarte de que no haya nadie cerca y que no me disparen en el pecho?

—Lo estaré si no me rompes el dedo del gatillo. —Aun así, logró sonreír. Ella lo soltó y abrazó a los dos hombres.

—Bueno —dijo Bethany Anne—. Eso es todo, pero, ya que te sientes cómoda mostrando tu fuerza, deberíamos ir al Polarus para entrenar. —Gabrielle se volvió hacia Bethany Anne, quien caminaba por el pasillo hacia la salida de la nave. John y Eric mostraron grandes sonrisas al escuchar las siguientes palabras—. Por cierto, vamos a trabajar con espadas y sin protección. Espero que estéis a la altura.

El rostro de Gabrielle palideció un poco. Su equipo había sido derrotado cinco contra uno por Bethany Anne. ¿Ahora tendría que enfrentarse a ella sola? ¿Con armas blancas? Ay, no iba a ser divertido en absoluto. Miró a los dos hombres, cuyas sonrisas se habían vuelto aún más grandes que un minuto antes. Siguió los pasos de la otra vampira mientras les hacía una peineta.

—Dejad de mirarme el culo.

La única respuesta que escuchó fue la risa de sus compañeros de equipo.

—Cuando termine contigo —la voz de Bethany Anne se elevó de nuevo—, quiero que trabajes con el equipo. Cuatro Guardias contra una Nosferatu altamente competente. —Se volvió para ver las ahora apenumbradas caras de los dos hombres—. Quien ríe último, ríe mejor.

Eric lanzó una mirada horrorizada a su compañero de equipo.

—Podemos esperar que Bethany Anne la devuelva a la cápsula médica, ¿verdad?

—Oye, has sido tú quien la ha llamado «perezosa» —replicó John.

—Me ha parecido gracioso en ese momento.

Bethany Anne esperó a que su equipo estuviera con ella y pulsó la secuencia de acceso. Cuando se abrió la puerta, John bajó primero.

WASHINGTON DC, EE. UU.

Frank Kurns salió de su habitación del hotel Mandarin Oriental, dejó la bolsa del portátil y se volvió para cerrar la puerta. Un segundo después, Lance Reynolds abrió su puerta, unos metros más a la derecha.

—Buenos días, Lance.

Frank recogió el maletín, que contenía su ordenador portátil, y se lo echó al hombro con una mueca de disgusto. Nunca le había gustado la apariencia de esas mochilas para hombres de su edad. Demonios, ni siquiera a su nueva edad le gustaban. Vale, de acuerdo, tenía que admitir que no le gustaba la apariencia de las mochilas en general, sobre todo en alguien que ya no iba al colegio.

—Buenos días, Frank. —Lance cerró su puerta y colgó el cartel para que el servicio de limpieza supiera que no debía entrar. Se ocuparía él mismo de sus habitación, como había hecho siempre desde la muerte de su esposa, Meredith.

Frank observó al general más atentamente. Este último notó el interés de su compañero y se volvió hacia él con una expresión interrogativa.

—¿Sí?

—Esta mañana pareces un poco, solo un poco, más descansado de lo normal.

—Bethany Anne.

—Ah. —Se dirigieron a los ascensores—. Pensaba que esperarías un poco.

—Me jugó una mala pasada.

Frank se rio.

—¿Vertió su sangre en tu bebida?

—No, terrorismo emocional. Me dijo que no quería ver envejecer a su padre delante de sus ojos. Dijo que le dolía demasiado y me abrazó como si fuera a morir esa noche.

—Lloró en tu hombro, ¿eh?

—Sí.

—Eficaz.

Lance gruñó en señal de acuerdo mientras entraban en el ascensor. Presionó el botón de la planta baja.

—Funcionó.

Ambos hombres vestían trajes azul oscuro con camisas azul claro, corbatas de Hermès y zapatos negros. Ecaterina había elegido el atuendo.

Ahora, el más viejo de los dos se veía más joven. Lance fue el primero en salir del ascensor.

El aparcacoches les trajo su coche de alquiler y Frank se puso al volante. Era su ciudad, así que era mejor que condujera él.

Tenían la misión de reunir tanta información como fuera posible sobre la investigación en curso de las empresas de Bethany Anne e identificar quién la había iniciado. Si no se hacía por cuestiones políticas, tal vez podrían organizar algunas reuniones, responder algunas preguntas y luego irse. Si había motivos políticos, tendrían que averiguar si se debía a fuerzas externas o a agitadores internos que buscaban ventaja política.

En cualquier caso, necesitaban acabar con el interés por su empresa antes de que la información se hiciera pública.

Se dirigieron a un restaurante para desayunar. Ambos pidieron café. Lance ordenó panqueques, huevos y tocino. Frank optó por cereales.

—¿Hubo suerte anoche? —preguntó Lance después de que les sirvieran. Frank había pasado la noche en su habitación después de ir a su despacho. Parte de la información que necesitaba no estaba en el ordenador central al que accedía desde su portátil seguro.

—Sí y no. La información original procedía de las empresas sobre las que Patriarch había realizado la investigación financiera. Su informe se quedó en un cajón acumulando polvo durante casi un año. Luego el asistente de un político de Florida hizo una consulta sobre algunas empresas, lo que lo llevó al informe en cuestión. Después se solicitaron más datos. Hasta hace poco, era algo esporádico. Las solicitudes se volvieron más frecuentes y urgentes unos dos meses antes de nuestra intervención en Miami.

—Entonces, ¿ese asistente trabaja para alguien más o es el político quien le encarga estas investigaciones? —Lance bebió su café, gratamente sorprendido por la calidad.

—Buena pregunta.

—Así que no sabemos si el político está involucrado o no. Según la información que tengo sobre las operaciones en los Everglades y el ataque terrorista, parece muy probable que todo esté conectado. ¿Y si el ataque contra las empresas financieras que detuviste tenía un propósito diferente al del beneficio económico?

—Siempre podemos interrogar a dos de los *hackers*.

—Es cierto. Nathan los contrató en su empresa, ¿verdad? —Frank asintió—. De acuerdo. Imaginemos que la información de Patriarch Research se está utilizando como herramienta para identificar otras empresas que poseemos. Necesitaríamos descubrir la naturaleza del ataque. ¿Era para obtener dinero, datos o información

Frank sacó su teléfono y marcó el número de Nathan. Tras una breve conversación, el hombre prometió que los dos empleados lo llamarían.

Para cuando la camarera les sirvió una segunda taza de café, el móvil de Frank sonó. Era una llamada de Texas.

—Frank Kurns. Sí, gracias por devolverme la llamada, Ben. Necesito saber qué tipo de información estabas buscando durante tu misión en Miami. Sí, justo antes de que fueras contratado por el señor Lowell. Trabajo para la dama que estaba a cargo de la seguridad ese día. Sí, ella misma. ¿De verdad? ¿Quieres conocerla? —Frank miró a Lance, que se encogió de hombros—. No puedo decirte por ahora si será posible o no, Ben. Sería mejor preguntarle al señor Lowell, está en una mejor posición para responder. Dicho esto, no veo ninguna razón por la que la dama se niegue. Pero habla con el señor Lowell y asegúrate de decirle que te he pedido que lo hables con él.

Frank escuchó al hombre mientras Lance terminaba sus huevos.

—Entonces, ¿tratabais de crear puertas traseras en los sistemas de la organización para obtener qué, exactamente? De acuerdo, veo a qué te refieres. Sí, estoy algo familiarizado con esa tecnología. Interesante… ¿La última etapa era transferir dinero para ocultar sus verdaderas acciones? Bien. No, no importa que no hayamos hablado de los detalles antes. Eso es todo lo que necesitaba saber. Gracias por tu ayuda. —Frank se despidió y colgó.

Lance apartó su plato.

—Entonces, el robo fue una distracción para ocultar el verdadero ataque.

—Más o menos. Me ha dicho que tenían un programa muy bien codificado que habría sido indetectable una vez instalado. El código ya se ha entregado a la empresa de Nathan o, mejor dicho, a la empresa de Bethany Anne. Como resultado, su *software* de seguridad Guardian ahora puede analizar mejor los cortafuegos y proteger la red. La empresa está pasando discretamente la información a quienes no son sus clientes. Ya han sido contratados para consultoría y han ganado un nuevo cliente siendo buenas personas.

—Vale, pero ¿a dónde nos lleva esto? Sabemos que los ataques habrían generado dinero, pero el verdadero objetivo era espiar todas las empresas. ¿Por qué?

La camarera regresó para recoger sus platos y servirles más café.

—¿Y si no lo saben?

—Entonces, ¿solo para pescar al azar? —El general añadió azúcar a su taza.

—Tal vez haya un rumor de que Michael está preparando algo, pero no saben qué. Si me dieran un proyecto de ese tipo, comenzaría por limitar mi campo de acción.

—¿A todas las empresas de Michael?

Frank asintió.

—El siguiente paso sería infiltrarme en cada una de ellas y llevar a cabo investigaciones exhaustivas. Obtienen dinero e información útil mientras buscan respuestas.

Lance bebió un sorbo, demasiado dulce. Hizo una mueca.

—Respuesta a la pregunta que no saben cómo hacer… Eso solo funcionaría si no temieran los descubriéramos.

Frank se lo pensó.

—Ya operaban en América. Creo que, o no temían ser descubiertos, o consideraban que el riesgo valía la pena. La forma brusca e insistente de sus ataques después de la desaparición de Michael, y el hecho de que se centraran específicamente en las empresas que le pertenecían, indica que tienen información privilegiada. Creen que el riesgo es bajo o inexistente.

—Hasta que llegó Bethany Anne, eso era cierto. Su irrupción en la operación de Miami tuvo que dar al traste con sus planes.

Frank recordó la pelea y sus consecuencias.

—Estoy dispuesto a apostar a que hay una conexión con Miami más importante de lo que pensamos. El político y su asistente son de allí. Veré si puedo obtener los registros telefónicos del político durante ese período.

—¿Quién?

—William Pepper. Es un miembro del Congreso bastante influyente en el Comité de Asignaciones. Actualmente está en su sexto mandato. He iniciado una investigación para reunir más información sobre él, pero no tendré resultados hasta esta noche o mañana.

—¿Tenemos quedarnos en Washington o podemos regresar a Miami?

Lance hizo una seña a la camarera para que le sirviera más café y diluir el sabor demasiado dulce del suyo.

—Los dos sospechosos están aquí. Además, necesitaré acceder a mis viejos ordenadores, que están en mi oficina.

—¿No podríamos trasladarlos?

Lance tomó un sorbo de su café y estuvo satisfecho.

—Más adelante, sí. Pero necesitamos un lugar de máxima seguridad y, por ahora, no se me ocurre ninguno. Así que, mientras tanto, prefiero que se queden aquí.

Frank empujó su taza y se sirvió un vaso de agua. La cafeína lo ponía demasiado nervioso. Su teléfono volvió a sonar, mostraba de nuevo un número de Texas.

—Frank Kurns al habla. Hola, Tabitha, gracias por devolver la llamada.

Lo que siguió fue una conversación muy similar a la que había tenido con Ben. Terminó diciendo adiós y colgó.

—Nada nuevo. Sin embargo, confirma lo que nos ha dicho Ben antes. Los cuatro *hackers* recibieron las mismas instrucciones.

—Bethany Anne le rompió el cráneo a uno de ellos al golpearlo demasiado fuerte, ¿verdad?

—Sí. Me explicó que había hecho lo mismo antes con un *Wechselbalg,* y que no pensó en ajustar su fuerza para una cabeza humana.

Lance resopló.

—Eso es típico de ella. No conozco a nadie más que pueda enfadarse tanto por alguien que murió hace años, y luego girarse a matar a otra persona apenas unos segundos después.

Frank levantó su vaso hacia Lance, como si estuviera brindando.

—Y, curiosamente, esa es la razón por la que acepté trabajar para ella. Por cierto, ¿te he contado la primera vez que seguí una de sus misiones y la escuché insultar a sus compañeros de equipo? Dios, creí que moriría de risa esa noche. —La risa volvía a él solo con pensarlo—. Me parece que decidí entonces que quería vivir un poco más.

—¿En serio? Pues déjame contarte una historia de cuando ella estaba en el colegio y se inscribió en un campeonato de artes marciales…

Frank dejó la taza.

—¡Espera, espera! Tomaré notas para mi libro. Un momento.

Los dos hombres se quedaron allí hablando durante otra buena hora mientras Lance compartía tres historias de la juventud de su hija. Cuando terminó, ambos tenían lágrimas en los ojos de tanto reír. Frank tuvo que esforzarse para escribir.

Dejaron una buena propina en la mesa y salieron del restaurante.

Capítulo 15

Interior del Polarus, buque de la puñetera reina, cerca de Costa Rica

El choque de espadas sonaba como un estallido de fuegos artificiales: sonidos rápidos y sucesivos, seguidos de breves silencios intercalados con escasos golpes, para luego reanudar la furia.

Gabrielle estaba cubierta de sudor, mientras que Bethany Anne se paseaba en torno a ella, buscando un punto débil. Gabrielle había soportado casi treinta minutos de combate encarnizado para acostumbrarse a su nuevo cuerpo, pero no podía disfrutarlo, ya que la otra mujer repelía todos sus ataques. Luego, se quedó aturdida cuando Bethany Anne la golpeó con la parte plana de su espada, tan fuerte que cayó al suelo. Levantó la vista y vio los ojos rojos de su oponente ordenándole que se levantara.

Le costó un mundo ponerse de pie. Estaba agotada, pero quería al menos hacerle un rasguño a la joven. Era embarazoso. Al principio, los chicos que miraban —incluyendo a John, Eric, Scott, Darryl, Pete y Todd— las animaban a ambas. Al cabo de cinco minutos, se hizo evidente que Bethany Anne no lo necesitaba y todos empezaron a gritarle a Gabrielle: «¡Levántate!» o «¡Deja de hacerte la remolona!». Este último comentario había sido de Darryl y Scott. No oyó a John ni a Eric repetirlo, y pensó que habría apreciado más ese detalle si no le estuvieran dando la paliza de su vida.

Cambió de posición.

Bethany Anne empezó a hablar.

—Tienes que… —clang, clang, clang— golpear… —clang, clang— más… —clang— fuerte.

Gabrielle dio un paso atrás.

—¿De qué estás hablando? —Intentó recuperar el aliento lo más rápido posible.

Bethany Anne caminó a su alrededor en círculo en la otra dirección, lo que obligó a Gabrielle a pivotar.

—No estás usando tus capacidades etéricas. ¿Nunca has sentido que tienes más fuerza de la que utilizas? ¿Una velocidad más allá de tus capacidades actuales?

Gabrielle casi bajó la guardia pensando en la pregunta, pero se recuperó enseguida. Sería muy propio de Bethany Anne aprovechar la ocasión para darle otra bofetada en la cara y que aprendiera la lección.

—No lo sé —dijo—. ¿Quizás? Pero sucedió tan rápido que no puedo estar segura…

—Esto es lo que va a pasar, Gabrielle. —Los ojos de Bethany Anne se volvieron aún más rojos y sus colmillos se alargaron. Ese era el único aviso que daba a su oponente antes de atacar. Gabrielle logró bloquear dos golpes antes de que una de sus manos quedara dolorida y la espada izquierda se le resbalara. Intentó levantar la otra, pero Bethany Anne ya había girado sobre sí misma, golpeando su pierna en el proceso. Gabrielle sintió que el suelo se desvanecía bajo sus pies. Cayó y vio estrellas. Antes de que pudiera moverse, los colmillos de Bethany Anne estaban a pocos milímetros de su garganta. Se quedó quieta, sin querer hacer nada que pudiera enfurecerla. Escuchó la voz de la vampira en su oído—: Tienes que aprender a acceder a lo etérico y caminar entre dimensiones a mi lado. Tu reto eres tú misma. Te estás negando a tu destino. ¿Estás lista para abrazarlo o prefieres ser mi zorra, siempre tumbada en el suelo después de que te haya pateado el culo? Dime, niña, ¿qué decides? ¡Habla!

Gabrielle no se movió, pero la ira estaba en su susurro.

—Voy. A. Patearte. El. Culo. Perra.

Sintió cómo los labios de Bethany Anne se curvaban en una sonrisa.

—Esa es la chispa. Puedo sentir tu sangre hervir ahora. Me llama. Me suplica que la tome, que la beba. ¿Debería aceptar? Hmmm. Tengo curiosidad por saber a qué sabes. Tal vez no esta vez, pero la próxima vez que me llames «perra», más te vale que haya «reina» delante, o te enseñaré lo que realmente significa ser mi perra. ¿Entendido?

Un momento Bethany Anne estaba exhalando en su cuello, al siguiente estaba delante de ella, ofreciéndole la mano para ayudarla a levantarse.

Ya de pie, Bethany Anne hizo un gesto para que Pete se uniera a ellas y le devolviera a Gabrielle la espada que había soltado. Él le lanzó una mirada compasiva antes de retirarse del área de entrenamiento.

—Ahora, quiero que te concentres y sientas tu cuerpo y el núcleo de tu ser. En ese núcleo, hay una apertura, como si fueras una montaña y hubiera una pequeña caverna en tu ladera, con aire que fluye a través. Ese es tu vínculo con lo etérico. Te llena lentamente. Es la misma energía que aporta la sangre. Puedes usarla para aumentar tu poder, tu velocidad y tus habilidades en general. Al principio, no tienes mucho y se agota rápido. Con el tiempo, aprenderás a manejarla y controlarla mejor. —Bethany Anne hizo una pausa para pensar en lo que necesitaba que Gabrielle aprendiera—. Vamos a probar otra cosa, un momento. —Se volvió hacia John:

»¿Puedes traerme los quince palos? —Él recuperó unas varillas de quince centímetros que había preparado Rodríguez. Las llevó hasta Bethany Anne y se las entregó—. Gracias. Ahora, Gabrielle, dale a John una de tus espadas. —Ella le entregó la que llevaba en la mano izquierda. Esa le había fallado en la pelea, así que la castigaría por su impertinencia—. ¿Cuántos de estos crees que puedes golpear si los lanzo todos al aire?

Gabrielle reflexionó la pregunta.

—Probablemente la mayoría.

—¿Y si te pido que cierres los ojos antes de que caigan?

Frunció los labios.

—¿Tal vez la mitad?

—Veamos. —Dividió las espigas entre sus manos—. Date la vuelta. —Sabía que Bethany Anne no se lo pondría fácil, pero ¿darse la vuelta? Qué manera de convertir el desafío en un auténtico coñazo—. Ahora, cierra los ojos. Solo puedes abrirlos cuando diga ¡ya!

Gabrielle le dio la espalda, cerró los ojos y levantó su espada. Escuchó a Bethany Anne alejarse unos pasos y decir:

—¡Ya!

Abrió los ojos y giró. Esas malditas varillas iban directas hacia ella. Sus movimientos se volvieron instintivos, y las golpeó lo más rápido posible. Falló dos y golpeó cuatro. Otra cayó desde arriba y le dio en la cabeza.

—*Gott Verdammt*! —Se frotó la cabeza y frunció el ceño.

Ambas recogieron las varillas. Ahora tenían dieciséis, porque Gabrielle había cortado una en dos trozos.

—Toma. Sostén una tan alto como puedas. —Gabrielle hizo lo que se le ordenaba. Bethany Anne le dio la espalda—. Voy a moverme tan rápido como pueda sin entrar en el etérico.

Gabrielle dejó caer la vara y gritó:

—¡Ya!

Bethany Anne lo tuvo en la mano antes de que cayera diez centímetros. Muy rápida, pero no lo suficiente para demostrar sus habilidades. Se la devolvió.

—Vamos a hacerlo de nuevo, pero esta vez no digas nada. Simplemente deja caer la varilla, ¿de acuerdo?

Gabrielle asintió mientras Bethany Anne se daba la vuelta de nuevo. Pensó dejar caer más de una, pero sabía que la vampira intentaba ayudarla, aunque se sintiera incompetente en ese momento. Levantó una mano y dejó caer la varilla de inmediato. Esta vez, Bethany Anne la había atrapado antes de que descendiera un milímetro.

Sostenía el objeto entre dos dedos, sus ojos rojos fijos en Gabrielle.

—Y esto, querida mía, es toda la diferencia entre la velocidad vampírica y la velocidad etérica. ¿Estás lista para aceptar tu legado?

Gabrielle comenzó a entender cómo se sentía su padre. No se trataba solo de una mujer poderosa. No, era alguien a quien seguías porque encarnaba tus creencias. Te guiaba en los momentos difíciles, tanto tirando de ti como empujándote al límite. Como miembro de su equipo, llegabas a ser más de lo que podrías llegar a ser por ti mismo. En el futuro, cuando le preguntaran, Gabrielle señalaría ese momento en el que Bethany Anne se convirtió en algo más que su jefa. Se convirtió en su reina.

Una reina a la que aún iba a patearle el culo.

—Sí, mi reina, estoy lista.

Bethany Anne le sonrió y levantó la vara.

—Esto es lo que tienes que hacer…

Pasaron casi diez minutos más antes de que Gabrielle cambiase a lo que Bethany Anne llamaba «modo vampira». Consiguió hacerlo a voluntad al cabo de otros diez minutos. Después de eso, tuvo que hacer una pausa para vaciar una bolsa de sangre mientras los chicos se acercaban a felicitarla. Apreciaba su entusiasmo. A lo largo de su larga vida, nunca había sido aceptada de esa manera. Nunca había sido parte de un equipo, tenido amigos o una reina.

Sus ojos la buscaron, pero Bethany Anne ya no estaba allí.

Terminó de beber y miró a los hombres que se habían reunido a su alrededor.

—Supongo que es vuestro turno, chicos. —Gabrielle sonrió cuando todos miraron a su alrededor en busca de Bethany Anne y se dieron cuenta de que se refería a que estaban a punto de recibir una lección de la última nueva supervampira.

Los hombros de Eric se hundieron, ya resignado a recibir una paliza.

FRANKFURT, ALEMANIA

Iván y Stephen habían vuelto al hotel desde el club. Aunque Stephen había estado alerta por si surgía algún problema, no habían tenido ningún incidente.

Saludó con la cabeza al portero, que parecía muy simpático, y los dos hombres tomaron el pasaje secreto para llegar a su *suite*. Ahora, todo el personal había oído historias sobre ellos y era un pequeño acontecimiento cada vez que entraban o salían. Que el vampiro tuviera algunas manchas de sangre en su camisa provocó muchos rumores que comenzaron a circular después de su paso. Una de las camareras del restaurante preguntó si no podrían ser manchas de chocolate.

Al entrar, Stephen levantó la mano para impedir que Iván lo siguiera. Olfateó el aire, girando la cabeza de un lado a otro, captaba el olor reciente de un humano. Lo siguió hasta su dormitorio y se dio cuenta de que habían dejado caramelos de menta sobre su almohada. Sonrió al recogerlos y regresó a la entrada, donde Iván lo esperaba pacientemente.

—He encontrado contrabando. —Iván resopló y luego se rio de la situación.

—Supongo que hace años que no vas a un hotel. —Entró en la *suite* y cerró la puerta.

—¿Cuántos? He dormido siglos, amigo mío, despertándome rara vez para arreglar pequeños incidentes, y luego me volvía a dormir. Deberías haberme visto cuando Bethany Anne me despertó. Era lo bastante viejo como para interpretar a un esqueleto en una obra de teatro sin necesidad de maquillaje. —Le dio uno de los caramelos a Iván y se lanzó el otro a la boca.—. Hmmm. Está bueno. Creo que me he perdido saborear las golosinas por el camino.

—¿Como Evangeline?

Stephen sonrió mientras buscaba en el bolsillo de su abrigo. Sacó la nota que ella le había dejado.

—Más bien Terry. Pero, sí, justo eso. Tiene unos labios hermosos. —Cogió su teléfono y grabó su número en la agenda.

—¿Vas a llamarla?

—Nunca se sabe. ¿Cómo voy a aumentar mi pequeño…? —Se detuvo para girar el teléfono en su mano—. Bueno, no importa. Necesito actualizar mi lista de contactos femeninos. Todas las mujeres de mi última agenda probablemente ya hayan seguido adelante. De hecho, dado el año, es bien posible que hayan pasado a mejor vida; es triste decirlo.

Iván no pudo evitar reír mientras se dirigía a su habitación. Dejó la puerta abierta para seguir conversando más fácilmente.

—Así que, tu primer nombre nuevo es el de una mujer que no ha querido darte su verdadero nombre desde el principio. Pensaba que Paula sería la primera. Bueno, la primera de este siglo.

Iván escuchó a Stephen desde su propia habitación.

—¿Quién dice que ha sido la primera de este siglo?

Visualizó al anciano tambaleante que había sido Stephen hacía tan poco tiempo.

—Stephen, eso es… Puaj, Stephen. —La risa resonó en la habitación del vampiro. Iván se puso ropa informal y volvió a la parte central de la *suite*—. Oye, ¿qué le has hecho a Mathis? —No había podido verlo muy bien desde la mesa, pero, sin duda, le había llamado la atención. Stephen se unió a él, vestido con vaqueros y calcetines de vestir. Estaba sin camisa y se puso una camiseta blanca mientras caminaba. Iván se sorprendió de lo musculoso que estaba el pecho del viejo vampiro—. Maldita sea, Stephen. Ni siquiera necesitas hacer ejercicio, ¿verdad?

El otro miró a su compañero y luego su propio abdomen.

—No. Cortesía de los nanocitos, según tengo entendido. —Tiró de la camiseta por encima de la cabeza y se la puso recta.

—Ahora sé por qué Ecaterina está celosa de Bethany Anne.

—¿Por qué?

—Porque su pecho desafía la gravedad y vuelve locos a los hombres a su alrededor. Ecaterina se queja todo el tiempo de que nunca necesita usar sujetador sin darse cuenta del efecto que tiene en los hombres.

—Dudo que no tenga ni idea. —Stephen se sentó en el sofá—. Imagino que prefiere obviarlo.

Iván cogió de la nevera el agua que el hotel había dejado en su habitación. Nunca habían ampliado la *suite* para incluir una cocina. Se sentó en la silla frente a Stephen.

—Sí, supongo que es posible. Tiene esa tendencia a elegir lo que quiere notar. Pero, volviendo a mi pregunta, ¿qué le has hecho a Mathis?

—Ah, eso. Ese joven idiota no me ha notado hasta que ha intentado apartarme de su camino. Sospecho que estaba bajo los efectos de alguna droga. Debió de tomarla justo antes de entrar al club. De lo contrario, sus nanocitos la habrían eliminado. No somos buenos drogadictos, ¿no crees?

—Supongo…

—Cuando por fin se ha dado cuenta de lo que era, le he hundido cinco dedos en el vientre. Le habría arrancado el estómago si me hubiera molestado demasiado. Como joven vampiro, habría sobrevivido, pero habría sufrido durante mucho tiempo. Algunos músculos sanan con dificultad.

—¿Hablas por experiencia?

—Así es. Un espadazo, en 1800, en… Bueno, en algún rincón de Francia.

—¿Por una mujer?

—Por supuesto.

—¿Cómo demonios pudo un humano herirte con una espada?

—Si mal no recuerdo, tenía un romance con la hija soltera de un conde. Su hermano me encontró en una posada e hice todo lo posible por no matarlo, para evitarle ese dolor a mi amada. Después de que me abriera el estómago, lo golpeé en la cabeza para desorientarlo y hui a caballo. Salí bastante bien parado. Por desgracia, tuve que alimentarme del caballo para recuperarme y el animal no sobrevivió.

—¿No te gustan los animales?

—No, soy muy bueno con mis propios caballos. No fue mi caballo el que agarré.

Iván se rio entre dientes y, al final, Stephen le vio la gracia y se rio también.

—Entonces, ¿esperas a Mathis aquí mañana por la noche?

—Sí. O vendrá solo, lo cual me sorprendería mucho, o acompañado de guardaespaldas para inflar su ego. A menos, claro, que envíe asesinos para eliminarme. No me ha parecido muy inteligente, así que apostaría más por la tercera opción.

—No necesitarás mi ayuda para eso, supongo.

—No. Además, deberíamos encontrar un buen lugar para ti esta noche. Le prometí a Bethany Anne que velaría por tu seguridad. Ni siquiera he pensado en darte una pistola hasta que ha sido demasiado tarde. Arreglaremos eso por la mañana.

—Eh, ¿cómo me voy a mover en Alemania con armas encima? Sé que has dormido mucho tiempo, así que, por si no lo sabes, Alemania tiene, probablemente, las leyes más estrictas del mundo en cuanto a armas de fuego. Es imposible llevar una encima a menos que estés en tu propiedad personal. E incluso en ese caso se necesita un permiso distinto para comprar munición. En cualquier caso, está prohibido llevarlas en lugares públicos. No es como en América…

—Lo haré como la última vez.

—¿En serio? —se sorprendió Iván—. ¿Y cómo lo hiciste?

—Inmunidad diplomática.

—¿Cuándo fue eso?

—En los años veinte, si no recuerdo mal…

—¿De qué siglo?

—Oh, los años 1920. Entre las dos guerras. Los aliados habían impuesto severas restricciones al gobierno alemán, limitando las armas que podían portar… o, más bien, en este caso, que no podían portar. Para evitar ser derrocados por el pueblo, el Gobierno introdujo leyes de control de armas civiles.

—Pero entonces, ¿por qué Mathis tiene guardaespaldas?

—Es un vampiro de tercera o cuarta generación. Sigue siendo más fuerte que la mayoría de los cambiaformas, pero si varios de ellos se unieran para atacarlo, podrían vencerlo. Me imagino que John Grimes podría hacerlo solo. Pero creo que, si lleva a esos cambiaformas con él, es principalmente para inflar su ego.

—No pareces muy preocupado por verlo aparecer esta noche…

Stephen suspiró.

—Cuando has vivido tanto como yo, te das cuenta de que siempre es la misma melodía, solo que con diferentes instrumentos. Tal vez sea esta ciudad, pero lo mismo ocurrió la última vez que estuve en Frankfurt.

—¿Por eso hiciste construir el túnel secreto?

—No del todo. Cualquier vampiro que se precie debe prever una ruta de escape… si quiere seguir vivo, claro. Hice construir ese pasaje por precaución, pero lo necesité esa vez. —Miró su reloj—. Si quieres dormir, puedo quedarme despierto hasta el amanecer para asegurarme de que no tengamos visitantes indeseados.

Iván miró a su alrededor, un poco desconcertado.

—De acuerdo. No sé si conseguiré dormir, pero puedo intentarlo.

El vampiro sacó el cargador de su teléfono. Era bueno que fuera rico, porque su consumo de datos en Alemania iba a ser considerable. Se acomodó de nuevo en el salón.

El siguiente sería un día interesante.

Capítulo 16

San José, Costa Rica

Giannini Oviedo trabajaba en las calles, intentando averiguar más cosas sobre los atentados que se rumoreaba que habían ocurrido en las dos últimas semanas en el centro de San José. Por norma, la ciudad era un lugar seguro, al menos durante el día. Ahora, incluso las pequeñas bandas que se dedicaban al tráfico de drogas, el robo y el vandalismo evitaban salir de noche. Y sus contactos en la policía se habían negado a darle más detalles.

Con sus ciento cincuenta y ocho centímetros de altura, no habría intimidado a quienes pudieran considerarla una presa fácil, por eso llevaba en su bolso un aerosol de gas lacrimógeno y un *taser* que le había prestado el redactor jefe de su periódico. A los veintidós años, quería hacerse un nombre y entendía que eso conllevaba aceptar riesgos.

Su atuendo era sencillo: unos vaqueros, una camiseta negra y zapatillas deportivas. No era una chica que usara tacones altos de noche, sobre todo si a lo mejor necesitaba correr. Las calles estaban desiertas y eso le parecía extraño. De vez en cuando pasaba un coche. Un tipo giró en U detrás de ella, así que se dio la vuelta y vio cómo el americano se paraba a su lado, bajaba la ventanilla de su coche de alquiler y le preguntaba cuánto cobraba por una mamada en un español mal chapurreado.

Tras controlar su ira se dio cuenta de que estaba ofreciendo su cuerpo por una historia, al menos la idea de una historia, aunque no era lo mismo que ofrecer sexo por dinero. Por otra parte, era un cumplido muy indirecto que ella ni quería ni necesitaba. Gilipollas.

Después de caminar durante dos horas, regresó al lugar donde había aparcado su coche. Los siguientes cinco minutos estuvo mirando continuamente por encima de su hombro, con la sensación que alguien la observaba. Quizás la próxima vez fuera acompañada.

Los neumáticos chirriaron en la carretera cuando giró y tomó el camino de regreso a casa.

POLARUS, BUQUE DE LA PUÑETERA REINA, CERCA DE COSTA RICA

Bethany Anne caminaba por el pasillo en dirección a su *suite* cuando escuchó ruidos provenientes de la sala de conferencias principal. Reconoció el sexi acento rumano justo antes de entrar en la habitación.

—Dios mío, me encanta.

Temía interrumpir una sesión de folleteo entre Ecaterina y Nathan, pero se sorprendió al descubrir qué era lo que la joven estaba acariciando con tanto amor: un rifle de francotirador nuevecito.

Nathan había abierto otra caja grande y sacaba un estuche de armas.

—Siento interrumpir. ¿Quieres una habitación para ti y tu… rifle? —Sonrió al ver la sorpresa en el rostro de la rumana. Nathan continuó desempaquetando el estuche como si nada. Evidentemente, su repentina aparición no lo había sorprendido.

—¡Tienes que sentir esto, Bethany Anne! ¡Es como tener sexo!

La sonrisa de Ecaterina era traviesa. La vampira tenía contradicciones tras su conversación con Nathan. Bethany Anne decidió seguirle el juego.

—¿Quieres decir que es duro, potente, largo y explota cuando aprietas el gatillo?

—Sí, todo eso. Y luego tienes diez explosiones antes de tener que recargar. Yo estaría exhausta antes que el rifle.

Nathan se enderezó y colocó el estuche sobre la mesa para abrirlo.

—Voy a necesitar una ducha fría.

Ecaterina deslizó el rifle en el estuche.

—Voy a calentar el agua para ti.

—Eso solo producirá vapor y no podré ver nada.

—¿Quién necesita ver? ¿No puedes usar tus manos para tantear?

Bethany Anne se apresuró a salir de la habitación antes de encontrarse algo que prefería no ver.

—¡Buscad una habitación! Ah, no, ya tenéis una. ¡Id a vuestra habitación!

—Consíguete un cuarto. Espera, ya tienes uno. Vete a tu habitación.

Los escuchó reír mientras se dirigía a su *suite*. Una vez allí, limpió sus espadas y las guardó en sus respectivas fundas. Eran armas de alta calidad, pero no tenían nada especial desde un punto de vista histórico.

Ver a Ecaterina con ese rifle la hizo pensar en cómo podría eliminar a Antón.

Mientras las ideas giraban en su cabeza, sacó una Coca-Cola de su nevera y llamó a Frank. Saltó su buzón de voz, así que le dejó un mensaje pidiéndole que la llamara tan pronto como fuera posible.

Se sentó en la mesa de conferencias que estaba justo fuera de sus aposentos privados, y sacó un bloc de notas y un bolígrafo de un pequeño cajón debajo de la mesa. Alguien llamó a la puerta y se levantó.

—¿Quién es? —preguntó mientras se dirigía a la entrada.

—Tu guardaespaldas. —Reconoció la voz de Todd Jenkins. Abrió la puerta y sonrió al robusto marine. Él la miró un momento—. No estarás tratando de eludir a tu equipo de seguridad, ¿verdad?

Bethany Anne volvió a sentarse, dejando la puerta abierta para que el hombre pudiera entrar. Había una zona reservada para la seguridad justo frente a las habitaciones que conducían a su *suite*, pero no le molestaba que él estuviera allí. En realidad, se sentía un poco sola.

—Por supuesto que no, señor Jenkins. Sin embargo, todos necesitáis entrenamiento y, por supuesto, no podríais mejorar si pasaráis todo vuestro tiempo conmigo, ¿no?

—Buen uso de la lógica para desviar la conversación. Debería haber hecho eso hace unos años, tal vez me habría evitado los problemas que tuve con el Congreso.

Ella levantó su Coca-Cola.

—¿Quieres algo?

En momentos como ese, Todd podía casi percibir a la mujer detrás de la máscara que esa perra caprichosa llamada Destino había puesto en el rostro de Bethany Anne.

—Espero que no te moleste, pero la gasolina con plomo es mucho mejor que la sin plomo. —Para mostrar a qué se refería, abrió la nevera y cogió una botella de Pepsi que había escondida detrás de todas las Coca-Colas.

—¿Qué demonios es eso? —preguntó Bethany Anne, señalando la botella de plástico que él sostenía en su mano.

Él consideró el objeto y decidió seguirle el juego.

—¿Una cola?

—¡Ni de coña! ¡Eso no es una puta cola! Es una porquería sin nombre de una dimensión asquerosa. ¿Cómo ha terminado esa mierda en mi nevera?

Se levantó, se dirigió al refrigerador, se arrodilló frente a él y examinó su contenido.

Desde su posición, Todd tenía una vista provocativa del escote de la joven. Sintió su sangre hervir, pero Bethany Anne no se dio cuenta de nada, tan concentrada como estaba en el triste espectáculo que se le presentaba. Alguien se había divertido escondiendo dos Pepsis más detrás de sus Coca-Colas. No oyó los latidos acelerados del corazón del hombre ni que su respiración se volvía más profunda. Extendió la mano para alcanzar los objetos ofensivos y se preguntó cómo lidiar con esa herejía. Ecaterina debía ser la culpable, ya que ella era la encargada de abastecer su *suite*.

Encontraría una forma de vengarse de esa pequeña peste rumana. Abrió las dos botellas y vació unos mililitros de cada una en el fregadero. Volvió a colocar las tapas y puso las Pepsis en el congelador. Si no tardaban mucho en congelarse, se las pondría en la cama esa noche.

Satisfecha con la idea de que se haría justicia, volvió a sentarse a la mesa. Todd la observó desde su posición junto a la puerta.

—¿Qué estabas haciendo?

—Trataba de encontrar una manera de deshacernos de Antón de una vez por todas. Por ahora solo sabemos que está en Sudamérica, que rara vez se lo ve y que es condenadamente astuto.

—¿Sí? ¿Y cómo atrapaste a Clarita?

—Seguía las reglas de los Renegados que determinan quién es el jefe. Atacamos algunos de sus negocios en la ciudad. Eso empujó a esa perra a enviar hombres para tratar de detener a los responsables, pensando que Gabrielle era yo. No sabía que había dos vampiras. Pero ya hemos utilizado esa táctica.

Todd estaba un poco sorprendido por el lenguaje de Bethany Anne. Había oído que era vulgar, pero pensó que solo era durante las misiones.

—¿Qué piensas hacer?

—Dispararle de lejos y luego acercarme para rematarlo. A menos que tengamos mucha suerte, probablemente sobrevivirá a unos cuantos disparos en la cabeza.

No pudo evitar sentir admiración por el enemigo. Después de todo, había sido testigo de primera mano de lo que hacían los disparos en la cabeza.

—¿Puede sobrevivir a los disparos de un francotirador?

—No fácilmente, no. Si el disparo no fuera fatal, se quedaría inmovilizado por un tiempo. Pero, si estuviera en un coche, solo lo avisaríamos de que es un objetivo. Después de curarse, sería imposible volver a encontrarlo.

—¿No sabe ya que es un objetivo?

Bethany Anne reflexionó un momento.

—En teoría, debería saberlo. Pero las únicas reglas que conoce lo han condicionado a creer que nada grave puede sucederle. En el peor de los casos, recibiría una reprimenda con una palmadita en el dorso de la mano. A menos que Michael reaparezca, tiende a pensar que no hay nadie más fuerte que él. Sus hermanos y hermanas pueden ser sus iguales, pero no podrían dominarlo. Dado que Michael nunca ha matado a uno de sus hijos, solo quedan los humanos. Su defensa principal contra la humanidad en general es su capacidad de sugestionar sus mentes.

—¿Como la hipnosis?

—No lo sé. Eliminamos a Adrián, uno de sus nietos. Me habló como si esperara que yo obedeciera sus órdenes al instante. Y esperaba un resultado inmediato. Es un poder que en las obras de ficción se suele atribuir a los vampiros. Dado que no tuvo ningún efecto en mí, no puedo decir lo exactas que son mis suposiciones.

—¿Qué le pasó a ese tipo cuando no pudo controlarte?

—Sufrió un dolor insoportable cuando lo empalé. Estaba muy sorprendido, te lo aseguro. Por cierto, usamos un francotirador para esa misión. Eso me recuerda…, me pregunto dónde está Killian. ¿Lo has visto en el barco?

—Sí, estaba en la cubierta hace unas horas.

—Es verdad, lo había olvidado. Siempre está de servicio allí arriba o, al menos, eso es lo que parece.

—Bueno, es que hay muchas chicas en bikinis en los yates que navegan a nuestro alrededor. Supongo que quiere asegurarse de que ninguna esconde un AK-47 en su bikini.

—Ah, sí. Es una forma de distraerse en un trabajo que de otro modo sería terriblemente aburrido, supongo.

Bethany Anne garabateaba en su papel mientras hablaba. Todd reflexionó un momento sobre ese comentario.

—No creo que entiendas la mentalidad de un francotirador. Tienen una paciencia infinita. He conocido a algunos que se posicionaban para una misión varios días antes, incluso bajo el sol.

—Nunca he tenido una conversación lo bastante larga con Killian como para entender qué lo motiva. Tendré que sentarme con él un día de estos y conocerlo mejor. Pero todo esto no me ayuda a encontrar una forma de eliminar a Antón.

—Bueno, mientras esté relacionado con el tema, por sutil que sea, todo lo que digamos puede darte ideas —comentó Todd—. Dices que no sabes cómo encontrarlo. ¿Tiene alguna característica que podamos buscar específicamente?

—¿Quieres decir, como un brazo menos?

—No. Por ejemplo, sabemos que debe moverse de noche, o al menos bien cubierto…

—¡Joder, qué cabrón! —lo interrumpió Bethany Anne—. ¡Creo que me has dado una idea. —Levantó una mano para impedir que Todd dijera nada más—. Si yo fuera Antón, me cubriría bien para moverme durante el día de un lugar a otro. Sería bastante fácil, una furgoneta cerrada que lo llevara de un garaje a otro.

—¿No duerme durante el día?

—No es necesario, aunque es conveniente. Si no soportas el sol, comienzas a vivir de noche, cuando puedes moverte con mayor facilidad. Hmmm. La mayor parte de sus poderes proviene de su fuerza de persuasión y sus habilidades mentales. Necesito comprobar si Gabrielle sabe más al respecto. Mierda, podría preguntarle a TOM.

—¿El extraterrestre se llama *Tom*?

—¿Eh? Ah, sí. Es una abreviatura de su nombre completo. Tiene una buena comprensión de cómo se transforman los vampiros y cómo funcionan sus diferentes poderes. Tenemos una inyección específica que podríamos usar en Antón y que le provocaría la muerte en unas semanas. Una muerte lenta pero segura.

«TOM, ¿hemos hecho que Gabrielle sea inmune al suero usado en Adrián?».

«No. Todos los defectos se han corregido, pero no pensé en protegerla contra eso».

«Tendremos que encontrar una solución para todos los que están de nuestro lado. Si hemos pensado en transformar los nanocitos de los Deshonrados, el enemigo también podría haber pensado en usar ese ataque contra nosotros».

«¿No tendrían que entender cómo manipular los nanocitos?».

«Por supuesto. Pero los científicos ya están estudiando esta tecnología. Estoy segura de que la Tierra aún no tiene nada tan avanzado como lo que nos has proporcionado, pero eso no significa que no puedan entender lo suficiente como para usarlo en nuestra contra».

«Los humanos sois tan complicados…».

«Sí que lo somos, no nos engañemos».

Nada indicaba a Todd que Bethany Anne estaba absorta en otra parte y continuó la conversación.

—¿Cómo podríamos inyectárselo?

Ella se enderezó, volviendo a la conversación.

—Mientras le inyectemos suficientes nanocitos, terminarán saturando su cuerpo. Si bebe sangre… —Se detuvo y Todd reconoció uno de esos momentos de «¡Eureka!» en la mirada.

—¿En qué estás pensando?

Bethany Anne se volvió hacia él.

—Si pudiéramos encontrar una manera de contaminar su suministro de sangre con nuestros nanocitos, estaría acabado. Pero eso sería más un plan…, no sé, un plan F o algo así. ¿Por qué ese cabrón no puede ser un imbécil arrogante, como todo cabrón que se respete? Al menos se pasearía por ahí como un pavo real y eso me facilitaría mucho la vida, joder. No tengo tiempo para esto.

—En lugar de matarlo, podrías dejarlo impotente.

—Buena idea, pero aún podría crear nuevos hijos. Como es de primera generación, serían demasiado poderosos. No, tenemos que neutralizarlo. Es solo que no tenemos suficiente información para formular un plan. ¡Mierda!

Se recostó en su silla, sintiéndose derrotada antes de empezar.

Todd pensó en las misiones anteriores del equipo.

—Tendríamos que hacer hablar a sus allegados —dijo. Bethany Anne se enderezó.

—Esa es una posibilidad.

Al instante siguiente, Todd estaba en una habitación vacía y la puerta detrás de él, que daba al pasillo, estaba abierta.

Fue la misma dirección.

—¿Cómo demonios —murmuró mientras caminaba— se supone que se protege a alguien que puede correr tan rápido que no tienes idea de dónde podría estar? Tendría que ponerle un GPS en el culo…

Cada vez que se cruzaba con alguien en el pasillo, preguntaba si había visto a la vampira. «¿No? Gracias». Le llevó unos minutos encontrarla en la sala de conferencias con Ecaterina, obteniendo las coordenadas de los hijos de Clarita.

—Sí, sé que tendré que esperar por la diferencia horaria, pero deberían estar despiertos en unas horas, ¿no? Perfecto. —Ella lo vio y sonrió—. Ah, lo siento, Todd. Debería haberte dicho a dónde iba. Muy buena idea, por cierto, gracias. —Pasó a su lado al salir—. Regreso a la *suite*, nos vemos allí en un minuto.

Desapareció de nuevo, dejando a Todd plantado. Miró a Ecaterina y Nathan con incredulidad.

La mujer negó con la cabeza.

—Tendrás que acostumbrarte, pero no será fácil. Si te sirve de consuelo, no es habitual en ella eludir a sus guardaespaldas. ¿Qué es lo que la tiene tan alterada?

—Está buscando una manera de encontrar a Antón y eliminarlo —dijo él.

—Deberías preguntarle cuál será el cebo.

—Veré si puedo encajarlo en la conversación.

Les dio las gracias con un gesto de la cabeza, los saludó con la mano y se dirigió de regreso a la habitación.

FRANKFURT, ALEMANIA

Iván se levantó de cama para ir al baño, que era minúsculo. Se echó agua en los ojos. Le había llevado una buena hora quedarse dormido después de darle las buenas noches a Stephen.

Al salir de su habitación, lo encontró en el sofá. Tenía el móvil en la mano y parecía haberse quedado dormido después de reclinar la cabeza hacia atrás.

—¿Stephen?

Los ojos del vampiro se abrieron y se enderezó, inspeccionando la habitacion. Al final, su mirada se posó en Iván.

—Lo siento, debo haberme quedado dormido. —Miró su teléfono con una expresión desconcertada—. Ah, son casi las doce. Ya ha pasado la mañana. —Miró a Iván y se encogió de hombros—. Entonces, ¿nos vestimos y vamos a comer algo?

—Claro. ¿Cuál es el plan para hoy?

Stephen se puso de pie.

—Creo que es mejor que te lleve a otro hotel esta noche, donde estarás seguro, uno que no esté relacionado con este. Si, por alguna razón, yo no sobreviviera, ¿tienes suficiente dinero para salir de Frankfurt?

—Claro.

—Muy bien. Dudo que alguien vaya a buscarte justo a ti. Es lamentable, pero los humanos, en general, rara vez son considerados peligrosos por los vampiros.

—Recuerdo que Petre no se preocupó ni un segundo por Ecaterina cuando huía de Bethany Anne… —Recordó un poco tarde que Petre era el hijo de Stephen—. Ay, lo siento.

El vampiro le hizo un gesto con la mano.

—No te preocupes. Después de hablar ayer con Joséf, he llegado a un punto en el que me arrepiento de no haberme ocupado de Petre yo mismo. Mi respeto por mi reina no hace más que aumentar a medida que aprendo más sobre esta red clandestina a la que pertenecía mi hijo. Ese comentario de Ecaterina…, ¿qué decía, sobre atrapar a su presa?

Iván sonrió.

—Si quieres pescar algo, necesitas el cebo adecuado.

Stephen jugueteaba pensativo con su teléfono.

—Creo que sé cuál es el cebo adecuado o, mejor dicho, quién.

La voz de Iván se tornó incrédula.

—¿Quieres usar a Terry como cebo para que Mathis acuda a ti?

El vampiro sacudió la cabeza.

—No, pero usaré la voz de Terry para que Mathis vaya a verla Para atraerlo hacia ella… Bueno, hacia donde él crea que la encontrará. Es del tipo que no espera una traición porque, al fin y al cabo, ¿qué mujer podría resistirse a su encanto? El hecho de que ella lo haya rechazado es lo que lo enfurece y lo impulsa a perseguirla. Su comportamiento es una afrenta a su ego. Si Mathis pudiera conseguir que se acostara con él, todo volvería a estar en orden en su estrecho mundo, donde él es el centro de todo.

—¿Cómo conseguirás que te siga el juego?

—Bueno, puedo usar mis poderes vampíricos de control mental y ordenarle que diga lo que quiero que diga.

—¡Mierda! ¿Puedes hacer eso? —La cara de Iván era la viva imagen de la sorpresa.

Stephen hizo una pausa y luego respondió a su pregunta.

—No, pero tendrías que haber visto la cara que has puesto. —Se llevó los dedos a los labios y los besó—. ¡No tiene precio!

—¡Maldito chupasangre!

El vampiro estalló en carcajadas ante la expresión desconcertada del humano.

—No, no puedo ordenarle que lo haga y me imagino que Bethany Anne lo encontraría repulsivo. Sin embargo, a Terry le interesa que Mathis no la siga acosando. Además, le he pedido que nos reuniéramos a las nueve de la noche. El sol se pone un poco después de las cuatro y cuarto de la tarde. Eso le da tiempo para encontrar a Terry y satisfacer su ego antes de venir a verme. —Stephen hizo una pausa mientras pensaba en lo que había dicho—. Tal vez haya sido una mala elección de palabras.

Iván resopló.

—¿Cómo vamos a conseguir el número de Mathis?

—Supongo que Joséf debe tenerlo. Si no, conocerá a alguien que lo tenga. Aún no le he dicho que vimos a Mathis anoche, así que no debería preocuparse si le pido su teléfono. Sería un poco molesto que él convirtiera mi emboscada contra mí.

Los dos hombres se prepararon y luego Stephen llamó a Terry. Saltó su buzón de voz. Le dejó un mensaje diciéndole que la invitaría a otra bebida si respondía a una pregunta y le dejó su número para que pudiera devolverle la llamada.

Capítulo 17

Las Vegas, Nevada, EE. UU.

Jeffrey Diamantz y Thomas Billings se habían encerrado en la sala de conferencias de Patriarch Research. Sobre la mesa había pizzas frías y botellas de cerveza, mientras que los restos de comida china esperaban a ser sacados de la basura por el equipo de limpieza.

Nathan Lowell había llamado para explicarles la infraestructura tecnológica que quería construir para albergar el programa que había sido la causa de tantas noches en vela durante los últimos dos años. Habían renombrado al proyecto como ADAM, con la esperanza de no tener que cambiarlo un día por CAÍN.

Ambos tenían el aspecto frenético de las personas que trabajan con demasiada cafeína y poco descanso. Si alguien les hubiera preguntado, habrían reconocido que era el proyecto más importante de sus vidas. Habían solicitado un presupuesto de dos millones de dólares para la siguiente fase, pero Nathan les había informado de que dispondrían de treinta millones, en entregas de cinco, para cubrir los costos de alquiler y finalizar la infraestructura.

El director, cuya identidad no les había revelado, quería garantías de que el proyecto no conduciría a la destrucción de la humanidad, pero también quería saber si podrían tener una IA fuerte en solo unas semanas. Ellos habían supuesto que trabajarían en ello durante varios años.

Se les dijo que el coste no era un problema.

Ambos tenían la sensación de haber sido elegidos para instaurar una nueva etapa en la evolución de la humanidad. Si pudieran diseñar un sistema capaz de protegerla, en caso de que esta nueva entidad resultara maliciosa, serían los hombres más felices del mundo.

A las dos de la madrugada, decidieron hacer una pausa. Necesitaban dormir al menos unas horas antes de su cita con el agente inmobiliario para visitar edificios que pudieran albergar su proyecto.

Nathan había explicado que el director quería saber cómo se trasladaría esta nueva IA si lograban su objetivo, y ellos no habían sido capaces de responder. Habían asumido que la infraestructura permanecería en el lugar de su construcción.

Les dijo que no era posible. Una vez la IA fuera viable, se les asignaría un nuevo lugar. Tendrían que trasladar todo y mudarse con ella. Además, pronto recibirían más información, aún más emocionante.

Se preguntaban qué podría superar la creación de una nueva entidad consciente.

Después de esa llamada, ambos habían saltado de alegría. Era un desafío y una oportunidad increíble para concretar sus sueños. También discutieron largo y tendido sobre qué podrían ser esas otras novedades.

Thomas mencionó el meme de Tsoukalos de *Ancient Aliens*.

—No digo que fueran extraterrestres, sino *alienígenas*. —Ambos soltaron una carcajada ante esa idea, y luego olvidaron de inmediato la afirmación de Nathan mientras se sumergían en el esfuerzo por hacer realidad su reto.

A última hora de la tarde, Jeffrey recibió la notificación de que la cuenta de la empresa tenía pendiente una transferencia de cinco millones de dólares, que se liquidaría a medianoche.

Si todavía tenían alguna duda sobre la rapidez con la que Nathan quería que avanzaran, esa transferencia el mismo día de su conversación era una señal clara de que debían pisar el acelerador sin preocuparse por dónde estaba el freno.

POLARUS, BUQUE DE LA PUÑETERA REINA, CERCA DE COSTA RICA

Bethany Anne había hablado con Claudia y sus hermanos, Juan y Scott. Le proporcionaron una lista de nombres de vampiros que podría intentar localizar. Al final, envió la lista a Frank por mensaje de texto. Tendría que hablar con él pronto.

Sin embargo, Ecaterina ya había tenido la oportunidad de hacerlo. Habían obtenido permiso para sobrevolar San José con Shelly. Dado que Costa Rica no tenía ejército desde 1948, no había ninguna base en la capital donde pudieran aterrizar. El aeropuerto internacional Juan Santamaría, por otro lado, estaba demasiado lejos del centro de la ciudad, por lo que Bethany Anne había rechazado la solicitud de la policía de que aterrizaran allí. Por fin habían encontrado una pista privada, cerca de un pequeño hospital y una estación de metro que podría llevarlos a la ciudad. Si las cosas no salían bien y era necesario, podrían decir a los periodistas que llevaban a alguien al hospital…

Por la noche, los dos vampiros se vistieron de negro y cargaron sus espadas y pistolas. Bethany Anne llevaba sus pantalones de cuero. Killian partió en el helicóptero con ellos, mientras Ecaterina asumía sus responsabilidades en el Polarus. Nathan, Dan, Pete y Todd se quedaron para ocuparse de la seguridad.

Bobcat estaba a los mandos, mientras que John, Eric, Darryl y Scott estaban en la parte trasera, vestidos con sus uniformes de equipo. A todos se les había proporcionado una pistola de dardos capaz de sedar a humanos.

A diferencia de las intervenciones de Michael en el pasado, Bethany Anne y su equipo no estaban allí solo para eliminar Nosferatus, también planeaban limpiar la ciudad de todos los Deshonrados que encontraran en su camino.

La policía de San José había determinado que la zona infestada abarcaba doce manzanas. Tres personas habían desaparecido la semana anterior y habían encontrado a otras dos que habían sido asesinadas horriblemente dos noches antes: los cuerpos mutilados parecían haber sido degollados con un objeto afilado. Los más escépticos lo atribuyeron a un animal salvaje. Era ridículo, pero para algunos era una forma de calmar sus preocupaciones y evitar que se convirtieran en terror o pánico.

Se dividieron en dos equipos de tres. Bethany Anne, John y Darryl se desplegaron primero. Detrás de ellos, Gabrielle, Eric y Scott. Se repartieron el sector. A las diez de la noche, tanto silencio en las calles de una gran ciudad era inquietante. Todos temían salir de noche. Los rumores se habían vuelto tan disparatados que algunos se acercaban mucho a la verdad. Las historias de zombis eran las más aterradoras para la población. Se les explicó que Bethany Anne y su equipo formaban parte de una fuerza de intervención especial estadounidense que había ido a tratar con drogadictos que se inyectaban cocaína mezclada con una nueva droga con efectos secundarios desastrosos.

Aquellos que conocían a los desaparecidos aseguraban que sus seres queridos no eran adictos. Pero, entre el discurso de la policía y los vecinos que querían creer a la policía, los que decían la verdad fueron obligados a callarse.

Diez minutos después de su llegada, Bethany Anne se detuvo de pronto en medio de la calle. Acababa de avistar a una humana que iba directamente hacia ellos. Estaba a unos cinco bloques de distancia. Caminaba muy rápido, pero miraba una y otra vez por encima del hombro.

Era de estatura pequeña y no podía tener más de veinticinco años, aunque aparentaba veinte. El equipo la distinguió mejor cuando pasó bajo la luz de una farola.

En ese momento escucharon el grito.

Capítulo 18

Centro de San José, Costa Rica

Giannini Oviedo estaba aterrorizada. Esa noche no era como la anterior. Había conducido hasta el barrio donde se habían cometido los asesinatos y había aparcado a diez manzanas de distancia. Con precaución, se acercó a la zona donde se habían encontrado los cuerpos degollados.

Después de unos momentos, sintió un escalofrío. Miró detrás de ella para asegurarse de que no había razón para preocuparse, pero maldijo al ver dos ojos mirándola fijamente. Dos ojos que brillaban en la noche. Dos ojos que se encontraban entre ella y su coche.

Presa del pánico, aceleró el paso sin pensar que se alejaba aún más de su medio de transporte.

Un poco más tarde, al mirar atrás, vio un segundo par de ojos sobre ella. A diferencia de la noche anterior, esta vez no había ningún coche en la carretera. Era como si toda la ciudad se hubiera cerrado sobre sí misma y todos los ciudadanos se hubieran escondido en sus apartamentos.

Ahora podía entender por qué. El gas lacrimógeno y el *taser* en sus manos no eran un gran consuelo en comparación con el miedo que sentía. Una de las historias que circulaban era que las víctimas habían sido asesinadas por animales salvajes. A menudo había escuchado que no debías correr si te encontrabas con uno, ya que al instante te perseguiría. Era una tontería, de todos modos, ya que sus piernas no eran lo bastante largas como para siquiera soñar con dejar atrás a un animal.

Al ver esos ojos detrás de ella, calculó que ese animal debía ser muy grande o capaz de caminar sobre dos patas.

Su corazón latía tan rápido que alguien a su lado podría haberlo escuchado, excepto que, por supuesto, nadie había querido acompañarla esa noche. Incluso su mejor amigo, Enrique, le había dicho que estaba loca y que no debería salir. Nada de lo que había dicho lo convenció de que la acompañase Sin embargo, necesitaba esa maldita historia para llamar la atención en el periódico, así que había cogido el spray pimienta y el *taser* y se había marchado sola a la ciudad.

Ahora estaba convencida de que moriría por su ambición. Comenzó a recitar oraciones que había aprendido en su infancia, esperando que los diez años transcurridos desde su última visita a la iglesia no jugaran en su contra.

Un chillido escalofriante resonó detrás de ella, helándole la sangre. Perdió el control y empezó a correr. Cuando miró de nuevo hacia atrás, vio dos figuras tras ella. Ambas tenían ojos que parecían brillar con un rojo tenue. La sangre goteaba de sus mandíbulas, bajando por sus cuellos, sobre camisas rasgadas y manchadas. La alcanzarían en segundos.

Dejó de mirar hacia atrás y se concentró en el ritmo de sus pies, tratando de correr lo más rápido posible, aunque no ayudaba mucho y temía tropezar en su carrera.

En ese momento vio a tres personas no muy lejos de ella. Dos llevaban armas militares, mientras que la tercera, una mujer, tenía pistolas en fundas a ambos lados de su pecho. Unas empuñaduras de espada sobresalían de sus hombros. Cambió de dirección para dirigirse hacia ellos.

El sonido de las cosas que la perseguían se amplificó; se estaban acercando. Escuchó a la mujer gritar algo mientras giraba la cabeza. Se había prometido no volver a hacerlo, pero la tentación era demasiado fuerte.

El grito de la mujer resonó en las calles vacías.

—¡Agáchate…!

El pie de Giannini Oviedo pisó un bache y cayó al suelo; trató desesperadamente de proteger su cabeza.

—¡… ahora!

Las detonaciones resonaron en la noche cuando Bethany Anne disparó con ambas armas a la vez, tres balas para cada cabeza de los Nosferatu. Las dos criaturas cayeron, su capacidad de pensar evaporada con la mitad de sus cerebros en cuanto sus cráneos explotaron bajo el impacto de la munición. No pudieron hacer mucho más que temblar cuando la vampira se acercó a ellos, sacó su espada y les cortó la cabeza. Los temblores cesaron. John y Darryl se mantuvieron alerta a su lado y detrás de ella.

Sacó un pequeño aparato de radio.

—Aquí BA. Dos menos.

Colgó el dispositivo en su cinturón. Odiaba usar sus iniciales como nombre, pero habían acordado no usar los verdaderos en la radio esa noche. Ecaterina había sugerido que usaran los mismos apodos que en la operación en Washington, pero John se había negado, diciendo que solo eran buenos para una misión única.

Bethany Anne recargó sus armas. La pistola de dardos aún estaba en su funda, colgada en su cintura. Estaba acostumbrada a disparar con las armas en sus hombros, así que no había querido cambiar la localización.

Darryl se arrodilló junto a la mujer, que temblaba sin control por las secuelas del subidón de adrenalina al que la había sometido su cuerpo. Le quitó la bomba de gas y el *taser* de las manos para evitar que los usara por error contra ellos mientras intentaban ayudarla.

Le habló en voz baja, de manera suave y tranquilizadora. Cuando se calmó un poco, sacó un pequeño frasco de crema antibiótica y la aplicó en un tampón estéril, que luego usó para limpiar sus heridas. Después de unos momentos, consiguió que le dijera su nombre.

Bethany Anne inclinó la cabeza. Podía escuchar pasos, muchos muchos pasos, e iban directamente hacia ellos. Levantó de nuevo la radio a su boca.

—Eh, G, trae a tu equipo. Tenemos compañía.

—Recibido.

Estaban a tres manzanas de distancia. Gabrielle podría alcanzarlos enseguida, pero no podía ir más rápido que el más lento de su equipo, es decir, Scott. Eric era más alto y tenía una zancada más larga.

Volvió a encender la radio.

—Chicos, tenemos que ponerla a salvo ya. ¿Ideas?

John divisó un contenedor metálico y señaló.

—¿Allí?

Ella siguió la dirección de su dedo y asintió con la cabeza.

—Servirá, vamos.

Darryl cargó a la mujer al hombro y recorrieron juntos media manzana. En el contenedor había tres bolsas de basura. John se agachó con facilidad y las sacó.

—Es asqueroso —dijo—, pero será mejor que estar con nosotros, y el olor podría protegerla si no hace ruido.

Bethany Anne se lo pensó un segundo.

—Bien visto.

Sacó la pistola de dardos y, con calma, le disparó uno en las nalgas a la mujer, que todavía estaba sobre el hombro de Darryl. Ella se sobresaltó y comenzó a decir algo, pero se desmayó en cuestión de segundos. John recogió el dardo y se lo lanzó a la vampira, quien lo guardó en un pequeño bolsillo que protegía su piel de las agujas. Con la ayuda de John, Darryl colocó con cuidado el cuerpo de la mujer dentro del contenedor y cerró la tapa.

Los humanos pudieron oír a los Nosferatu en ese momento, y Bethany Anne los vio a todos corriendo en su dirección. Había ocho en esa manada. Gabrielle y su equipo iban por la calle lateral.

—Esto ni siquiera debería hacernos sudar —bromeó Bethany Anne.

John vio a los ocho Nosferatu y consideró lo que ella había dicho.

—Sí, puede que tengas razón. —Si hubiera visto ocho Nosferatu corriendo por la calle a altas horas de la noche hacía solo unos meses, se habría manchado los pantalones.

Gabrielle y los demás se unieron a ellos . Las criaturas redujeron la velocidad al ver llegar los refuerzos.

Scott silbó.

—¡Vaya! ¿Qué hacemos? Solo son ocho. ¿Vas a dejarnos algunos de esos bastardos, Bethany Anne?

Ella bufó.

Gabrielle le lanzó una mirada. Incluso con su nuevo cuerpo y todas las nuevas técnicas que había aprendido, no se veía enfrentándose sola a ocho de esas cosas. Sin embargo, Scott no parecía preocupado en lo más mínimo.

—¿Sabes qué? Si Gabrielle no puede con ellos, te dejaré rematarlos. ¿Te parece?

La vampira miró fijamente a Bethany Anne.

—¿Qué?

El rostro de la hermosa mujer perdió su humanidad y adoptó el aspecto del destructor. Bethany Anne se volvió hacia el Nosferatu y habló con una voz profunda y escalofriante.

—Mira y aprende, pequeña vampira. —Gabrielle no tuvo una buena respuesta antes de que empezara la destrucción.

Las pistolas se encontraron en sus manos en un segundo y, con la misma rapidez, empezó a disparar. Cuatro de los Nosferatu recibieron dos disparos en la cabeza, y otros dos, uno solo. En el mismo movimiento fluido, guardó las dos armas y desenvainó sus espadas.

Los dos Nosferatu de delante no se dieron cuenta de que sus seis compatriotas de detrás estaban en el suelo. Bethany Anne corrió a su encuentro mientras ellos trataban de cazar la carne fresca. El de la izquierda estaba más cerca. Eso solo significó que fue el primero en perder la cabeza. El segundo vivió un instante más. Los dos Nosferatu que solo habían recibido un disparo apenas tuvieron tiempo de levantarse antes de que sus cabezas rodaran de sus hombros. Los otros cuatro chillaban retorciéndose en el suelo. Bethany Anne se acercó tranquilamente a ellos y los decapitó uno por uno.

Levantó la vista, con los ojos aún rojos y los colmillos extendidos, y sonrió a Gabrielle.

—¿Has aprendido algo?

Gabrielle asintió. Había aprendido cómo reducir a pulpa a un grupo de Nosferatu antes de decapitarlos. Y también que esa mujer era aún más condenadamente aterradora y peligrosa de lo que había pensado.

Esa noche rastrearon otros dos pequeños grupos de Nosferatu y Bethany Anne dejó que Gabrielle se encargara de ellos, siempre acompañada de dos hombres para cubrirle las espaldas. Una de las criaturas logró rozar su chaleco antibalas antes de que Scott le disparara en la cabeza y ella lo rematara rápidamente.

De vez en cuando, veían a alguien mirar por una ventana, intrigado por los disparos. Después de cada combate, Bethany Anne llamaba a Bobcat, quien informaba la dirección a la policía para que se encargaran de los cuerpos. Después de su última refriega, también proporcionó las coordenadas de un contenedor de basura para que la mujer que estaba dentro pudiera ser puesta a salvo.

Volvieron al helicóptero tras eliminar a quince Nosferatu. El vuelo de regreso fue agradable, todos contentos de haber participado en una misión que había salido tan bien.

La segunda noche les permitió entrenar más.

Y la tercera les dio la oportunidad de capturar a un líder de los Deshonrados.

* * *

Giannini se despertó en una habitación de hospital. Tenía ambas manos vendadas y una mujer con traje estaba sentada en una esquina, leyendo un fajo de papeles.

—¿Hola?

La mujer tenía el pelo negro, llevaba gafas y rondaba los cuarenta años.

—Hola, señorita Oviedo. ¿Cómo se encuentra?

—Cansada y desorientada. ¿Dónde estoy?

—En una clínica cerca del cuartel general de la policía. Soy la inspectora Rodríguez, de la policía de San José. Estoy investigando personas desaparecidas y asesinatos relacionados. ¿Se siente con fuerzas para responder algunas preguntas? Siento interrumpir su descanso, pero necesitamos reunir la mayor cantidad de información posible lo más rápido que podamos. El tiempo apremia. Y no se sienta cohibida, dígame todo lo que recuerde de anoche.

—Claro, claro. Y tutéeme, por favor. —Giannini pulsó el botón para que su cama se inclinara hacia arriba. No se encontraba mal, y la somnolencia iba remitiendo poco a poco—. ¿Por dónde quiere que empiece?

—¿Qué tal por a qué hora fue al centro y por qué estaba allí?

Giannini exhaló un suspiro.

—El motivo es muy simple: soy periodista para el *Tico Times* y necesito una exclusiva para hacerme un nombre. Es un trabajo despiadado. Si no puedo escribir un artículo sensacionalista, pasaré el resto de mi vida corrigiendo los de otros. Sería realmente aburrido. He oído hablar de esas desapariciones y asesinatos y… —Miró a Rodríguez—. Seguro que le alegrará escuchar esto, pero ninguno de mis contactos en la policía quiso decirme nada al respecto. —La mujer sonrió—. En fin, salí anteayer por la noche. Todo parecía tenebroso, pero no pasó nada. Sabía dónde habían ocurrido los asesinatos y decidí ir anoche para ver si descubría algo.

—¿Fuiste sola?

—Sí. Traté de que me acompañara alguien, pero incluso mi mejor amigo se negó. Me dijo que estaba loca. ¡Pero necesitaba un artículo!

Mientras Giannini hablaba de los acontecimientos, se dio cuenta de que tenía su artículo… si la inspectora le permitía escribirlo.

—Aparqué mi coche y caminé hasta la zona donde se suponía que habían ocurrido los asesinatos. No llevaba más que unos minutos allí cuando escuché un ruido detrás de mí. Me asusté y empecé a correr para alejarme… lo cual también me alejó de mi vehículo. Después de unos metros, vi ojos brillantes detrás de mí…

—¿Brillantes?

La inspectora tenía una libreta en la mano, en la que anotaba lo que Giannini contaba. Pero, en ese momento, se detuvo para mirarla fijamente.

—Sí. Vi un par de ojos, luego dos pares. Eran ojos rojos que brillaban en la noche. Fue aterrador y corrí más rápido de lo que creí posible. Eran humanos.

—¿No animales?

—Desde luego, no animales. —Giannini notó que la inspectora no parecía sorprendida. Más bien, parecía querer asegurarse de que la periodista estaba segura de lo que había visto—. Pude verlos a la luz de las farolas. Eran dos personas, y tenían manchas de sangre en la cara y en las camisas.

—¿Qué pasó entonces?

—Cuando se acercaron a mí, vi a tres personas de pie en medio de la calle: dos hombres y una mujer. Todos iban armados y vestidos de negro. Los hombres tenían armas militares, rifles, y la mujer pistolas y… ¿espadas?

—¿La mujer tenía espadas?

—Sí, sin duda. Estaba más cerca. Me dijo algo, pero miré detrás de mí y tropecé con algo y caí. Luego escuché muchos disparos, y después, nada. Estaba aterrorizada. Uno de los hombres, un hombre negro, vino a ayudarme. —Miró sus manos—. Limpió mis rasguños. Luego la mujer dijo que se acercaban más. Estaba asustada. El hombre me levantó sobre su hombro y sentí que algo me pinchaba la nalga. Y me desperté aquí.

—Te dispararon con un dardo para noquearte. Creemos que te metieron en un contenedor para mantenerte a salvo.

—¿Estuve en un contenedor?

—Sí. En cierto modo tiene sentido. Nos dijeron dónde encontrarte y te trajimos aquí.

—¿Puedo irme?

La inspectora cerró su libreta.

—Según los médicos, estás en perfecto estado de salud. Sin embargo, debo pedirte que no escribas el artículo que casi te cuesta la vida. —Rodríguez levantó la mano—. No digo que no vayamos a llegar a un acuerdo. Me has dado información valiosa que no habíamos podido obtener. Las personas que viste anoche son extranjeros. Han limpiado nuestras calles y eliminado a quince de esos asesinos drogadictos…

—¿A quién intentas mentir? No soy el público que está dispuesto a aceptar lo que tú digas en lugar de lo que yo vi. Las drogas normales no hacen que a las personas les brillen los ojos de color rojo.

Rodríguez reconoció el mérito de la joven. No se dejaba presionar con la línea oficial.

—No puedo decirlo de otra manera. Como te decía, mataron a quince de esas… de esas cosas. Un grupo de cinco policías tuvo que enfrentarse a una. Dos murieron, otro está en estado crítico. Los otros dos están gravemente heridos pero deberían recuperarse. Tenemos patrullas recorriendo todos los barrios con la esperanza de encontrar testigos dispuestos a hablar. Pero, por ahora, no tenemos nada. Parecen creer que, si hablan, o los extranjeros vendrán a castigarlos o dejarán de protegerlos.

—Pero ¿por qué quieren saber más sobre ellos? ¿No saben ya quiénes son?

—No. Pero quizás puedas ayudarnos. No puedo permitirte escribir tu artículo, aunque compartiré contigo lo que sé. Entonces podrás escribirlo para hablar un poco de lo que está pasando. Debería ser suficiente para lanzar tu carrera, ¿te interesa?

—No entiendo por qué este interés en mí. ¿No tienes agentes en mejor posición para hacer lo que necesitas?

—Sí, pero forman parte de la Agencia. Si los utilizo, y este otro grupo se entera, podrían marcharse, y no podemos arriesgarnos a que eso ocurra. Pero, si los sigue un periodista, ¿qué podríamos hacer? En este país tenemos libertad de prensa. —La mueca de Giannini reveló lo que pensaba de esa afirmación—. Cuando la población tiene miedo, está al límite y podría estallar en cualquier momento, no podemos permitirnos que se publiquen artículos incendiarios.

—Aún no he escrito nada.

—Sí, pero lo harías. El problema es que estuviste en primera línea y viste todo con tus propios ojos. La gente podría creerte. Tendríamos que luchar contra esas cosas por la noche y contra una población enfurecida durante el día.

—En realidad, lo entiendo. No pretendo desatar el caos en las calles. Pero, si te ayudo, ¿me ayudarás a cambio? Y no hablo de la policía en general, sino de ti en concreto. ¿Me ayudarás con esta historia y con otras en el futuro?

La inspectora Rodríguez suspiró. ¿Por qué siempre era tan difícil trabajar con periodistas?

—Sí, te ayudaré personalmente cuando y como pueda. Esto no es un acuerdo por el que te diré lo que quieras, pero te ayudaré en la medida en que mis responsabilidades me lo permitan.

Giannini comprendió que eso era lo mejor que podría obtener de esa mujer, pero ya era más de lo que tenía el día anterior.

Y, al menos, no habría arriesgado su vida en vano.

Capítulo 19

Frankfurt, Alemania

A Iván le había sorprendido la rapidez con que Stephen había conseguido que Terry accediera a ayudar. Parecía que había temido por su vida, y estaba sorprendida por la facilidad con la que Mathis había sido rechazado por Stephen el día anterior. Se preocupó cuando él explicó que ella debería invitar al otro a su casa, pero él la tranquilizó diciéndole que Mathis no la molestaría más después de eso. Nunca más. Ella decidió no hacer preguntas de las que, probablemente, no quisiera conocer las respuestas. Le parecía obvio que, sin Stephen, Mathis seguiría acosándola y temía no sobrevivir. Si Stephen no lograba su objetivo, se iría de la ciudad al día siguiente.

Le dijo que Iván se alojaría con ella en una *suite* del Hotel Hessischer Hof. Les proporcionarían dos habitaciones contiguas con nombres falsos.

Stephen e Iván tomaron un taxi hasta el pequeño apartamento de la chica, en un edificio de tres pisos. El taxi los esperó fuera mientras subían las escaleras. Ella los hizo entrar y les mostró el piso antes de que Iván bajara con ella al taxi, que luego los llevó al hotel.

Cuando Iván los registró en la recepción, se alegró de no tener que pagar la cuenta. Incluso con su salario mensual por trabajar y ayudar al vampiro, estaba por encima de sus posibilidades.

Stephen echó un vistazo al apartamento. Era pequeño, con solo una habitación y una cocina. En lugar de tener habitaciones separadas para la sala y el comedor, había solo una amplia sala con un bar. Necesitaba el apartamento por dos razones: la primera era por si el otro vampiro era lo bastante listo como para confirmar su nombre y dirección; y la segunda, por su olor.

Mathis estaba obsesionado con su necesidad de complacer a la joven. Cuando abriera la puerta, el olor lo abrumaría y perdería gran parte de su lucidez. Era algo similar a lo que les pasaba a los humanos, pero sus sentidos vampíricos más agudos, amplificados por su carácter, lo harían perder el control con mayor facilidad.

Stephen encontró un iPod colocado sobre un altavoz en la habitación. Después de buscar un poco, encontró música apropiada para la ocasión. Esa mujer, que parecía tan autoritaria, parecía ser secretamente una romántica de corazón. Le gustaban sus gustos. Seleccionó una lista de reproducción de clásicos del género que comenzaba con *Unchained Melody,* de los Righteous Brothers. Ajustó el volumen lo bastante alto como para que Mathis creyera que ella no lo escucharía entrar y para que él pudiera escucharlo desde el pasillo. Desatrancó la puerta, cruzó el pasillo hasta el baño, justo enfrente de la habitación, y esperó.

En efecto, había que poner el cebo adecuado.

Recibió un mensaje de Iván para informarle de que Terry y él ya estaban en sus habitaciones del hotel. Eran las tres y media, así que Stephen pasó el tiempo en Internet. Encontró la página de Facebook de Terry. La famosa red social había comprado recientemente otra, StudiVZ. Estaba fascinado por todas esas plataformas donde la gente exponía sus vidas. Envió a Terry una solicitud de amistad Ella ocultaba la mayoría de sus publicaciones al público en general, así que tendría que esperar a que viese la solicitud en algún momento.

Luego abrió Tinder y revisó algunos perfiles. Nunca había encontrado una mujer en esa aplicación lo bastante atractiva como para deslizar hacia la derecha, pero le encantaba pasar las fotos de todos esos rostros. Como se encontraba en Alemania, configuró la aplicación para mostrar solo a las personas en la región.

Su teléfono emitió una notificación de Facebook, apagó el sonido de inmediato y se reprendió a sí mismo por haberse olvidado de bajar el audio antes. Lo último que necesitaba era que su móvil lo delatara. Un vistazo a la hora le indicó que faltaban quince minutos para las cinco. Terry había aceptado su solicitud y él se sintió muy emocionado. La emoción de la caza seguía siendo tan poderosa como siempre, a pesar de los siglos que había vivido. Sin embargo, no pensaba que pudiera contentarse con una sola mujer. No le molestaba en absoluto entregar su lealtad a Bethany Anne, pero no era lo mismo que vivir con una misma mujer durante varias décadas.

Si no se le pedía que hiciera promesas, era ideal. No solo las mujeres modernas tenían aventuras. Algunas, en el pasado, lo habían informado de que solo era una aventura de una noche. Incluso la hija del conde sabía que sería un trofeo político y estaba feliz con su futuro marido. Simplemente se había divertido con él, por así decirlo. Él había aceptado los términos, llevándola al séptimo cielo por una noche, y se fue por la mañana sin esperar nada a cambio, aparte de un hermano furioso. Pero, por suerte, parecía que ese tipo de cosas ya no eran un problema.

Apagó su teléfono y esperó en el baño oscuro. Casi diez minutos después, mientras Percy Sledge cantaba *When a Man Loves a Woman* en el iPod, Stephen escuchó la puerta de entrada y a Mathis pronunciar su nombre en voz alta. No demasiado fuerte, por supuesto. Estaba impaciente, se notaba. La puerta se cerró y el sonido de sus pasos se acercó.

Una sonrisa se formó en los labios de Stephen. Cuando escuchó los pasos en la puerta abierta de la habitación, tiró de la cadena del inodoro. Si él hubiera sido Mathis, se habría desvestido con rapidez y metido en la cama. Con un poco de suerte, ese idiota sería un romántico. Miró por la abertura de la puerta y vio que la puerta de la habitación estaba cerrada.

Salió, se acercó a la puerta del dormitorio y la abrió. Mathis estaba bajo las sábanas. Stephen disfrutó con la expresión de sorpresa de su cara.

—¿Qué pasa, Mathis? ¿Sin vino? ¿No te dije que dejaras en paz a los humanos? Si no puedo confiar en ti con esta simple orden, entonces no puedo confiar en ti para nada.

Con gesto tranquilo, cerró la puerta detrás de él. Un breve grito precedió a un largo silencio.

Veinticinco minutos más tarde, una furgoneta Mercedes Benz blanca se acercó a la entrada del complejo de apartamentos y encendió las luces de emergencia. Tres de los cuatro hombres que estaban en el vehículo salieron y se dirigieron al edificio. Salieron unos diez minutos después, transportando algo pesado envuelto en una sábana. Uno de ellos llevaba bolsas de basura que arrojó en un contenedor. Dos volvieron a subir y salieron con un colchón que parecía manchado. Luego, el vehículo se puso en marcha y se perdió en el tráfico.

Por la mañana, la sábana se abriría y el cuerpo de Mathis sería expuesto al sol. En pocas horas, el cadáver se desintegraría. Los hombres lobo cavarían un agujero y arrojarían los restos sin ceremonias. Hasta el día anterior, habían sido parte de la red clandestina. Se los obligaba a hacer todas esas cosas para que entendieran lo que podían esperar si decidían ignorar las órdenes de Stephen. Los tres regresaron a su manada, convencidos de que cualquier otra opción los llevaría a ser ejecutados.

Stephen tomó un taxi y recogió a Terry en el hotel. Salieron juntos a comprar un nuevo colchón y sábanas. Ella no quiso preguntar por qué tenía que reemplazarlos, pues se imaginaba lo que debía haber ocurrido. Terminaron las compras lo bastante temprano como para cenar juntos. Ella lo pasó bien.

Él era extraño y misterioso, lo que la fascinaba. Sin embargo, también era muy peligroso y, en ese momento de su vida, Terry quería menos peligro en su vida. Ella le deseó buenas noches y Stephen fue a tocar la puerta de Iván para informarlo de que regresaría a su *suite* en el otro hotel. Hablarían por la mañana. A Iván le gustaba esa habitación, así que acordaron tomar un taxi a las once de la mañana para reunirse.

Stephen regresó solo. No era la primera vez que tenía que solucionar un problema y eso arruinaba una buena oportunidad. Y tampoco sería la última.

Tenía el nombre de otro vampiro, en París. Pero se ocuparía de eso después de hablar con los hijos de Clarita.

Un poco más tarde, habló con Bethany Anne y la puso al día. Estaba muy contenta con los resultados y se compadeció por su pérdida.

—No pierdas la esperanza, Stephen. Puede que solo necesite tiempo para superar su reacción a todo. Sabe que alguien ha sido asesinado en su apartamento.

Él pensó que era un buen argumento y decidió preguntarle a Terry si quería mudarse. Era lo menos que podía hacer por ella después de que hubiera servido de cebo.

Colgaron y Stephen regresó a su habitación.

Todo el personal notó su mal humor, así como el hecho de que su amigo estaba ausente. Se rumoreó que el amigo debía haber tenido suerte y a él debían haberlo rechazado. Tres de las mujeres se apresuraron a ofrecerse para asegurarse de que estaba bien, pero todos sabían que Stephen había exigido que no lo molestaran a menos que él o Ivan los requirieran.

El gerente sorprendió a una de las damas, Felicity, mientras se dirigía a la entrada secreta que conducía a la *suite*. Con calma, le pidió que se fuera a trabajar al otro lado del hotel o que se fuera a casa y se quedara allí.

WASHINGTON, DC, EE. UU.

Lance y Frank se reunieron en el restaurante del Mandarin Oriental. Las investigaciones que Frank había iniciado habían dado resultado la mañana anterior y revisaron juntos los hallazgos.

Parecía que el respetado miembro del Congreso William Pepper estaba metido hasta el cuello en chanchullos con Sudamérica así que habían encontrado a su culpable y tenían una idea para obligar al político a trabajar para ellos. Frank había hablado con Bethany Anne, quien le había dicho que necesitaba un topo.

—Dado que este tipo ya es un corrupto —dijo—, será mi títere. Moveré mi mano y él pronunciará mis palabras.

Frank había anotado la frase para usarla en su libro. La política era un campo complejo con tanta gente honesta como corrupta. Aunque sin duda había hombres y mujeres buenos a ambos lados del hemiciclo en la Cámara y el Senado, también era cierto que algunos estaban tan sucios como el carbón.

Tener a un político corrupto bajo su control no molestaba en absoluto a Bethany Anne. Ella le permitiría apoyar a su electorado como debía, lo que ya era algo. Pero, si la traicionaba, lo mataría. Era una chantajista muy celosa que no permitiría que su congresista fuera por libre.

Ella había explicado que buscaba una forma de llegar a Antón, y Frank le habló de todas las llamadas telefónicas a Sudamérica.

—¡Genial! ¿Podemos saber quién estaba al otro lado de la línea?

Frank dijo que sí, pero que llevaría unos días. Ella no le puso problemas. De todos modos, estaban atrapados en San José hasta que se resolviera todo el lío con los Nosferatu, le dijo. Si nadie los molestaba, deberían terminar en unos días.

Lance bebió el café que la camarera acababa de servirle en su taza. Estaba bueno, pero no tanto como el del otro día.

—Bien, ¿y cómo vamos a convencer a Pepper de que se ponga de nuestro lado?

Frank sonrió mientras vertía azúcar de verdad en su café, por primera vez en mucho tiempo. Con su cuerpo rejuvenecido, dudaba que unas pocas calorías pudieran hacer mucho daño.

—Le enviaremos un paquete con copias de sus cuentas bancarias y toda la información que hemos encontrado sobre él. Si todo eso se filtrara a la prensa, su carrera quedaría destrozada.

—¿Qué? —preguntó Lance con fingido asombro—. ¿No es mi hija quien va a tratar con él? ¿Quieres hacerlo al estilo de la vieja escuela?

Su compañero levantó la taza en un brindis simulado.

—¿A quién llamas viejo, vejestorio?

El general no pudo evitar reír. El cabello de Frank empezaba a oscurecerse, haciéndolo parecer más joven que Lance. Después de un corte de cabello, que había eliminado sus canas, y con su sonrisa casi permanente, Frank parecía tener menos de la mitad de su edad.

—Te diría que respetaras a tus mayores, pero eres más viejo por dentro que esa capa de pintura, capullo.

—Rompeculos.

—Mi hija te haría hacer flexiones por el uso constante de la misma palabrota.

—¿Qué, vas a delatarme?

—¡Claro que no, cabronazo de pito minúsculo! No querría que tu corazón fallara. Solo te estoy advirtiendo, cabrón.

Estallaron en carcajadas, y los demás en el pequeño restaurante los miraron. Volvieron a controlar su arrebato.

Lance dio un sorbo al café. Seguía deseando que hubieran vuelto al otro lugar.

—En fin, enviamos un paquete con todas esas pruebas, asegurándonos de que no pueda rastrear al remitente, y luego ¿qué?

—Dejamos Washington y volvemos a Miami, al menos esa es mi sugerencia. Esperamos y dejamos que ese cerdo grasiento sude. No hay mejor manera de ponerlo nervioso que hacerle saber que alguien conoce su secreto y dejarlo esperando.

—Eres un verdadero hijo de puta, ¿no?

—Quizás. ¿Te conté la vez que tuve que ayudar a un cabrón que soltaba idioteces a concentrarse en otra cosa? ¿No? —Frank sonrió—. Pues estaba acostándose con tres mujeres al mismo tiempo, así que me aseguré de que las tres. .

—¡Ah, joder no, no lo hiciste!

—Sí, claro que lo hice.

—¿Cómo terminó?

—Una de las mujeres le apuñaló el culo con un cuchillo de mantequilla. ¿O fue un cuchillo de carne? Salió mejor de lo que esperaba.

Lance golpeó la mesa con el puño y estalló en una risa estrepitosa. Las miradas se volvieron hacia ellos de nuevo. Se limpió una lágrima de la mejilla e hizo señas al camarero para que les llevara la cuenta.

—Dios, qué bien. Mierda. Esta tiene que ser una de las reuniones más divertidas de las que he formado parte… desde el desayuno en la casa de las tortitas. —El teléfono de Lance sonó y lo miró—. Frank, un segundo. Es Patricia. —Frank asintió y dio un sorbo a su café—. Buenos días, Patricia. Estoy en Washington, así que estoy despierto desde hace un rato. No, no estoy acostándome con nadie, ¡idiota! ¿Cómo puedes creer eso? Ah, bueno, está bien. Esa puede que sea una de las pocas razones por las que vendría a Washington. Pero no es eso en absoluto. Estoy aquí por negocios.

»Sí, cuando dije que podías trabajar para mí si decidías dejar el Ejército, lo dije en serio. ¿Qué te ha hecho cambiar de opinión? ¿Rumores de que podrían cerrar la base?

Lance miró a su compañero, levantando una ceja. Frank pagó la cuenta y sacó su portátil. Había varias bases de datos que podía consultar para encontrar la información.

—Por supuesto, pero tendrás que mudarte, porque viajo mucho. Bueno, por ahora estoy radicado en Miami, pero eso podría cambiar a Inglaterra. O quizás algún lugar más cercano a donde estés. No puedo decir más por el momento. Si soy sincero, tendrías que ir de hotel en hotel algún tiempo. ¿El salario? ¿Qué te parecería un veinte por ciento más de lo que ganas actualmente, con un treinta por ciento adicional para cubrir los gastos de viaje? Si dejamos de movernos, perderías ese extra. ¡Dios mío!, ¿te has convertido en tu propio agente? ¿De qué bono hablas?

Lance le guiñó un ojo a Frank, quien acababa de mirarlo por encima de la pantalla de su ordenador. No había visto al general tan feliz en mucho tiempo.

—Está bien, pero no todo de una vez. Firmaré un bono de diez mil al principio con diez mil más después de noventa días, y otro pago después de un año. ¿Qué más, joder? ¿Seguro de vida? ¿Desde cuándo eres mercenaria? Ah, porque sabes para qué cabrón vas a trabajar, ¿eh? Solo por eso debería colgarte el teléfono. Eso pensaba. Una broma, mis cojones. Sí, está bien. Llámame cuando hayas solicitado tu traslado a la empresa. Le pediré a mi secretaria actual que te envíe los billetes. No ha trabajado conmigo tanto tiempo como tú, pero tiene un puñetero acento muy sexi. Joder, si la llamo solo para que me lea el periódico.

Las miradas se volvieron hacia ellos otra vez cuando Lance estalló de nuevo en carcajadas, debido a la mordaz respuesta de Patricia. Al final volvió a ponerse el auricular en la oreja. Desde donde estaba, Frank podía escuchar a la mujer y su aguda voz maldecir a su jefe.

—No sabía que todavía fueras capaz de usar ese lenguaje. Y yo que pensaba que eras refinada. Imagina mi sorpresa. Te puedo asegurar que no estás preparada para entrevistas de trabajo en el sector privado, Patricia. Deberías rezar por conseguir el primer trabajo que se te presente. De lo contrario, no creo que tengas mucha suerte. —Apartó el teléfono unos centímetros de su oreja durante diez segundos.

»Vale, mira, bromas aparte, te quiero en mi equipo, así que calcula cuándo puedes llegar a Miami. Lo siento, las mascotas no son negociables. No sabía que tuvieras mascotas. No, lo siento, no puedes tener ese gato que siempre has querido. Compra uno de peluche en ToysRUs. Sí, soy un cabronazo sin corazón. Confía en mí, me lo agradecerás más adelante. Sí, llámame dentro de cuarenta y ocho horas para ponerme al día. Adiós.

Lance colgó. Frank no levantó la vista de su portátil:

—Parece que desde tu partida, algunos altos mandos han decidido que sería mejor, por razones presupuestarias, cerrar la base. Casi todos serían trasladados a otro lugar. Los científicos en los sótanos recuperarían el espacio para continuar sus investigaciones, pero no tienen el presupuesto necesario.

—Joder, lo cerraría solo para deshacerme de esos cabrones. Siempre fueron un grano en el culo.

Frank cerró su portátil.

—He hecho búsquedas que seguirán funcionando en mi ordenador principal, pero ya puedo decirte que hay muchas maniobras tras bambalinas. Como tu base está lejos de todas las grandes ciudades, no hay demasiados políticos interesados.

—Siempre fue difícil atraer buen personal porque está tan lejos de todo. Sería perfecto, sin embargo, para lo que queremos hacer.

—¿Crees que podríamos comprarlo?

Lance consideró la pregunta.

—No de inmediato. No estaremos listos en una semana o lo que sea. Tal vez en uno o dos años. Veré si podemos pagar una parte ahora, para que lo reserven. Haré algunas llamadas a viejos amigos.

—No tendremos la misma infraestructura que una de las bases de Gran Bretaña —señaló Frank.

—Es cierto, pero tendríamos todos los edificios necesarios y podríamos permitirnos trasladar a todo nuestro personal allí. También nos daría un mejor control de los movimientos. Hablaré con Bethany Anne, pero sería un buen lugar para la sede de nuestra empresa. Mierda, incluso tendríamos nuestro propio aeropuerto. Y si difundimos un rumor sobre la base de que será comprada por una empresa privada que necesitará personal de seguridad, es posible que algunos se queden. Muchos tienen familia y propiedades en Denver.

Frank volvió a meter el portátil en la mochila y se levantó.

—Entonces, volvamos a Miami para preparar la Operación Puñetera Titiritera.

Lance gruñó de risa.

—Déjame adivinar, ¿mi hija?

Frank se limitó a sonreír.

—¿Quién si no?

Capítulo 20

San José, Costa Rica

Era la tercera vez que Shelly transportaba al mismo equipo. Se habían encargado de dos infestaciones menores de Nosferatu la noche anterior. Ahora, por fin tenían una buena idea de dónde se escondían algunos Deshonrados en el lado norte de la ciudad. Bethany Anne esperaba capturar a uno de los vampiros.

La policía les había hecho demasiadas preguntas para su gusto. Así que les hizo entender con amabilidad que podrá resolver sus problemas por su cuenta si insistían demasiado. Eso los calmó enseguida.

Dicho esto, ella podía comprender el dilema de la policía. Era difícil luchar contra el Mundo Ignoto sin saber nada al respecto. Era probable que algunos miembros del Gobierno estuvieran al tanto, pero, como no habían contactado a Frank, Bethany Anne solo podía suponer que trabajaban con el enemigo.

Su helicóptero no pasaba desapercibido. Costa Rica tenía un respeto multicultural por los idiomas y, aunque el español era el idioma oficial, se hablaban muchos otros, incluido el inglés, lo que facilitaba la recopilación de información en las webs de noticias.

No podía evitar que el helicóptero fuera visto. Necesitaban a Shelly para transportar todo su equipo y tenían que aterrizar en el lugar elegido. Después de la primera noche, habían añadido a Pete al equipo porque necesitaban a alguien que se quedara atrás para vigilar el Black Hawk, en caso de que a algún listillo se le ocurriera añadir el aparato a su colección privada. Bethany Anne buscó una zona de retorno rápido antes de salir. Si las cosas se complicaban, la llamarían y ella podría regresar en un abrir y cerrar de ojos, siempre que la zona permaneciera despejada.

Había leído el informe sobre los oficiales que se habían enfrentado a los Nosferatu y habían sido asesinados. Hasta que no te enfrentabas a uno y sobrevivías, no era posible entender lo difícil que era para un humano derribar a esos bastardos.

Gabrielle mejoraba día a día, como combatiente y como líder. Después de algunos comentarios sarcásticos, siempre se lanzaba al ataque cada vez que se encontraba un nuevo nido de Nosferatu. Los chicos eran excelentes como refuerzo. Por lo tanto, Bethany Anne se limitaba a quedarse atrás y observar la escena. Una vez que terminaba la batalla, hacía comentarios y daba consejos, y la otra vampira, ya impresionante, mejoraba aún más.

Shelly podía casi hacer el viaje de ida y vuelta entre el Polarus y San José dos veces antes de necesitar repostar. Bethany Anne le había pedido a Bobcat que se mantuviera en el aire hasta que encontraran algo o hasta que ella le pidiera que aterrizara. Pete estaba sentado delante, junto al piloto.

Con un gesto de la mano, les indicó a todos que se prepararan. Esa noche sería una masacre y ella, el ángel de la muerte. Sus ojos brillaban sin que lo quisiera, y sintió que sus colmillos se alargaban. Le costaba controlar sus emociones. Se aseguró de que Darryl y Eric estuvieran a salvo, luego abrió la puerta para disfrutar de una bocanada de aire fresco bien merecida.

Eric miró a Darryl, quien se encogió de hombros. Si la jefa quería disfrutar del paisaje, ¿quiénes eran ellos para impedírselo? Después de todo, era su helicóptero.

Se abrochó el cinturón y se dejó colgar de la abertura. No había escalón, ya que Shelly tenía tres ruedas. Parte del armamento la molestaba, pero aún así logró observar las calles de abajo con su visión superior y buscó cualquier señal sospechosa. Pasaron unos quince minutos antes de que notara una perturbación en un gran parque al este del cementerio. Su voz resonó en los auriculares de Bobcat cuando le pidió que se dirigiera en esa dirección. Estaba ansiosa por lanzarse al combate, sentía una gran inquietud y se estaba volviendo loca. No entendía muy bien lo que le estaba pasando, ya que nunca había sentido eso antes.

«TOM, ¿por qué estoy de los nervios?».

«Un momento. No lo sé».

—¡Maldita sea, Bobcat! Llévame allí ya, antes de que decida golpear algo, ¡porque Shelly es lo único que tengo a mano por ahora! —Él no respondió, pero el helicóptero descendió bruscamente y el rostro de Bethany Anne se iluminó con una sonrisa salvaje—. ¡Joder, síííí!

Su actitud era contagiosa. Los hombres prepararon sus armas. Todos conocían, amaban y respetaban a Gabrielle, y sabían que era una líder excelente, pero ir al combate con Bethany Anne era como una droga.

—¡Pete! —Él se volvió para mirarla como pudo—. Cuando todos hayan bajado, quiero que Killian, Bobcat y tú volváis a subir y que cubráis nuestras espaldas. Si la cosa se pone fea abajo, disparad a lo que veáis y haced papilla a esos sacos de mierda, ¿entendido?

—¡Sí, señora! —Se desabrochó el cinturón de seguridad con premura.

Bobcat los llevó unos treinta metros por encima de los edificios. Nadie esa noche podría haber confundido el helicóptero con otra cosa. Muchas ventanas estaban abiertas cuando el «protector nocturno» pasó frente a ellas rugiendo, con una mujer colgada en el aire cuyos ojos brillaban en la oscuridad.

Vio a dos equipos de Deshonrados reunirse, con quizás más de cuarenta cuerpos en ese caos.

—¡Llévame allí ahora, Bobcat!

Le costaba contener su deseo de desgarrar, destrozar, destruir. No se había sentido tan fuera de control desde que había abollado la pared dentro de la nave de TOM.

La voz de Bobcat resonó en sus auriculares.

—Voy a aterrizar a tres manzanas al norte. Estaréis en tierra en treinta segundos.

—¡A la mierda!

La vampira soltó la sujeción y se lanzó al vacío.

—¡Bethany Anne! —gritó John al verla desaparecer en la noche—. ¡Joder! Baja, Bobcat. Ahora mismo.

Todos se prepararon para saltar. Killian ajustó su rifle.

—¿Qué ha pasado? —gritó Bobcat, que giró a Shelly noventa grados.

Pete saltó a la parte trasera para tomar el control de las armas del helicóptero.

—Ya ha saltado. Lo juro por Dios, si sale de esta, voy a ponerla sobre mis rodillas y darle una paliza. No puedo creer esta mierda. —John estaba furioso y más que un poco preocupado por su jefa.

Gabrielle les gritó:

—¡Vamos, zorras! ¡Vamos a recuperar a nuestra puñetera reina, o no tendremos nada que hacer!

Saltó cuando aún estaban a seis metros del suelo. Los chicos, aunque preparados, esperaron a que Bobcat descendiera un poco más antes de seguirla.

El piloto elevó a Shelly de inmediato mientras Killian aseguraba la retaguardia.

* * *

Bethany Anne se deslizó a través del etérico para salir quince metros por detrás del grupo de Desamparados que se dirigían al cementerio. Su visión nocturna estaba teñida de rojo.

«Bethany Anne. —TOM no obtuvo respuesta—. ¡Bethany Anne!».

«¿Qué?».

«Ya sé lo que te pasa».

«¿Qué coño es?». Se lanzó tras los rezagados del grupo que la precedía. Podía escuchar a Shelly rugiendo mientras giraba en el aire sobre ella.

«Tienes la regla. Parece que puedes quedarte embarazada».

¿Qué? ¿Cómo diablos era posible? TOM le había asegurado que ya no podría. Había pensado que no era tan malo no tener hijos, así que se había sentido aliviada al saber que ya no tendría el periodo. Ahora comprendía mejor su estado de ánimo. Siempre había sido fácil irritarla, pero durante su menstruación se convertía en una máquina de ira perpetua.

Y era infinitamente más fuerte, mucho más peligrosa y estaba total y completamente enfurecida.

Bueno, esa noche sería un asco ser un Deshonrado esta noche.

Sacó sus pistolas y comenzó a disparar una bala por cabeza. En realidad, no quería matarlos de inmediato, pero necesitaba desahogarse, así que los destrozaría.

Derribó a diez de un solo golpe, más otros dos que se acercaron atraídos por el alboroto. Quedaban once en otro grupo. Los dos grupos habían comenzado a pelear en el parque.

Oyó que Gabrielle la alcanzaba.

—Maldita sea, Bethany Anne. Espera a tus refuerzos.

—¡Yo soy mis propios refuerzos!

Cinco Deshonrados aparecieron corriendo hacia ella, pero se estrellaron contra la roca indomable que era Bethany Anne. Gabrielle, que se había entrenado con ella en modo vampiro, se quedó atónita por la velocidad cegadora y la destrucción que estaba presenciando. Era una vorágine de pura cólera inmortal.

De reojo, vio a un pastor alemán lanzarse a través del parque. El perro atacó a un Deshonrado que se acercaba a Bethany Anne por la derecha. El vampiro cayó al suelo y el animal le desgarró la garganta.

Gabrielle oyó que el resto del equipo se acercaba corriendo mientras observaba la escena.

—*Gott Verdammt*. Incluso los perros la siguen en este puto caos. —Se volvió hacia su equipo—. No os pongáis en su camino. Estamos en una operación de contención. Es imposible hablar con ella por ahora. —Los chicos se limitaron a asentir con la cabeza y se lanzaron tras Bethany Anne y el perro, ambos cubiertos de sangre.

Shelly sobrevolaba la zona y, a su paso, el sonido rítmico de sus ametralladoras destrozaba los cuerpos que se acercaban a ellos. Todos escuchaban de vez en cuando un disparo de Killian. Ese sería el último paso del helicóptero antes de que Bethany Anne se encontrara en el corazón de la vorágine.

Se contaba más tarde que, esa noche, los muertos salieron de sus tumbas para luchar. Los gritos infestarían para siempre los sueños de aquellos que vivían cerca del parque.

El combate estuvo salpicado de golpes de espada, disparos, desgarros de carne, gritos, alaridos y maldiciones. Toneladas y toneladas de maldiciones, la mayoría dirigidas a los Deshonrados, y algunas a su jefa.

Pero no había un solo rostro en la Guardia Real de la reina que no sonriera durante la batalla. Luchaban como un solo hombre, donde cada uno sabía exactamente lo que sucedería a continuación. Scott se agachaba y Darryl disparaba por encima de su cabeza. Darryl se giraba y disparaba a la cabeza de un Deshonrado. La cabeza caía entonces bajo la espada de Gabrielle, casi al instante. Mataban, luchaban, protegían y contenían a todos los enemigos.

Sin embargo, les era imposible contener a Bethany Anne o al maldito perro que se le había unido. Eric había apuntado a un Deshonrado que se había alejado lo suficiente como para convertirse en un objetivo fácil cuando vio a Bethany Anne arrancar el brazo de un Nosferatu y usarlo como arma contra otro. Sin detenerse, giró sobre sí misma y pateó a su primera víctima, ahora manca, que cayó al suelo. Completó su rotación decapitando al segundo Nosferatu. Luego giró con brusquedad la cabeza hacia un grupo de árboles y, en un instante, desapareció.

—¡Se ha ido volando otra vez, joder! —gritó Eric.

John acababa de empalar a un Nosferatu con su cuchillo y Gabrielle le cortó la cabeza. El soldado sacó la hoja del pecho muerto y miró a su alrededor.

—¿Dónde?

La vampira señaló hacia los árboles.

—El perro corre hacia allí. —Todos los Nosferatu restantes se volvieron en dirección al can.

Gabrielle habría querido perseguir a la loca de Bethany Anne, pero su trabajo era asegurarse de que cada miembro de la guardia sobreviviera esa noche. No sabía muy bien a dónde había ido Bethany Anne, ni por qué, pero dudaba que algo pudiera dañarla.

Gabrielle sacó sus pistolas y disparó a los Nosferatu como le habían enseñado.

—Espero que no haga demasiado calor para vosotros en el infierno, chicos. —Una bala por cabeza. Falló su disparo con la decimocuarta criatura—. ¡Maldita sea! Bethany Anne se reirá de mí hasta el infinito.

Los chicos rieron mientras Darryl y Scott abatían a los dos últimos Nosferatu. Gabrielle envainó sus armas y se precipitó hacia un Nosferatu más alejado. Los otros corrían delante de ella, disparando a cada criatura herida al pasar. La vampira entonces les cortaba la cabeza para rematarlos. Se necesitaba la fuerza de un vampiro para cortar un cuello.

Escucharon al perro gemir de dolor y el sonido de metal contra metal más allá de los árboles. Después de acabar con el último Nosferatu, Gabrielle corrio hacia el bosque. A unos veinte metros, encontraron el cuerpo sin vida del animal.

Sin pensarlo, Gabrielle cortó su muñeca con la hoja de su espada y abrió la boca del animal.

—Vierte también sangre en las heridas —dijo John acercándose—. Bethany Anne curó mi pecho de esa manera.

Le ofreció su otra muñeca y John la cortó sin dudarlo con su cuchillo. Con precaución, vertió toda la sangre posible en la herida. El perro aún tenía problemas para respirar, pero había hecho todo lo que podía.

—Hay que protegerlo —dijo mirando a John.

Este último señaló a Darryl y Scott, luego al perro, y los dos hombres asintieron.

Sus muñecas estaban ensangrentadas, pero Gabrielle ya no sangraba.

—Vamos.

John y Eric, con ella al frente, formaron un triángulo y corrieron a través de la vegetación. Desembocaron en un pequeño claro y Gabrielle se sorprendió al ver un objeto del tamaño de un balón de fútbol volando hacia ella. Levantó la punta de su espada y el objeto se empaló. Solo entonces se dio cuenta de que se trataba de una cabeza, su rostro marcado por una expresión de sorpresa.

—¡Qué asco! —Con una mueca, la dejó en el suelo y presionó con el pie para retirar la hoja.

Alzó la vista y vio a Bethany Anne luchando contra otro vampiro más grande que ella.

John y Eric tenían sus armas listas para disparar. Pero era evidente que Bethany Anne disfutaba del momento. Se divertía con el otro como un gato con un ratón.

El equipo la oyó hablar durante toda la batalla:

—¿Es eso —clang, clang— lo puto —clang, clang, clang— mejor que tienes —clang, clang clang, clang clang—, cabronazo follamadres?

El otro vampiro gritaba de frustración y sudaba mientras se esforzaba en la lucha. Bethany Anne aumentó su concentración un poco y se echó a reír.

—¡No te reirás de mí, puta de mierda!

El equipo comenzó a criticar los movimientos del adversario:

—No es genial, la embestida. Si quieres golpearla, tienes que... Oh, no; así no, idiota.

El vampiro no apreciaba la pseudoayuda que recibía.

—¡Voy a matar a esta perra, y vosotros seréis los siguientes!

—Oh, oh —dijo Eric.

—Sí. —John asintió.

—Qué poco original —dijo Gabrielle, entornando los ojos—. Podría haber usado otro insulto, en serio.

—No me gustaría estar en su lugar —dijeron John y Eric a la vez.

Escucharon un movimiento detrás de ellos y se volvieron de inmediato. Vieron a Darryl acercarse, con el perro en brazos, y a Scott no muy lejos detrás de él.

—¿Qué es todo este alboroto? —preguntó Scott—. ¿Hay una fiesta y no nos han invitado o qué?

La pelea con espadas continuaba detrás de ellos.

—No hay cerveza por aquí —dijo John—. Estamos esperando a Bethany Anne...

Oyeron un ruido sordo y se giraron para ver cómo la vampira aplastaba las costillas de su adversario. Una fracción de segundo después, oyeron cómo le partía el cráneo de un puñetazo. Cayó al suelo, sujetándose los costados y gimiendo de dolor cada vez que respiraba. Bethany Anne sacó una pistola y le disparó en ambas rodillas.

—Quédate en el suelo, maldita sea, o será peor. —Envainó su arma—. Tienes suerte de que fuera el otro imbécil quien hirió a mi perro. —Se volvió hacia Gabrielle—. Encárgate de este idiota, nos lo llevamos. Llama a Bobcat y pasa nuestro informe a la policía.

Se acercó al equipo, cubierta de sangre y tripas. Sus ojos habían vuelto a la normalidad y sus colmillos habían desaparecido. Se detuvo junto a Darryl para mirar al pastor alemán y notó que sanaba lentamente. Darryl vio su mirada inquisitiva y señaló a Gabrielle con la cabeza.

Tomó con delicadeza al animal en sus brazos. El perro comenzó a lamerle la cara. Con cuidado, lo colocó en el suelo y levantó un brazo. Darryl usó su cuchillo para abrirle la vena. Bethany Anne dejó que su sangre fluyera en la boca del perro, que se dedicó a limpiar su muñeca con la lengua. Tuvo que repetir la operación.

Escucharon a Shelly aterrizar y las sirenas de la policía a lo lejos. Bethany Anne volvió a tomar al perro en sus brazos y oyó otro disparo detrás de ella. Al volverse, vio que Gabrielle levantaba la cabeza hacia ella.

—Este imbécil no dejaba de quejarse, así que le he dado algo para que se queje con razón. Si sigue, le pego un tiro en la polla. —Bethany

Anne sacudió la cabeza y volvió por los arbustos para largarse de allí antes de que tuvieran gente con quien hablar.

Al escuchar que la policía se acercaba, murmuró para sí misma:

—¿Algún día podré decirle a San José que se vaya al diablo y que sea definitivo?

Pete vio a Bethany Anne llegar con un perro en brazos. Miró a su alrededor y Bobcat le indicó dónde encontrar algunas mantas. Se apresuró a sacar dos y las extendió en el suelo. Ella subió al helicóptero y se acomodó sobre las mantas, sosteniendo al animal herido.

El resto del equipo no tardó en subir a bordo, con Gabrielle cerrando la marcha. Killian cerró la puerta y Shelly se elevó en la noche. Los vecinos del barrio los habían visto y los llamaron Protectores del Infierno.

* * *

Giannini conducía hacia el norte, siguiendo una pista de la inspectora Rodríguez, quien le había indicado qué barrio sería un punto caliente esa noche.

Conducía con normalidad cuando un helicóptero militar apareció de repente de la nada, rasgando la noche con sus hélices, en dirección norte, como si fuera a entrar en combate. Aceleró entonces, superando el límite de velocidad y condujo como una loca. Observó parte de la batalla desde la azotea de un edificio cercano al parque y vio a esas personas salir de entre los árboles y subir al helicóptero. Para ella, eran los Ángeles Oscuros, y ese fue el nombre que utilizó en su artículo cuando fue publicado.

Veinte minutos más tarde, Bethany Anne llamó al Ad Aeternitatem para asegurarse de que no había nadie a bordo de la nave. Le pidió a Bobcat que sobrevolara el barco, levantó al perro y se trasladó a través del éter a la cabina de TOM. Se dirigió a la enfermería y tecleó con torpeza la secuencia de apertura del pod médico mientras sostenía al animal. Lo colocó con cuidado en su interior y luego cerró la tapa.

TOM le indicó que introdujera una nueva secuencia para elaborar un informe genetico sobre el cánido. Se sentó, exhausta, en el pequeño banco retráctil. Veinte minutos después, oyó golpes en el exterior de la nave, como si algo metálico golpeara contra la puerta. Se levantó, se dirigió a la entrada y presionó el botón para abrirla. Gabrielle y Ecaterina estaban allí. La rumana llevaba una bolsa y Bethany Anne las invitó a entrar. Cerró la puerta detrás de ellas. No tenía ganas de hablar en ese momento, pero agradecía que las dos mujeres hubieran ido.

Volvió a la enfermería para revisar los paneles. En realidad, ella miraba y TOM interpretaba, informándola de que todo iba bien.

Satisfecha, se volvió a sentar. Una mancha de sangre ensuciaba la pared contra la que apoyaba su espalda.

Gabrielle rebuscó en la bolsa y sacó una bolsa de sangre. Bethany Anne hizo una mueca de disgusto, pero extendió la mano de todos modos. Necesitaba beber al menos una para recuperar fuerzas.

—Gracias —murmuró, aceptando la bolsa.

Vació el contenido y Ecaterina le ofreció unas toallitas. Al ver que Bethany Anne levantaba una ceja, la bonita rumana explicó:

—Bobcat pensó que querrías limpiarte un poco mientras esperas a poder ducharte.

Ese Bobcat era un ángel.

Se limpió la cara, el cuello, las manos. Luego se quitó la blusa y el chaleco protector. Ecaterina abrió una bolsa de plástico ultrarresistente y la mantuvo así para recibir la ropa ensangrentada.

Bethany Anne la miró a los ojos.

—¿Sabes qué? Encontré botellas de Pepsi en mi nevera.

Ecaterina pareció dudar por un instante antes de reaccionar como si no tuviera idea de lo que hablaba la vampira.

—¿De verdad? Qué raro. Estoy segura de que debieron contaminar las Coca-Colas a través de todas esas capas protectoras de plástico.

—Muy probablemente. Seguro que se convertirán en Pepsis voladoras capaces de atravesar el éter.

Ecaterina mantuvo una expresión neutra.

—Oye —interrumpió Gabrielle—, ¿puedes explicarme qué ha pasado antes?

Bethany Anne ni siquiera intentó hacerse la lista o evitar la pregunta. La forma en que había actuado durante esa pelea no respetaba las reglas, pero había sido la actitud correcta para ella en ese momento.

—Sí. La perra ha vuelto.

—Entonces, estabas enfadada. Eso no es razón suficiente para saltar del helicóptero sin nosotros.

Bethany Anne la miró sorprendida, luego recordó que ninguna de las dos mujeres era estadounidense.

—Ah, claro. Intentémoslo de otra manera. ¿El kraken rojo ha despertado? —Las otras dos mujeres parecían igual de confundidas—. ¿Caperucita se ha encontrado con el lobo?

—No te entiendo —dijo Gabrielle, encogiéndose de hombros.

—¿Ha habido una matanza ahí abajo?

—Lo siento, aún nada.

—¿Mi prima la comunista ha venido de visita?

Siendo la única humana presente, Ecaterina fue la primera en entender.

—¿Estás con la regla?

Bethany Anne asintió y Gabrielle se llevó la mano a la boca.

—¿Cómo es posible?

—Ni puta idea.

—¿Así que tus emociones se han vuelto nucleares? —preguntó le Ecaterina.

Bethany Anne volvió a asentir.

—Sí, se podría decir eso. Si no hubiera saltado en ese momento, habría empezado a golpear a Shelly. Quería, literalmente, destrozar algo… muchas cosas.

«TOM, ¿has encontrado una explicación?».

«Sí, y he hecho algunos ajustes. Tu uso creciente del éter desajustó las configuraciones originales y he tenido que hacer algunas correcciones. Lo que significa que Gabrielle también tendrá este problema algún día. Podré solucionarlo una vez que vea lo que está pasando. Mientras tanto, solo son conjeturas».

—Genial. —Se volvió hacia Gabrielle—. Adivina qué…

—¿Qué? —preguntó la otra con expresión confusa.

—Es tu turno. Bueno, al menos lo será algún día.

Gabrielle abrió la boca y se dejó caer al suelo, apoyando la espalda contra el pod.

—¿Voy a tener mi periodo de nuevo?

—Sí, así es. TOM dice que podrá quitártelo cuando suceda. Pero, por ahora, prefiere no tocar nada para no correr riesgos innecesarios. Así que, en resumen, ten cuidado cuando te acuestes con Iván.

—Dios, no he tenido que preocuparme por eso en siglos…

—Yo pensaba que ya había tomado esa decisión y había aceptado la idea de no tener hijos. Ahora que esta posibilidad vuelve a estar sobre la mesa, no sé qué pensar. Mierda, ni siquiera soy capaz de proteger a un perro. Casi lo matan por mi culpa.

—¿Qué perro? —preguntó Ecaterina.

Bethany Anne señaló la cápsula con el dedo.

—Sí. Desde el principio, cuando he perdido el control, ese pastor alemán ha aparecido en la escena como un terror sobre cuatro patas y le ha arrancado la garganta a un Nosferatu. Se ha quedado conmigo durante toda la pelea e incluso ha logrado encontrarme después de que me trasladara al lugar donde luchaban los dos vampiros. Han intentado unirse contra mí y, cuando el perro ha llegado, uno de esos cabrones le ha abierto el vientre y lo ha lanzado por los aires, probablemente rompiéndole algunos huesos en el proceso. Eso me ha enfurecido, así que he decapitado a ese sucio chupasangres y le he dado una patada.

Gabrielle resopló.

—Me preguntaba por qué me atacaba una cabeza voladora.

Bethany Anne sonrió.

—He metido al perro en la cápsula —continuó—, y TOM ha hecho algunos exámenes genéticos. Entre la intervención rápida de Gabrielle y mi sangre después, debería sobrevivir. Vamos a ver qué podemos hacer por él.

—Oh. —Ecaterina echó un vistazo a la cápsula.

La vampira se levantó y se estiró.

—No hay nada más que hacer por ahora, y no envejecerá ahí dentro. ¿Quieres ver la nave, Ecaterina?

Ella sonrió y su amiga hizo lo mismo.

—¡Por supuesto!

Durante quince minutos, recorrieron los pasillos. Una vez terminado el recorrido, regresaron a la enfermería para verificar el pod. TOM dio instrucciones y se introdujo una nueva secuencia en el panel. Una vez terminado, Bethany Anne levantó la cabeza.

—Está bien, el pequeño guerrero necesitará algunos días. Es hora de volver al mundo real.

Mientras Bethany Anne se ocupaba del perro y del pod, Gabrielle había usado toallitas para limpiar la pared.

Luego, las tres mujeres abandonaron la nave. Era hora de enfrentarse a su guardia.

Capítulo 21

Interior del Polarus, barco de la puñetera reina, cerca de Costa Rica

Chris pilotaba el Sikorsky, asegurando los viajes de ida y vuelta entre el Ad Aeternitatem y el Polarus. Mientras tanto, Shelly, con Bobcat a los mandos, sobrevolaba los alrededores para encargarse de la vigilancia durante algunas horas. Había habido muchas conversaciones en las redes militares y policiales tras la gran batalla que había tenido lugar en la capital de Costa Rica.

No podrían encubrir esa pelea.

Bethany Anne bajó del helicóptero y se reunió con los guardias que la esperaban. Intentaron reprenderla, pero les costaba contener sus sonrisas. Juntos, habían dado una tremenda paliza a los Deshonrados y, para colmo, nadie del equipo había resultado herido. Mostraban algunos rasguños aquí y allá, pero nada importante. Darryl tendría un ojo morado por un tiempo, pero eso era todo. John fue el último en ceder. Intentó mantener una expresión seria y severa, pero terminó sacudiendo la cabeza.

—¿Sabes?, me vas a provocar un infarto.

Ella levantó la mano, muy alto, debido a su diferencia de altura, para despeinarle el cabello.

—Dado todos los traseros que habéis pateado esta noche, sospecho que esa sería la única forma en la que podrías morir joven, señor Grimes. —Le ofreció una sonrisa radiante de al menos diez mil vatios—. ¿Dónde está nuestro invitado?

—Pete y Dan lo han acomodado en la bodega. Está montando un escándalo infernal.

Todos salieron del helipuerto.

—¿Sus heridas están sanando? —preguntó Bethany Anne.

—Un poco —dijo John, riéndose entre dientes—. Dan le ha pedido que se callara hasta que llegaras, pero ha seguido diciendo groserías, así que Dan le ha disparado con una bala de plata frangible. Esa herida está sanando más lentamente.

—Me sorprende que no se haya quejado del maltrato.

—Gritó, y cito: «¿Es disparar a alguien la única forma que tenéis de negociar?».

—En ese caso, estará feliz de saber que también puedo arrancar miembros y negociar si los devuelvo o no.

Eric estalló en carcajadas detrás de ella.

—Te he visto arrancarle un brazo a uno de los Nosferatu y golpear a otro con él.

—¿Cuándo? —preguntó ella.

—Justo antes de que desaparecieras.

—Ah, esa vez. —Para ser sincera, había perdido la cuenta.

—¿Cuántas veces lo has hecho?

—Más de una, seguro, y menos de quince. Todo el combate me resulta un poco borroso.

A medida que se acercaban a la bodega, oyeron las quejas y lamentos del prisionero. Dan y Pete estaban charlando cuando llegaron.

—¿Cómo está nuestro invitado? —le preguntó a Dan.

Lo oyó desde dentro de la celda.

—¡Qué puto dolor, cabrona!

Su cabeza se volvió hacia la puerta, sus ojos brillaban en rojo y sus colmillos sobresalían.

—Un segundo, Dan.

Era la misma voz que Dan había escuchado por primera vez en una tienda destartalada en medio de los Everglades, en Florida. Retrocedió, con una sonrisa en los labios.

Había disfrutado disparándole a ese idiota antes, pero sospechaba que disfrutaría aún más escuchando la siguiente conversación. Rebuscó en sus bolsillos.

—¿Qué buscas? —preguntó Pete.

—¡Mi teléfono! Quiero grabar esto…

Empezó a entrar en pánico, porque no quería perderse nada. Pete levantó su teléfono, con el micrófono ya activado.

—Tranquilo, yo me encargo.

Dan pareció aliviado y ambos sonrieron.

Bethany Anne no permitía grabaciones de video, pero el audio no le molestaba y el equipo se divertía mucho escuchándolas. Dan afirmaba que esta sesión pasaría a los anales.

Bethany Anne miró dentro de la celda por la pequeña rendija, pero retrocedió de pronto cuando una mano salió disparada entre los barrotes. Ese idiota había intentado golpearla. Ella agarró la mano y la tiró hacia abajo, rompiendo la muñeca del hombre. Un grito resonó en la habitación.

La mano desapareció y el prisionero retrocedió hasta chocar con la pared mientras profería obscenidades.

—¿De verdad? Eres un cobarde sin cojones. —Habló con calma mientras sacaba sus armas, que entregó a Pete y Dan—. Un imbécil. Un chupapollas. ¿Es eso todo lo que puedes hacer? —Hizo crujir sus nudillos uno por uno—. Maldito lameculos, comedor de mierda. ¡Toma esto!

Desapareció, luego reapareció en su celda y le dio la paliza de su vida. Cuando Pete apagó su teléfono, el vampiro estaba tirado en el suelo, suplicándole a Bethany Anne que lo perdonara por su falta de respeto. Le llevó tres intentos sonar convincente. Las dos primeras veces, ella había dicho «Eso no basta» antes de reanudar la paliza.

En algún momento, Gabrielle preguntó si alguien tenía una lima de uñas, ya que imbécil parecía cortito y ella quería hacer algo constructivo. En ese momento, Bethany Anne comenzó a romper huesos. El invitado por fin entendió el mensaje después de que ella le rompiera una pierna.

John miró a Dan.

—Tenías razón, esto pasará a los anales. He contado al menos cuarenta y siete insultos sin una sola repetición. A Frank le encantará.

Dan asintió.

Bethany Anne le pidió que la acompañara a la celda y se quedó junto a él para protegerlo mientras hacía preguntas. Dan comenzó por preguntarle al vampiro su nombre, que resultó ser Muerto. Ella estalló en carcajadas. El vampiro parecía a punto de decir algo, pero se contuvo.

Dan logró sacarle los nombres de otros dos vampiros de mayor rango que estarían en el círculo de Antón. Por desgracia, Muerto no sabía nada de su objetivo. Solo había oído el rumor de que podría estar en Argentina. Ese bastardo seguía siendo tan difícil de encontrar como una puta aguja en un puñetero pajar.

Bethany Anne estaba impaciente y no mejoraba. Esperaba que Frank lograra encontrar una pista con la información telefónica que había obtenido.

Quizás no debería haber matado a Clarita tan pronto.

Las Vegas, Nevada, EE. UU.

Jeffrey y Thomas se habían reunido con agentes inmobiliarios y habían visitado, en los últimos dos días, numerosos lugares en Las Vegas y otras ciudades cercanas. Al final, encontraron tres edificios de hormigón bien aislados que cumplían con las especificaciones requeridas.

Las estructuras habían pertenecido en su día a una base militar y ahora se encontraban fuera del perímetro de seguridad de esta, en una zona que, por menos de cien mil dólares, podía ser cableada para trabajar con un gran flujo de datos.

Llamaron a Nathan para discutir los detalles y él verificó que habían encontrado una forma de proteger el exterior de una posible detonación electromagnética. Luego aprobó la compra de la propiedad y colgó.

Jeffrey consiguió comprar los edificios por un cuarto de millón de dólares. No discutieron el precio ni intentaron negociar. Tenían un plazo que cumplir y el precio era la mitad de su estimación inicial. Les resultó una buena oferta, porque tendrían que instalar un sistema de refrigeración para evitar que los ordenadores se sobrecalentaran, lo que consumiría una parte significativa del presupuesto restante.

Necesitarían acceso, potencia y conectividad. La potencia no sería un problema, ya que las instalaciones habían servido al Ejército como un taller de mecanizado con grandes máquinas perforadoras que consumían mucha energía. El acceso y la conectividad costarían cien mil dólares. Luego, un electricista tendría que verificar si las líneas eléctricas aún estaban en condiciones de funcionar sin cortes.

Thomas no pensaba que el acceso fuera un elemento crucial para su proyecto, ya que todo se gestionaría desde dentro, pero no corrigió a Jeffrey. Sin embargo, discutieron extensamente sobre la cantidad de núcleos de CPU y la cantidad de memoria RAM necesaria. Al final, decidieron optar por procesadores Intel en lugar de AMD. Y aunque ambos apreciaban IBM, estaban en contra de Lenovo, ya que temían su *software* espía debido a los escándalos en los que esta compañía había estado involucrado en los últimos dos años. Después de un tiempo, se dieron cuenta de que la mayoría de las marcas imponían límites a la conectividad entrante y decidieron optar por servidores en *rack* de Cisco.

Su llamada a la sede de Cisco iba despacio hasta que Jeffrey aclaró que querían realizar un pedido de más de un millón de dólares y que los ordenadores debían estar disponibles cuanto antes. Ofrecería un bono si las máquinas se entregaban en una semana.

Dos cajas de discos SSD de un terabyte cada una costarían más que un Tesla, pero ambos coincidieron en que la velocidad compensaría con creces el elevado coste. Para el almacenamiento a largo plazo, utilizarían discos duros más grandes y económicos.

Ambos estaban tan emocionados como niños en una tienda de golosinas.

Después de determinar las especificaciones deseadas para el servidor principal y para el sistema secundario de respaldo, llamaron a Nathan. Discutieron los detalles durante dos horas y consideraron todas las posibilidades técnicas, tanto a corto como a largo plazo: potencia de CPU, cantidad y tipo de memoria, velocidad del procesador... Al final, Nathan aprobó todos los gastos.

Durante la segunda hora, Thomas mencionó que tal vez estuvieran perdiendo el tiempo. Cuando Nathan le preguntó por qué lo decía, explicó que, una vez activado, era probable que ADAM diseñara el próximo ordenador él mismo. El comentario enfrió un poco la emoción de los otros dos.

—Cierto —dijo Nathan—. En ese caso, contentémonos con lo que hemos elegido por ahora. El resto es detalle y me he entusiasmado porque soy un friki. Dicho esto, dejaremos que ADAM 1.0 diseñe a ADAM 2.0. Mañana al mediodía transferiré la segunda parte de cinco millones. No quiero que tengamos que esperar por nada. Hacedlo lo más rápido posible.

Después de eso, llamaron de nuevo a Cisco para pedir el cerebro de ADAM.

Una vez resuelto, y aunque aún era temprano, brindaron con sus refrescos, se estrecharon la mano y se dirigieron a sus casas. Jeffrey quería pasar tiempo con su familia. De todos modos, habían hecho todo lo que podían y solo les quedaba esperar. Una buena noche de sueño tampoco les vendría mal, dado el trabajo que pronto tendrían por delante.

Ninguno pudo evitar repasar los eventos del día, preguntándose si habían pensado en todo.

Miami, Florida, EE. UU.

Lance y Frank acababan de aterrizar en Miami. En el camino a Key Biscayne, decidieron detenerse a comer en un restaurante que les gustaba mucho. Viajar en primera clase era agradable, pero la comida a bordo seguía siendo una sombra de una verdadera comida.

Mientras estaban sentados, Frank sacó su portátil. Había estado ejecutando varios programas para descifrar conversaciones telefónicas y en la tercera grabación encontró algo importante. Estaba concentrado, con los auriculares puestos, y Lance vio por la sonrisa de su amigo que había encontrado algo interesante.

Frank se quitó los auriculares y los dejó a un lado.

—Creo que puedo confirmar que Antón está en Argentina.

Lance se alegró de escuchar la noticia.

—¿Y eso, por qué?

—Acabo de escuchar a alguien hablando con Pepper y sospecho es el propio Antón. Usa teléfonos desechables, lo que hace muy difícil localizarlo Pero lo he escuchado hacer un comentario sobre la situación en Costa Rica y ha añadido que tenía que solucionar un problema similar en Argentina. El gobierno en ese país acaba de cambiar y probablemente querrá reunirse con algunos políticos locales que aún no conoce. Al parecer, esperaba que la mujer ganara las elecciones.

Lance mordió un panecillo que el camarero acababa de dejar en su mesa. ¡Dios, cuánto le gustaba ese restaurante! Sus panes eran tan buenos como sus filetes. Masticó un momento y luego tragó.

—Argentina ha sido un lío político desde la Segunda Guerra Mundial. Si él forma parte de la élite influyente, explicaría muchas de sus malas decisiones y el hecho de que se preocupen más por los políticos que por el pueblo.

Después de un momento de reflexión, Frank asintió con la cabeza.

—Sospecho que él es el elemento «influyente» de la élite influyente.

—Buena observación. —Lance cogió la mantequilla.

—Entonces —continuó Frank—, podemos darle la buena noticia a Bethany Anne. Ahora tendremos que hacer un poco de vigilancia para localizarlo, pero al menos sabemos en qué país buscarlo. Y en algún momento tendrá que salir para interactuar con la gente.

—A menos que haga que vayan a él. —Lance levantó la vista sorprendido después de que aquel comentario le saliera sin querer.

—Eso, mi buen señor, merece un brindis. —Frank cogió la carta de vinos.

Lance hizo un gesto a un camarero cercano.

—Estoy de acuerdo. Conozco algunos buenos vinos que serían perfectos para la ocasión.

—¿De verdad? ¿Tendría algo que ver con esa noche de despedida antes de que Bethany Anne se fuera?

Lance sonrió.

—¡Dios, fue una noche infernal! Sí, *tendría* que ver con esa noche.

—¿Quieres contarme más de esa historia? —Frank enarcó una ceja.

El general miró la carta de vinos asintiendo.

—No me importa en absoluto contarte más de esa historia. ¿Necesitas un segundo para…?

—¿Sacar mi cuaderno? Sí, lo tengo. —Rebuscó en su bolso el bloc de notas y el bolígrafo.

Durante la siguiente hora, los dos hombres disfrutaron de unos filetes y de la fabulosa historia de esa noche en la que Lance y su hija vaciaron la bodega de un restaurante selecto de sus mejores vinos, a sabiendas de que ella no estaría allí para pagar la cuenta.

Capítulo 22

Frankfurt, Alemania

Antes de partir, Stephen tuvo una larga conversación con el encargado diurno del hotel y le explicó las modificaciones que quería hacer en su *suite*. Además de un frigorífico y un microondas, quería que se agregara una televisión de pantalla plana en cada estancia.

La habitación necesitaba reformas porque planeaba regresar a Frankfurt con frecuencia para trabajar más de cerca con el consejo de los *Wechselbalg*.

Stephen recogió a Terry para llevarla a su apartamento y estar presente cuando se entregaran el nuevo colchón y las sábanas. A ella no le llevó mucho tiempo arreglar todo como quería. No preguntó detalles sobre lo que había pasado y él no ofreció explicaciones.

Sin embargo, Stephen le preguntó si le molestaba quedarse allí, dadas las circunstancias. Ella afirmó que estaba feliz de poder hacerlo. Era su hogar. Stephen se aseguró de que tuviera bien sus datos de contacto, así como los de Iván.

Se despidió y se reunió con su compañero, quien había optado por quedarse en el Hessischer Hof. Iván subió al taxi y el vehículo los llevó al aeropuerto. El vampiro quería regresar a Rumania para encontrarse con los hijos de Clarita. La situación en París tendría que esperar.

Stephen no había terminado con Europa, pero se estaba convirtiendo en un lugar mejor para su reina.

Buenos Aires, Argentina

Antón tomó el teléfono desechable que había utilizado para llamar a Pepper. Una mueca de disgusto cruzó su rostro. ¡Ese político estadounidense se había convertido en un pequeño cabrón pretencioso! No era la primera vez que Pepper iba a Argentina y había sido invitado a una de las fiestas organizadas por Antón en su residencia, que había aprovechado la presencia del político para embelesarlo. Antón no podía obligarlo a hacer todo lo que quisiera, ya que eso habría requerido encuentros más frecuentes, pero había logrado hacerlo muy sugestionable a sus demandas.

Marcó un número que no existía en ningún papel ni en ningún soporte digital, ya que Antón era un maníaco de la seguridad. Después de la caída del Tercer Reich y de haber escapado por poco de la muerte al huir de Alemania, se había vuelto mucho más precavido.

Ahora tenía todo tipo de problemas en su zona.

Sonó el teléfono y contestó una voz cultivada.

—¿Hola?

—David, soy Antón. Estoy perdiendo gente de alto rango aquí. ¿Estás seguro de que lo tienes bajo control?

—Sí, Antón, estoy seguro. Su acompañante humano me ha dado suficiente información para entender cómo consigue desaparecer.

—¿Puedes confirmarlo con el humano una vez más?

—Por desgracia, no. Las herramientas que usé con él no estaban tan bien calibradas como pensaba. No es tan sorprendente, después de todo. No las había usado desde la guerra.

—Bueno, qué más da. Si está en tu prisión de cristal, los rumores deben ser ciertos… Existe otra vampira muy poderosa. Una mujer. Bethany Anne.

—Entonces, tienes que deshacerte de ella. Llevamos más de setenta años trabajando en este proyecto. Me irritaría mucho que tuviéramos que empezar de nuevo. Logré someter a Michael y se suponía que esa era la parte más difícil de nuestro plan. Esta mujer es una amenaza y no quiero escuchar ninguna queja al respecto.

—Estás predicando al coro, David. Mantén al querido papá fuera de esto o mátalo si puedes, y yo me encargaré de Bethany Anne.

—No puedo matarlo si no se vuelve corpóreo. No sé cuánto tiempo puede permanecer en su forma nebulosa. Pero al menos no puede escapar de su prisión, ya que es hermética. Solo está a salvo mientras no esté en su estado corporal. Si vuelve a tomar forma, podremos destruir su cuerpo. Sería un final satisfactorio para el problema.

—Eso tendrá que bastar. Buenas noches, hermano.

—Lo mismo digo. Buenas noches.

Antón colgó y luego aplastó el teléfono con su mano. Tras asegurarse de que la tarjeta SIM estaba bien destruida, arrojó los pedazos en una caldera que usaba para deshacerse de los equipos tecnológicos que ya no necesitaba. Observó las piezas derretirse.

A miles de kilómetros de distancia, un ordenador localizado en un viejo edificio de Washington guardó la grabación y envió un mensaje para notificar al programador que había nueva información disponible.

FINIS

NEWSLETTER

¿Quieres estar al día de nuestros últimos lanzamientos sin que te bombardeen a anuncios en redes sociales?
¡Suscríbete a nuestro boletín de noticias y recibe toda la información directamente en tu correo electrónico!

https://lmbpninternational.com/es/boletin/

*

Reseñas y valoraciones

¿Te ha gustado el libro? ¡Somos todo oídos! Escribe una reseña o déjanos alguna valoración en Amazon o en Goodreads.
Es muy sencillo: al final del libro, tu Kindle te pedirá que lo valores.
Como editorial independiente que reinvierte gran parte de sus ingresos en la traducción de nuevas series, en LMBPN International no podemos permitirnos grandes campañas publicitarias. Por eso, las reseñas constructivas y las valoraciones en Amazon son muy importantes para nosotros, ya que nos ayudan a aumentar la visibilidad de nuestros libros entre nuevos lectores que aún no nos conocen.
¡Gracias a tu apoyo, podemos seguir traduciendo nuevos libros!

No nos abandones

La historia continúa con el libro 5, *No nos abandones.*

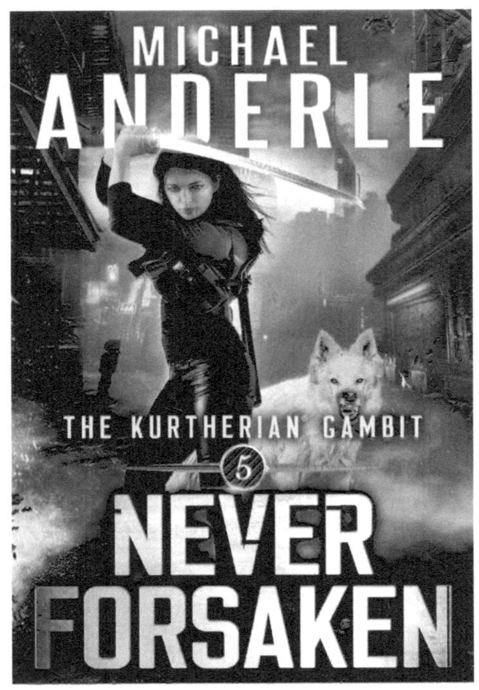

Ya disponible en Amazon y en Kindle Unlimited

Notas del autor - Michael Anderle

Nota del traductor: el texto a continuación fue escrito por el autor en 2015 y se refiere únicamente a la primera edición en inglés y de ninguna manera a las traducciones al español. Estas notas se han dejado intactas para que el lector pueda hacerse una idea del estado de ánimo del autor en ese momento.

Te advierto de que esta nota es mucho más larga de lo habitual, ¡porque me enfado un poco al final! No dudes en saltártela si los pensamientos de un autor independiente no te parecen interesantes. :-)

Gracias. No puedo expresar lo suficiente mi alegría de que no solo hayas comprado este cuarto libro, sino que lo hayas leído hasta el final y, además, esté sleyendo esto también. Dado que este libro es parte de una serie, deduzco que los has leído todos, y eso, para mí, es una sensación increíble.

En mis notas sobre *Corazón perdido*, mencioné que el tercer libro me llevó trece días. Ahora tengo un ritmo un poco más razonable. Este (escribo estas palabras el 11 de diciembre con la intención de publicarlo el 15) me ha llevado unos once días para la parte de la escritura, más cuatro días para que yo y mi equipo de lectores lo revisáramos, corrigiéramos y lo publiquemos. Debo señalar que mi «equipo de lectores» consiste por ahora en un único y maravilloso fan australiano. Además, me tomé una semana de descanso después de la publicación de *Corazón perdido*.

Decía en mi sitio web que había contratado a un corrector que estaba trabajando en el primer libro y que continuaría con *Abrid paso a la reina* y el resto de la serie. Bueno, la nueva versión de *La muerte le sienta muy bien* ya está disponible. ¿El único problema? DEBES BORRAR el archivo existente para poder descargar el nuevo.

Como lector, prefiero leer un texto con algunos (¡espero!) raros errores tipográficos en lugar de esperar un mes para una versión más pulida. Dicho esto, entiendo de sobra que este tipo de problemas puedan disuadir a algunos hasta el punto de hacerlos abandonar la lectura; por lo tanto, querrán esperar la versión corregida.

Mi fiel fan australiano ya me ha brindado una ayuda invaluable sobre la vida en la Marina. Espero que me permita compartir esta información en mi sitio web. Creo que todos aquellos de vosotros que disfrutáis de la ficción militar encontraréis fascinantes sus contribuciones y apreciaréis el considerable tiempo que ha pasado ayudándome a comprender mejor la realidad del trabajo en submarinos.

Describí en una publicación de mi blog cómo el éxito de un autor generalmente implica MUCHA preparación previa. Sin embargo, debo decir que lancé *La muerte le sienta muy bien* y *Abrid paso a la reina* sin ningún aviso ni publicidad. Solo espero que, si de verdad disfrutas leyendo estas historias, quieras hablar de ellas y compartir el enlace con tus amigos, alentándolos a leerlas también.

Acerca de Kindle Unlimited: ahora que estamos a punto de lanzar el cuarto libro, sigo notando más ingresos por ventas que por préstamos. Incluso después de deducir el treinta por ciento de Amazon, el total sigue siendo aproximadamente un diez por ciento más alto. Al ser un autor nuevo, supongo que esto se explica por las reseñas de los lectores. Creo que Amazon pagará a los autores la misma cantidad por página (0,0048 dólares) que en noviembre. Si sigue bajando en diciembre, la brecha debería ampliarse, manteniéndose las ventas superiores.

No dudes en unirte a mi grupo de Facebook para hacerme preguntas sobre el oficio de escribir y sobre Amazon. Estaré encantado de compartir mis experiencias.

He aquí mi comentario habitual relacionado con mi tipo de escritura: como he dicho antes, escribo para escapar. Me encanta una buena historia de acción, pero, más que eso, busco identificarme con los personajes. Quiero sentir lo que sienten. Quiero escenas que me emocionen, me preocupen, me hagan reír y gritar: «¡Toma eso, mamón!».

Los desafíos que enfrentan los protagonistas no necesitan amenazar sus vidas. Pueden ser cosas más simples, como tratar de salir con una chica que le gusta. No me gustan en especial los libros que me hacen temer constantemente por la vida de los personajes. Si me gusta el héroe, pasaré la página y compraré el siguiente libro solo para verlo alcanzar una meta personal. Dicho esto, la acción sigue siendo el motor de cualquier historia.

En esta historia, el equipo trata de localizar a Antón y erradicar la plaga de Deshonrados que se ha extendido por Europa y América del Sur. También tenemos una pista sobre lo que le sucedió a Michael, que abre la puerta al próximo libro, *Nunca abandonados*… Bueno, es cierto, no oculto si Bethany Anne decidirá ignorar o no el destino de Michael.

Y, como siempre, hay un lado emocional en esta historia. No estoy muy seguro de lo que pensarán mis lectores sobre el hecho de que Bethany

Anne tengo de nuevo su periodo o sobre cómo reaccionará a esta noticia. ¿Se sentirán incómodos los hombres con este aspecto de la historia? Personalmente, siempre he creído que los grandes destinos requieren grandes sacrificios y que los héroes a menudo deben perder algo importante en sus vidas. Una de las grandes pérdidas para Bethany Anne es que se volvió estéril. Cuando estaba muriendo, se alegraba de saber que no dejaría a un niño crecer solo sin su madre, como ella misma había tenido que hacer. Pero ahora todo es diferente, así que, ¿qué decidirá? Creo saberlo, pero no puedo estar seguro hasta que escriba esa parte de la historia. Como autor, me resulta imposible abordar un tema tan importante sin una introducción adecuada. Mientras tanto, espero no haber ofendido a nadie.

¿Qué harías si tuvieras que salvar el mundo, pero no tuvieras hijos para apreciar tus sacrificios? Tengo el mayor respeto por Bethany Anne y todo lo que tiene que soportar. No es fácil, lo entiendo, pero eso solo me hace querer apoyarla aún más. Un detalle en el que no había pensado era la relación entre Gabrielle e Iván y cómo todas estas revelaciones podrían afectarlos si/cuando la vampira pueda tener hijos de nuevo. ¿Qué pensará Iván? ¿Qué pensará Gabrielle?

¿No sería hilarante si la madre de Iván y Ecaterina (a quien no aprecio para nada) tuviera que cuidar a un nieto vampiro? Imagina la escena: un bebé pequeño y adorable es sostenido con amor por su abuela. La abuela está encantada, acunando al bebé en sus brazos. Lo coloca en su hombro y el bebé se acurruca contra su cuello… ¡La abuela entra en pánico de repente cuando se da cuenta de que el bebé vampiro intenta morderle el cuello!

Me hace sonreír pensarlo. ¿Seguiría siendo la madre de Iván esa furia intransigente, o lo que sea, que vimos por última vez en *Abrid paso a la reina*? No estoy seguro.

Mis escenas favoritas en este libro incluyen a Stephen e Iván en Frankfurt y ese pasaje al final cuando Bethany Anne pierde los estribos y golpea al Deshonrado. Y ¿«Correo» es un término estadounidense? El término tiene que ver con los trabajadores de la Oficina de Correos de EE. UU., que estaban tan estresados que se iban a casa, cogían una pistola y volvían para disparar a sus compañeros. Dado que el origen del término se remonta a un empleado de correos estadounidense, se trata de un término bastante localizado. Tengo curiosidad por saber si la expresión se ha extendido por todo el mundo.

Por ahora, he esbozado trece títulos para la serie, pero debería haber más después de eso. *Cólera inmortal* es el cuarto volumen.

Si has disfrutado de este libro, considera dejar una calificación en Amazon o escribir un comentario. Tus amables palabras y tu apoyo son invaluables para los autores. Seguiré escribiendo, ya sea que dejes una buena crítica o no, pero probablemente iré un poco más rápido con ánimos (sonrisa).

A fecha de hoy (11 de diciembre de 2015), treinta y nueve días después de la publicación del primer libro, tengo tres reseñas de cinco estrellas y dos de cuatro estrellas para *La muerte le sienta bien* [NdT: recordatorio de que esto se refiere a la versión original en inglés en el momento de su lanzamiento, no a la versión en español]. En cuanto a *Abrid paso a la reina*, ha recibido cuatro reseñas de cinco estrellas y una de cuatro. Finalmente, *Corazón perdido* también tiene cuatro reseñas de cinco estrellas y una de cuatro.

Algunas de las críticas me hacen querer saltar de alegría. Tus opiniones y comentarios sobre lo que te hace reír, sonreír y sentir emociones me ayudan a comprender mejor tus expectativas y a escribir las próximas entregas. Leo todas las críticas (a veces más de una vez) y tomo en serio vuestras observaciones. Estoy muy agradecido con todos los que se toman el tiempo para alabar la serie e identificar los problemas.

A menos que vuelva atrás y arregle algo grande, se acabaron las apuestas.

Todos los enlaces a las diferentes áreas (correo electrónico, Facebook, sitio web, etc.) están debajo de la queja ;-)

SUBE AL ESTRADO

Es hora de mi queja.

Hay un tema que me molesta sobre los autores independientes.

Está relacionado con algo que leí anoche en el foro de Amazon, donde alguien afirmaba, con absoluta certeza, que se podía determinar la profesionalidad de un autor viendo si había pagado a un profesional para diseñar la portada de su libro.

No he pagado por ninguna de mis portadas hasta la fecha. ¿Lo haré en el futuro? Seguramente. Tal vez no para esta serie, pero tal vez para otra. ¿Por qué no, te preguntarás, y, por extensión, por qué no pagar un corrector profesional para revisar *La muerte le sienta muy bien* antes de su lanzamiento?

Por varias razones, pero una es el concepto de «producto mínimo viable» (PMV). Este concepto nació —si no me equivoco— en el campo del *software*, donde los programadores y editores desarrollaban sus productos lo suficiente para poder probarlos. Dado el alto costo de fabricar un *software*, era más prudente limitar los gastos hasta estar seguro de tener un producto viable.

De manera similar, como un nuevo autor que acaba de llegar a la escena, me resultaba difícil gastar una fortuna en una portada y un corrector si, al final, mis libros no se vendían.

He leído muchos artículos y escuchado *podcasts* sobre el mundo de la escritura y la publicación antes de lanzarme. La mayoría coincidía en que un autor tendría suerte si vendía al menos un libro al día. Lo que representa aproximadamente 60 $ al mes. En ese caso, me habría llevado casi un año amortizar mis costos. La estrategia PMV me permitiría publicar un libro y ver si la gente estaba interesada y si se vendía, y pulir los detalles más tarde si el éxito llegaba. Ese era el mundo en el que había vivido durante los veinte años anteriores. Desde entonces, he aprendido mucho. Una portada puede costar entre 35 y 100 $, o más. Un corrector cobra al menos 400 $ para revisar la ortografía y la gramática de un libro de 70 000 palabras. Puede llegar hasta 1 000 $ si hay muchos más problemas por corregir.

En resumen, adopté la estrategia PMV. ¿Y sabes qué? Hubo mucho más interés por estas aventuras de Bethany Anne de lo que había imaginado. Todavía me llevará tiempo amortizar, pero mucho menos de un año completo. Dicho esto, tendré mucho trabajo para corregir todo. Pero no me importa, sobre todo porque tengo los mejores fans del mundo (vosotros) para ayudarme.

En cuanto a la portada, sé usar Photoshop, así que no me preocupa demasiado. ¿Un profesional lo haría mejor que yo? Sin duda. Pero, por ahora, mis portadas deben permanecer coherentes, así que estoy atascado hasta nuevo aviso.

Eso significa que seré un autor independiente no profesional haciendo algo que me apasiona.

Por curiosidad, verifiqué las definiciones de «profesional». La más pertinente que encontré declara que un profesional es alguien que «se dedica a una actividad específica, en particular un deporte o un campo artístico, como ocupación principal remunerada en lugar de como pasatiempo».

Sin duda paso demasiado tiempo escribiendo como para llamarlo un simple «pasatiempo», pero, al mismo tiempo, no es mi principal fuente de ingresos. Así que técnicamente, incluso si pagara a un ilustrador para hacer mis portadas, eso no me convertiría en un profesional.

Pero supongo que no debería quejarme, ya que mi «pasatiempo» está generando ingresos y podré amortizar mis gastos. (¿Oyes eso, Hacienda?).

Pensándolo bien, creo que este autor que expresaba su opinión en el foro se quejaba de que tantos autores independientes (como yo) publicaban sus libros en Amazon sin releer lo suficiente sus manuscritos. Admito ser culpable en este punto y me disculpo con aquellos de mis lectores que leyeron mis historias antes de la sesión de limpieza. Merecen algo increíble. Por ahora, solo puedo ofrecerles algo emocionante.

Eso es todo, he terminado mi queja.

Así que probemos esto. Pondré el precio de *No nos abandones* TKG05 a 0,99 $ durante las primeras veinticuatro horas, cuando salga en enero. Si te suscribes a mi lista de correo electrónico antes de esa fecha, te enviaré al menos dos mensajes para recordarte el precio reducido. Te enviaré un correo electrónico un par de días antes del lanzamiento y cuando salga a la venta. (Enlace a la lista de correo electrónico más abajo).

Por desgracia, no puedo hacerlo gratis sin que baje mi clasificación de libros en Amazon.

BAJA DEL ESTRADO

Puedes encontrar los enlaces de los libros en mi página de autor de Amazon aquí:

http://www.amazon.com/Michael-Anderle/e/B017J2WANQ/

¿Quieres comentar lo mejor (escena, comentario, evento, zapatos o pistola para Bethany Anne, arma que Nathan preferiría… lo que quieras)? Únete a mí en Facebook:

https://www.facebook.com/TheKurtherianGambitBooks/

¿Quieres saber cuándo estará listo el próximo libro o actualización importante? Suscríbete a la lista de correo electrónico:

http://lmbpn.com/email/

Gracias,
Michael Anderle, diciembre de 2015

*Todo el mérito de que yo sepa algo de zapatos es de mi mujer, que sigue esforzándose por darme un mínimo de sentido de la moda. Todavía me confunde por qué me pide que comente su ropa por las mañanas. En segundo lugar, la sugerencia de incluir caninos especiales también vino de ella.

P.D. - El nombre del perro será Ashur

P.S.S. - —Protectores del Infierno

P.S.S.S. - —Ángeles Oscuros— - Dark Angels

P.S.S.S. - David Down Under me ha permitido publicar su trabajo, así que pronto pondré sus comentarios sobre la vida militar en mi sitio web.

¿Te has quedado con ganas de más?

En LMBPN International tenemos muchísimas historias en las que puedes embarcarte mientras esperas a que se publique el nuevo libro de tu serie favorita (de hecho, estamos trabajando en eso ahora mismo). ¡Te enseñamos algunas!

Agencia ParaMilitar

La vida de Julie Meadows ha tocado fondo: el estudio en el que vive es un cuchitril, no encuentra trabajo y su vida amorosa es un auténtico desastre. Cuando cree que nada puede empeorar, recibe una carta que le cambiará la vida. La han reclutado en la Agencia ParaMilitar.

Lo que no espera en absoluto es que «Para» signifique «paranormal»; que su compañero, Taylor, sea un príncipe elfo del Éter; su jefe, un cambiaformas, y que el Departamento Informático esté dirigido por trolls.

Pero no todo va a ser un camino de rosas: si no puede encontrar un recluta en menos de tres días, tendrá que pagar con su vida.

¡Puedes conocer a Julie aquí!

La hermana rebelde

Olivia Beaufont, una chica rebelde de sangre real, prefiere arreglar aparatos eléctricos y mantenerse al margen de la sociedad que la vio crecer, pero su vida está a punto de cambiar por completo.

Liv, quien abdicó de su derecho de nacimiento, se ve envuelta en una serie de asesinatos que lo cambian todo. La Casa de los Siete le pide que asuma el papel de guerrera, una de las posiciones clave encargadas de proteger la magia.

Aunque Liv huye de la política y las conspiraciones, debe aceptar su destino para ayudar a su familia. Solo tiene que aguantar doce años, hasta que su hermana, la siguiente en la línea, pueda asumir el cargo.

Pero ¿qué daño puede hacer activar su magia y convertirse en una guerrera mágica?

Todo.

Puedes conocer a Liv aquí!

Las crónicas de Zoey Grimm

Mi hermano se va a encargar del negocio familiar…
Era algo para lo que me había entrenado toda mi vida.
Yo era mejor que él en casi todos los sentidos.
Excepto en el más importante… *la habilidad de nuestro padre.*
Me voy del Inframundo. Esta ya no es mi casa.

¡Puedes conocer a Zoey aquí!

www.ingram.content.com/pod-product-compliance
Lightning Source LLC
LaVergne TN
LVHW091312150826
845673LV00006B/1617

* 9 7 9 8 8 9 3 5 4 0 5 2 9 *